LA FILLE D’AVANT

JP Delaney est le pseudonyme d’un écrivain qui a publié plusieurs romans à succès sous d’autres noms. *La Fille d’avant*, sa première incursion dans le thriller psychologique, est en cours d’adaptation par Imagine Entertainment, la compagnie de production de Ron Howard

JP DELANEY

La Fille d'avant

ROMAN TRADUIT DE L'ANGLAIS (ÉTATS-UNIS)
PAR JEAN ESCH

MAZARINE

Titre original :

THE GIRL BEFORE
Publié par Ballantine Books, marque de Random House,
division de Penguin Random House LLC, New York.

La Fille d'avant est une œuvre de fiction. Les noms, personnages, lieux et événements évoqués sont soit imaginés par l'auteur, soit traités de façon fictionnelle. Toute ressemblance avec des personnes, des lieux ou des situations existants ou ayant existé serait purement fortuite.

ISBN : 978-2-253-09256-8 – 1re publication LGF

« M. Darkwood, qui s'était tant intéressé autrefois à l'amour romantique et à tout ce que quiconque pouvait en dire, en avait maintenant plus qu'assez de ce sujet. Pourquoi tous ces amoureux ne cessaient-ils de se répéter ? N'étaient-ils jamais fatigués de s'entendre parler ? »

Eve OTTENBERG, *The Widow's Opera*

« Comme tous les drogués, les tueurs en série travaillent à partir d'un scénario ; ils suivent un comportement répétitif jusqu'à l'obsession. »

Robert D. KEPPEL et William J. BIRNES,
Signature Killers

« L'analysé ne *se remémore* absolument rien de ce qui est oublié et refoulé, mais il l'*agit*. Il ne le reproduit pas sous forme de souvenir mais sous forme d'acte, il le *répète*, naturellement sans savoir qu'il le répète. »

Sigmund FREUD, *Remémoration, répétition et perlaboration*

« Ma fascination pour les images qui se répètent encore et encore, ou pour les "*run on*" au cinéma, est l'expression de ma conviction selon laquelle nous passons la majeure partie de notre vie à voir sans observer. »

Andy WARHOL

1. *Dressez la liste de tous les objets qui vous semblent indispensables.*

Avant : EMMA

« C'est un petit appartement charmant », déclare l'agent immobilier, avec un enthousiasme qui pourrait presque paraître sincère. « Vous avez tous les services à proximité. Et puis, il y a cette partie de toit privative. Vous pourriez en faire une terrasse, à condition que le propriétaire donne son accord. »

« C'est chouette », confirme Simon, en s'efforçant d'éviter mon regard. Moi, j'ai su que cet appartement ne conviendrait pas dès que j'ai vu, en entrant, ce toit de deux mètres de long sous une des fenêtres. Simon le sait aussi, mais il n'ose pas le dire à l'agent, pas tout de suite du moins, pour ne pas paraître malpoli. Peut-être même espère-t-il qu'à force d'écouter le baratin idiot de ce type, je vais me laisser fléchir. Cet agent, c'est tout à fait le genre d'individu qu'apprécie Simon : vif, impertinent, obstiné. Il lit certainement le magazine pour lequel travaille Simon. D'ailleurs, ils parlaient sport avant même qu'on monte l'escalier.

« Et là, ajoute l'agent, vous avez une chambre spacieuse. Avec un grand…

— Inutile, l'interromps-je, mettant fin à la comédie. Ça ne nous convient pas. »

L'agent hausse les sourcils.

« Sur ce marché, on ne peut pas se permettre d'être trop difficile, dit-il. Cet appartement sera loué avant ce soir. J'ai déjà eu cinq visites aujourd'hui, et on ne l'a pas encore mis sur notre site.

— Il n'est pas assez protégé, dis-je d'un ton catégorique. On y va, Simon ?

— Il y a des serrures à toutes les fenêtres, dit l'agent, plus un détecteur d'incendie sur la porte. Et si la question de la sécurité est une préoccupation majeure, vous pouvez toujours installer une alarme anti-intrusion. Je pense que le propriétaire n'y verra aucune objection. »

Il s'adresse à Simon, comme si je n'étais pas là. *Une préoccupation majeure.* Il pourrait tout aussi bien dire : *Oh, votre petite amie est un peu parano, non ?*

« J'attends dehors », dis-je en tournant les talons.

Comprenant son erreur, l'agent immobilier ajoute :

« Si c'est le quartier qui pose problème, vous devriez peut-être chercher un peu plus à l'ouest.

— On l'a déjà fait, dit Simon. Les prix sont trop élevés pour nous. Sauf les appartements grands comme un sachet de thé. »

Il s'efforce de masquer sa frustration, ce qui m'agace encore plus.

« J'ai un une-pièce à Queens Park, dit l'agent. Un peu miteux, mais…

— On l'a visité, le coupe Simon. On a trouvé que c'était un peu trop près de cette cité. »

Son ton indique clairement que « on » signifie « elle ».

« Ou alors, dit l'agent, on vient d'avoir un deuxième étage à Kilburn…

— Celui-là aussi, dit Simon. Manque de chance, il y avait un tuyau de descente à côté d'une des fenêtres. »

L'agent semble perplexe.

« Quelqu'un pourrait l'escalader, explique Simon.

— La saison des locations vient juste de commencer. Peut-être que si vous attendez un peu… »

Manifestement, il a décrété que nous lui faisions perdre son temps. Lui aussi glisse vers la porte. Je sors et attends dehors, sur le palier, pour qu'il ne s'approche pas trop près.

J'entends Simon dire :

« On a déjà donné notre préavis. On n'a plus trop le choix. (Il baisse la voix.) En fait… on a été cambriolés. Il y a cinq semaines. Deux hommes se sont introduits dans l'appartement et ont menacé Emma avec un couteau. Vous comprenez maintenant pourquoi elle est un peu nerveuse.

— Oh, fait l'agent. Merde. Si quelqu'un faisait ça à ma copine, je ne sais pas comment je réagirais. Écoutez… à tout hasard…

— Oui ? dit Simon.

— Quelqu'un vous a parlé du One Folgate Street à l'agence ?

— Je ne crois pas. Il vient de se libérer ?

— Non, pas vraiment. »

L'agent semble hésiter à poursuivre.

« Mais il est disponible ? insiste Simon.

— Techniquement parlant, oui. Et c'est un produit fantastique. Absolument fantastique. Rien à voir avec ici. Mais le propriétaire… dire qu'il est *particulier* serait un euphémisme.

— Dans quel quartier ? demande Simon.

— Hampstead. Hendon, plus exactement. Mais c'est très calme.

— Emma ? » me lance Simon.

Je retourne à l'intérieur.

« Pourquoi ne pas aller jeter un coup d'œil ? dis-je. On est à mi-chemin. » L'agent hoche la tête. « Je vais passer à l'agence pour essayer de trouver le dossier, dit-il. Je ne l'ai pas fait visiter depuis un petit moment, en vérité. Ce n'est pas un endroit qui peut convenir à n'importe qui. Mais je pense que ça pourrait vous intéresser. »

Maintenant : JANE

« C'est le dernier. » L'agente immobilière, prénommée Camilla, pianote sur le volant de sa Smart. « Franchement, il est temps de vous décider. »

Je soupire. L'appartement que nous venons de visiter, situé dans un immeuble délabré, près de West End Lane, est le seul qui soit dans mon budget. J'avais presque réussi à me convaincre qu'il ferait l'affaire – en ignorant le papier peint qui se décollait, la légère odeur de cuisine qui montait de l'appartement du dessous, la chambre exiguë et les taches de moisissure dans la salle de bains dépourvue d'aération – jusqu'à ce que j'entende retentir une sonnerie, et soudain, des cris d'enfants avaient tout envahi. En approchant de la fenêtre, je m'étais retrouvée en train de contempler une école maternelle. Je voyais un groupe de bambins à l'intérieur d'une salle dont les fenêtres étaient décorées de silhouettes de lapins et d'oies en papier. La douleur me vrillait le ventre.

« Je crois que je ne vais pas le prendre », ai-je réussi à articuler.

« Ah bon ? (Camilla paraissait surprise.) C'est à cause de l'école ? Les précédents locataires disaient qu'ils aimaient bien entendre les enfants jouer dans la cour.

— Pas au point de vouloir rester, apparemment. » Je me suis éloignée de la fenêtre. « On y va ? »

Camilla laisse s'installer un long silence stratégique pendant qu'elle nous ramène à l'agence. Finalement, elle dit :

« Si rien ne vous convient dans tout ce qu'on a visité aujourd'hui, il faudrait peut-être envisager de revoir votre budget.

— Hélas, mon budget n'est pas extensible, dis-je sèchement, en regardant par la vitre.

— Dans ce cas, vous devriez peut-être vous montrer moins difficile, lâche-t-elle d'un ton acerbe.

— Au sujet de ce dernier appartement… Il y a… des raisons personnelles qui m'empêchent d'habiter près d'une école. Dans l'immédiat. »

Je vois son regard se poser sur mon ventre, encore un peu flasque après ma grossesse, elle ouvre de grands yeux et fait le rapprochement. « Oh », dit-elle. Camilla n'est pas aussi bouchée qu'elle en a l'air, finalement, et je m'en réjouis. Elle n'a pas besoin que je lui fasse un dessin.

Soudain, elle semble avoir une idée.

« Écoutez… il me reste un autre appartement. Normalement, on n'est pas censés le faire visiter sans l'autorisation expresse du propriétaire, mais parfois, on passe outre. Il fiche la trouille à certaines personnes, mais moi, je le trouve extraordinaire.

— Un logement extraordinaire avec mon budget ? Il ne s'agit pas d'une péniche, j'espère ?

— Grands dieux, non. C'est tout le contraire. Une construction moderne située à Hendon. Une vraie maison, avec une seule chambre, mais énormément d'espace. Le propriétaire est un architecte. Très célèbre. Ça vous arrive d'acheter des vêtements chez Wanderer ?

— Wanderer... »

Dans ma vie antérieure, quand j'avais de l'argent et un vrai travail bien payé, il m'arrivait d'entrer chez Wanderer dans Bond Street, une boutique d'un minimalisme terrifiant où quelques robes dont le prix vous mettait les larmes aux yeux étaient présentées sur des blocs de pierre telles des vierges sacrificielles et où toutes les vendeuses portaient des kimonos noirs. « Parfois, réponds-je. Pourquoi ?

— C'est l'Association Monkford qui a dessiné toutes leurs boutiques. C'est ce qu'on appelle du techno-minimalisme, ou un truc comme ça. Vous verrez, il y a un tas de gadgets cachés un peu partout, mais à part ça, tout est nu. (Elle me regarde.) Il faut que je vous prévienne : certaines personnes trouvent ce style un peu... austère.

— Ça ne me gêne pas.

— Et...

— Oui ? dis-je, car elle s'est interrompue.

— Le bail entre le propriétaire et le locataire est particulier, explique-t-elle d'un air hésitant.

— Comment ça ?

— Le mieux, dit-elle en mettant son clignotant pour se rabattre dans la file de gauche, c'est qu'on aille d'abord visiter la maison. Et si vous avez le coup de foudre, je vous parlerai des inconvénients. »

Avant : EMMA

Bon, d'accord, la maison est extraordinaire. Stupéfiante, époustouflante, incroyable. Les mots ne peuvent pas lui rendre justice.

La rue était trompeuse : deux rangées de grandes maisons quelconques, avec cette combinaison de brique rouge victorienne et de fenêtres à guillotine que l'on voit dans tout North London, gravissant la colline vers Cricklewood comme une ribambelle de figurines découpées dans du papier journal, chacune étant la réplique exacte de sa voisine. Seules les couleurs des portes et des petites fenêtres au-dessus les différenciaient.

Tout au bout de la rue, au coin, se dressait une palissade. Derrière, j'apercevais une petite construction basse, un cube de pierre pâle, compact. Quelques entailles de verre horizontales, apparemment disséminées au hasard, étaient l'unique élément indiquant qu'il s'agissait bien d'une maison et non pas d'une sorte de presse-papier géant.

« Ouah, fait Simon, dubitatif. On y est vraiment ?

— Oui, nous y sommes, répond l'agent immobilier avec entrain. One Folgate Street. »

Il nous entraîne sur le côté, où une porte presque invisible se découpe dans le mur. Je ne vois pas de sonnette. D'ailleurs, je ne vois pas de poignée non plus, ni de boîte aux lettres, ni aucune plaque, rien qui indique un lieu d'habitation. L'agent immobilier pousse la porte, qui s'ouvre.

« Qui vit ici ? je demande.

— Personne en ce moment. »

Il s'écarte pour nous laisser passer.

« Alors, pourquoi ce n'est pas fermé à clé ? » dis-je, nerveusement, en demeurant en retrait.

L'agent sourit d'un petit air suffisant.

« C'était fermé, répond-il. J'ai une clé numérique sur mon smartphone. Une application contrôle tout. Il me suffit de passer de *Libre* à *Occupé*. Ensuite, tout est automatique : les capteurs de la maison identifient le code et me laissent entrer. Si je portais un bracelet numérique, je n'aurais même pas besoin de mon téléphone.

— Vous vous foutez de moi », dit Simon, les yeux fixés sur la porte, stupéfait. Je manque d'éclater de rire devant sa réaction. Pour Simon, fou de gadgets, l'idée d'habiter dans une maison que l'on peut contrôler depuis son portable, c'est comme si on réunissait tous ses plus beaux cadeaux d'anniversaire en un seul.

Je pénètre dans un vestibule minuscule, à peine plus large qu'un placard. Il est trop exigu pour s'y tenir à deux, une fois que l'agent m'y a rejointe, alors, sans attendre d'y être invitée, je continue d'avancer.

Cette fois, c'est moi qui fais : « Ouah. C'est vraiment spectaculaire. » D'immenses fenêtres donnant sur un petit jardin et un haut mur de pierre inondent l'intérieur de lumière. Ce n'est pas grand, et pourtant, ça semble spacieux. Les murs et les portes sont taillés dans la même pierre très claire. Des entailles creusées à la base de chaque mur donnent l'impression qu'ils flottent au-dessus du sol. Et tout est *vide*. Certes, il y a quelques meubles – j'aperçois une table de pierre dans une pièce sur le côté, des chaises très design, un long canapé bas recouvert d'un épais tissu crème, mais il n'y a rien d'autre, rien qui accroche le regard. Ni portes, ni placards, ni photos, ni encadrements de fenêtres, ni prises électriques, ni luminaires, ni même… – je regarde autour de moi, perplexe – le moindre interrupteur. Et si cette maison ne semble pas abandonnée ou inhabitée, il n'y a absolument aucun fouillis.

« Ouah », fais-je de nouveau. Ma voix me paraît étrangement étouffée. Je constate alors que je n'entends aucun son venant de l'extérieur. Le bruit de fond omniprésent de Londres, mélange de circulation automobile, de travaux et d'alarmes de voitures, a disparu.

« Oui, c'est le mot qu'emploient la plupart des gens, fait remarquer l'agent immobilier. Désolé de jouer les enquiquineurs, mais le propriétaire insiste pour qu'on enlève nos chaussures. Alors, si vous voulez bien… »

Il se penche pour délacer ses baskets tape-à-l'œil. Nous l'imitons. Et puis, comme si le vide, la nudité et le dépouillement de cette maison avaient aspiré tout son bagout, il s'avance, en chaussettes, visiblement aussi stupéfait que nous.

Maintenant : JANE

« C'est beau », dis-je. À l'intérieur, la maison est aussi épurée et parfaite qu'une galerie d'art. « Il n'y a pas d'autre mot.

— N'est-ce pas ? » confirme Camilla.

Elle se dévisse le cou pour regarder les murs nus, faits d'une sorte de pierre couleur crème, sans doute très chère, qui s'élèvent vers le vide sous le toit. On accède à l'étage supérieur par l'escalier le plus incroyablement minimaliste que j'aie jamais vu. On le dirait taillé dans la paroi d'une falaise : des marches de pierre brute, flottant dans le vide, sans rampe ni supports apparents.

« Quand j'entre ici, j'en ai toujours le souffle coupé. La dernière fois, c'était avec un groupe d'étudiants en architecture. D'ailleurs, c'est une des conditions imposées par le propriétaire : vous devez accueillir des visiteurs tous les six mois. Rassurez-vous, ce sont toujours des gens très respectueux. Ce n'est pas comme si vous possédiez une demeure historique, envahie par des touristes qui balancent leurs chewing-gums sur vos tapis.

— Qui habite ici ?

— Personne. C'est inoccupé depuis presque un an. »

Je jette un coup d'œil dans la pièce voisine, si on peut employer le mot « pièce » pour désigner un espace vide qui n'a pas d'embrasure de porte, et encore moins de porte. Sur une longue table en pierre est posé un vase contenant des tulipes rouge sang qui font une tache de couleur choquante sur toute cette pierre pâle. « Dans ce cas, d'où viennent ces fleurs ? » Je m'approche de la table pour la toucher. Aucune trace de poussière. « Et qui fait le ménage ?

— Des personnes employées par une société spécialisée viennent une fois par semaine. C'est une des conditions : vous devez les garder. Elles s'occupent aussi du jardin. »

Je marche vers la fenêtre, qui descend jusqu'au sol. Là encore, le mot « jardin » paraît inapproprié. C'est un espace clos d'environ sept mètres sur cinq, pavé avec la même pierre que le sol de la maison. Un petit rectangle d'herbe, d'une précision troublante, taillé aussi ras qu'un green de golf, vient buter contre le mur du fond. Il n'y a pas de fleurs. À vrai dire, à part cette minuscule parcelle d'herbe, il n'y a rien de vivant dans ce jardin, ni aucune couleur. Quelques petits cercles de gravier gris constituent la seule autre caractéristique.

En me retournant vers l'intérieur, je me dis que cet endroit a juste besoin d'un peu de couleur et de douceur. Quelques tapis, quelques touches de présence humaine, et ce serait superbe, comme une maison dans un magazine de déco. Pour la première fois depuis une éternité, je ressens un fourmillement d'excitation. La chance aurait-elle enfin tourné ?

« Ça me semble acceptable comme condition, dis-je. C'est tout ? »

Camilla m'adresse un sourire hésitant. « Quand je dis *une* des conditions, je veux dire une des plus simples. Savez-vous ce qu'est une clause restrictive ? »

Je secoue la tête.

« C'est une condition légale imposée à perpétuité sur un bien. On ne peut pas la supprimer, même si la maison est vendue. Généralement, ça concerne les droits d'utilisation : "Le logement peut-il servir de local commercial ?" par exemple. Dans le cas de cette maison, les conditions font partie du bail, mais comme ce sont des clauses restrictives, elles ne peuvent être ni négociées ni modifiées. C'est un contrat extraordinairement contraignant.

— De quoi parle-t-on, au juste ?

— En gros, il s'agit d'une liste de choses à faire et à ne pas faire. À ne *pas* faire, surtout. Aucune modification d'aucune sorte ne peut être envisagée sans accord préalable. Pas de tapis ni de moquette. Pas de photos. Pas de plantes en pot. Pas de bibelots. Pas de livres…

— Pas de *livres* ? C'est ridicule !

— Interdiction de planter quoi que ce soit dans le jardin. Pas de rideaux…

— Comment on se protège de la lumière s'il n'y a pas de rideaux ?

— Les fenêtres sont photosensibles. Elles s'assombrissent en même temps que le ciel.

— Pas de rideaux, donc. Autre chose ?

— Oh, oui, dit Camilla en ignorant mon ton sarcastique. Il y a environ deux cents clauses en tout. Mais c'est surtout la dernière qui pose problème. »

Avant : EMMA

« … Pas de lumières autres que celles déjà existantes, annonce l'agent immobilier. Pas de corde à linge. Pas de corbeille à papier. Interdiction de fumer. Pas de dessous de verre ni de sets de table. Pas de coussins, pas de bibelots, pas de meubles prêts à assembler…

— C'est *dément*, dit Simon. De quel droit ? »

Il lui a fallu des semaines pour monter les meubles IKEA de notre appartement actuel ; résultat, il les regarde aussi fièrement que s'il les avait fabriqués lui-même en taillant un tronc d'arbre.

« Je vous avais bien dit que c'était particulier », répond l'agent immobilier en haussant les épaules.

Je lève les yeux au plafond. Et je demande :

« Et les lumières, comment on les allume ?

— Vous n'avez rien à faire, m'explique-t-il. Il y a des capteurs de mouvements à ultrasons. Reliés à un détecteur qui ajuste l'éclairage en fonction de la luminosité extérieure. C'est la même technologie qui allume vos phares de voiture la nuit. Ensuite, vous sélectionnez l'ambiance souhaitée à partir de l'appli. Productive, Reposante, Joyeuse, etc. Elle ajoute même des UV en hiver pour éviter la déprime. Style luminothérapie, vous voyez. »

Simon est tellement impressionné que l'interdiction des meubles à assembler soi-même, imposée par l'architecte, n'est plus un problème tout à coup.

« Le chauffage passe par le sol, évidemment, poursuit l'agent immobilier, qui sent qu'il a le vent en poupe. La chaleur provient d'une pompe située sous la maison. Et toutes ces fenêtres sont équipées d'un triple vitrage. En fait, cette maison est si bien conçue qu'elle revend de l'électricité au réseau national. Vous ne paierez plus jamais une facture de fioul. »

Pour Simon, c'est obscène tant il nage en plein fantasme.

« Et la sécurité ? je demande, sèchement.

— Tout est branché sur le même système, répond l'agent immobilier. Vous ne la voyez pas, mais il y a une alarme anti-intrusion sur le mur extérieur. Et chaque pièce est équipée de capteurs, comme ceux qui règlent l'éclairage. C'est très intelligemment conçu : le système apprend à vous identifier et à connaître vos habitudes, mais s'il détecte une personne inconnue, il vous demandera d'autoriser sa présence.

— Emma ! lance Simon. Il *faut* que tu voies cette cuisine. »

Il s'est aventuré dans l'espace contigu, là où se trouve la table en pierre. D'abord, je ne vois pas comment il a pu identifier la cuisine. Un comptoir, en pierre lui aussi, court le long d'un des murs. À une extrémité, je crois reconnaître un robinet : un tube d'acier fin qui dépasse de la pierre. Un léger creux en dessous suggère qu'il pourrait s'agir d'un évier. À l'autre bout du comptoir, quatre petits trous sont alignés. L'agent immobilier passe la main au-dessus de l'un d'eux. Aussitôt, une flamme vive jaillit en sifflant. « Et voilà ! s'exclame-t-il. La cuisinière. D'ailleurs, l'architecte préfère le mot *réfectoire* au mot *cuisine*. » Il sourit pour bien montrer qu'il a conscience que c'est stupide.

En regardant de plus près, je constate que certains panneaux muraux sont séparés par de fines rainures. J'appuie sur l'une d'elles et la surface de pierre s'ouvre, dans un lent soupir pneumatique. Elle cache un petit placard.

« Je vais vous montrer l'étage », annonce l'agent immobilier.

L'escalier se compose d'une succession de dalles de pierre enfoncées dans le mur, sans aucune protection. « Très dangereux pour les enfants, évidemment », prévient-il en passant devant. « Attention où vous posez les pieds.

— Attendez, laissez-moi deviner, dit Simon. Les rampes et les barrières sont interdites elles aussi ?

— Comme les animaux domestiques », ajoute l'agent.

La chambre est aussi austère que le reste de la maison. Le lit est encastré dans un socle en pierre pâle et doté d'un matelas de style futon. Et la salle de bains n'est pas isolée, uniquement à moitié cachée derrière une cloison. Mais alors que le vide du rez-de-chaussée avait quelque chose de théâtral et de clinique, ici, il dégage une impression de calme, presque douillet.

« On dirait une cellule de prison pour VIP, commente Simon.

— Comme je vous le disais, ça ne plaît pas à tout le monde, répond l'agent. Mais pour la bonne personne… »

Simon appuie sur le mur près du lit et un autre panneau pivote, dévoilant une penderie. Tout juste assez large pour accueillir une douzaine de tenues.

« Une des règles précise : interdiction de laisser quoi que ce soit traîner par terre, à aucun moment », ajoute l'agent immobilier.

Simon fronce les sourcils. « Qui le saura ?

— Le contrat de location prévoit des inspections régulières. Si une des règles n'est pas respectée, l'entreprise de nettoyage doit en avertir l'agence.

— Pas question, dit Simon. J'aurais l'impression de retourner à l'école. Je refuse de me faire gronder parce que j'ai laissé traîner une chemise sale. »

Je prends conscience d'une chose : je n'ai pas eu un seul flash-back ni une seule crise d'angoisse depuis que je suis entrée dans cette maison. Elle est tellement coupée du monde extérieur, tellement *protégée*, que je m'y sens totalement en sécurité. Une réplique d'un de mes films préférés me vient à l'esprit. *Le calme et la majesté qui y règnent. Là, rien de mal ne peut vous arriver.*

« Je trouve ça fantastique, sincèrement, poursuit Simon. Et s'il n'y avait pas toutes ces règles, on serait sûrement intéressés. Mais on est plutôt du genre bordélique. Dans notre chambre, le côté d'Emma c'est *French Connection* après l'explosion de la bombe.

— Dans ce cas…, dit l'agent en hochant la tête.

— Moi, ça me plaît, dis-je, impulsivement.

— Ah bon ? s'étonne Simon.

— C'est inhabituel, mais… ça paraît logique, non ? Quand tu as construit une maison pareille, une maison incroyable, je comprends que tu veuilles que les gens y vivent convenablement, dans l'esprit où tu l'as conçue. Sinon, à quoi bon ? Et je la trouve extraordinaire. Je n'ai jamais rien vu qui ressemble à ça, même dans des magazines. On *pourrait* être ordonnés, non, si c'est le prix à payer pour vivre dans un endroit pareil ?

— Euh… super, dit Simon, hésitant.

— Ça te plaît à toi aussi ?

— Si ça te plaît, j'adore.

— Non, franchement ? Ce serait un sacré changement. Je ne veux pas qu'on se lance si tu n'en as pas vraiment envie. »

L'agent immobilier nous observe, amusé de voir le tour que prend cette discussion. Mais ça se passe toujours de cette façon entre nous. J'ai une idée en tête, Simon y réfléchit et finit par dire oui.

« Tu as raison, Emma, dit-il. C'est mille fois mieux que tout ce qu'on pourra trouver. Et si on veut prendre un nouveau départ… autant faire les choses en grand, plutôt que dans un petit deux-pièces standard, non ? »

Il se tourne vers l'agent immobilier. « Alors, comment ça se passe maintenant ?

— Ah, dit-il. C'est la partie délicate. »

Maintenant : JANE

« La dernière clause exige que… quoi ?

— Malgré toutes les contraintes, vous seriez surprise par le nombre de personnes qui sont prêtes à jouer le jeu. L'ultime obstacle, c'est le droit de veto de l'architecte en personne. En fait, il doit accepter le locataire.

— En personne, vous voulez dire ? »

Camilla hoche la tête. « Si vous arrivez jusque-là. Avant cela, il faut remplir un long questionnaire. Et bien évidemment, vous devez signer un document stipulant que vous avez lu et compris les règles. Si vous franchissez cette étape, vous serez convoquée pour un entretien en tête à tête avec l'architecte, où qu'il se trouve dans le monde. Ces dernières années, c'était au Japon, car il construisait un gratte-ciel à Tokyo. Mais depuis, il est rentré à Londres. Toutefois, la plupart du temps, il ne prend pas la peine de faire passer un entretien : il nous envoie un e-mail pour indiquer que la demande a été rejetée. Sans fournir d'explications.

— Quel genre de personnes accepte-t-il ? »

Camilla hausse les épaules. « Même nous, à l'agence, on n'a pas décelé de profil type. Par contre, les étudiants en architecture sont écartés d'office. Et il n'est pas nécessaire d'avoir déjà vécu dans un endroit comme celui-ci. Je dirais même que c'est un handicap. À part ça, je n'en sais pas plus que vous. »

Je regarde autour de moi. Si j'avais construit cette maison, quel genre de personne choisirais-je pour y vivre ? Sur quels critères jugerais-je une demande émanant d'un locataire potentiel ?

« L'honnêteté, dis-je.

— Pardon ? fait Camilla en me regardant d'un air étonné.

— Ce que je retiens de cette maison, ce n'est pas sa valeur esthétique, c'est le soin avec lequel elle a été conçue. Elle est sans concessions, à l'évidence, même un peu brutale par certains aspects. Mais voilà quelqu'un qui a mis tout ce qu'il a en lui, chaque once de passion, pour créer une chose qui correspond à cent pour cent à ce qu'il désire. Cette maison a… c'est un mot prétentieux, mais elle a de l'*intégrité*. Et je pense que cet homme cherche des gens prêts à vivre ici avec la même honnêteté.

— Oui, vous avez peut-être raison, dit Camilla. (Son ton trahit son scepticisme.) Alors, vous voulez tenter le coup ? »

Je suis une personne prudente par nature. Je prends rarement des décisions sans les avoir mûries : je recense toutes les options, j'évalue les conséquences, je compare les avantages et les inconvénients. Aussi suis-je un peu surprise de m'entendre répondre : « Oui. Absolument.

— Bien. » Camilla ne semble pas étonnée, elle : qui ne voudrait pas vivre dans une maison pareille ? « Venez avec moi à l'agence, je vais vous trouver un formulaire. »

Avant : EMMA

1. Dressez la liste de tous les objets qui vous semblent indispensables.

Je prends mon stylo, puis le repose. Faire la liste de toutes les choses que j'ai envie de garder me prendrait la nuit entière. Je continue à réfléchir, et soudain, le mot *indispensable* semble se détacher de la feuille pour flotter jusqu'à moi. Qu'est-ce qui est réellement indispensable ? Ma garde-robe ? Depuis l'effraction, je ne porte quasiment que les deux mêmes jeans et un vieux pull déformé. J'aimerais bien emporter quelques robes et quelques jupes, évidemment, deux ou trois jolies vestes, mes chaussures et mes bottes, mais le reste ne me manquerait pas vraiment. Nos photos ? Elles sont toutes stockées en ligne. Mes rares bijoux qui avaient un tant soit peu de valeur ont été emportés par les cambrioleurs. Nos meubles ? Il n'y en a pas un seul qui ne paraîtrait pas de mauvais goût et déplacé dans le décor du One Folgate Street.

Je comprends que la question a été formulée délibérément de cette façon. Si on m'avait dit de dresser la liste des choses dont je pouvais me passer, jamais je n'y serais parvenue. Mais en me mettant dans la tête l'idée que rien de tout cela n'a vraiment d'importance, je me surprends à me demander si je ne pourrais pas me débarrasser de tout ce que je possède, de toutes mes *affaires*, comme on abandonne une vieille peau.

Voilà peut-être le véritable objectif des Règles, comme nous les avons déjà surnommées, Simon et moi. Cet architecte n'est peut-être pas simplement un maniaque qui veut tout régenter dans sa jolie maison. Il s'agit peut-être d'une expérience. Une expérience de vie.

Dans ce cas, Simon et moi serions ses cobayes. En fait, je m'en fiche. J'ai *envie* de changer ce que je suis – ce que nous sommes – et je sais que je n'y arriverai pas sans aide.

Surtout ce que *nous* sommes.

Simon et moi, nous sommes ensemble depuis le mariage de Saul et Amanda, il y a quatorze mois. Je les ai rencontrés au travail l'un et l'autre, mais ils sont un peu plus âgés que moi, et à part eux, je ne connaissais pas beaucoup de gens ce jour-là. Simon était le témoin de Saul, la cérémonie était belle et romantique, et entre nous, ça a collé immédiatement. Après avoir bu et bavardé, nous en sommes venus à danser des slows et à échanger nos numéros de téléphone. Plus tard dans la soirée, nous avons découvert que nous logions dans le même B & B, et une chose en amenant une autre… Le lendemain, je me suis dit : *Qu'ai-je donc fait ?*

Manifestement, ce n'était qu'une aventure d'un soir, une de plus, sur un coup de tête ; je ne reverrais jamais ce type et je me trouverais minable ; j'aurais l'impression qu'on avait profité de moi. En vérité, c'est tout le contraire qui s'est passé. Simon m'a appelée dès qu'il est arrivé chez lui, puis le lendemain, et à la fin de la semaine, nous étions en couple, au grand étonnement de nos amis. Surtout les siens. Il travaille dans un environnement très masculin, et alcoolisé, où le fait d'avoir une petite amie régulière est presque considéré comme une tare. Dans le genre de magazine pour lequel il écrit, les filles sont des « canons » ou des « beautés ». Page après page, on tombe sur des photos de mannequins en petite tenue, alors que cette revue s'intéresse essentiellement aux gadgets et à la technologie. Si le sujet concerne les téléphones portables, par exemple, il y aura une fille plus ou moins déshabillée qui brandira le tout dernier modèle. S'il est question d'ordinateurs, elle portera des lunettes et tapera sur le clavier, à moitié nue. Et si l'article s'intéresse aux sous-vêtements, il y a de fortes chances pour qu'elle les tienne à la main, comme si elle venait de les enlever. Quand le magazine organise une soirée, les mannequins arrivent habillées en « tenue de travail », et les photos de la soirée s'étalent ensuite dans le magazine. Ce n'est pas du tout mon truc, et Simon m'a confié, très tôt, qu'il était comme moi ; une des raisons pour lesquelles je lui plaisais, c'était que je ne ressemblais pas à ces filles, disait-il, j'étais « authentique ».

Le fait de se rencontrer à un mariage donne un coup d'accélérateur aux prémices d'une relation. Simon m'a proposé d'emménager avec lui alors que nous sortions ensemble depuis quelques semaines seulement. Cela a surpris tout le monde : généralement, c'est la fille qui presse le garçon, car elle veut se marier ou simplement passer à l'étape suivante. Mais nous avons toujours fait les choses à l'envers. Peut-être parce que Simon est un peu plus âgé que moi. Il a toujours dit que le jour où il m'avait vue, il avait su que j'étais la bonne. C'est ça que j'aimais chez lui : il savait ce qu'il voulait. Moi, en l'occurrence. Mais je ne m'étais jamais vraiment demandé si c'était ce que je voulais moi aussi ; représentait-il pour moi ce que, à l'évidence, je représentais pour lui ? Récemment, après ce cambriolage et notre décision de quitter son vieil appartement pour trouver un nouveau logement, ensemble, j'ai commencé à comprendre qu'il était temps pour moi de faire un choix. La vie est trop courte pour la gâcher à cause d'une relation bancale.

Si tel est le cas.

Je continue à réfléchir à tout cela, en mâchonnant inconsciemment le bout de mon stylo jusqu'à ce qu'il se brise entre mes dents, emplissant ma bouche de petits morceaux de plastique. C'est une sale manie que j'ai, comme celle de me ronger les ongles. Cela fait peut-être partie des choses que je ne ferai plus au One Folgate Street. Cette maison fera peut-être de moi une personne bien. Elle m'apportera peut-être le goût de l'ordre et de la discipline dans le chaos de mon existence. Je deviendrai quelqu'un qui se fixe des objectifs, dresse des listes et va au bout des choses.

Je reporte mon attention sur le questionnaire. J'ai décidé de dresser la liste la plus courte possible, pour prouver que j'ai compris, que je suis en phase avec le projet de l'architecte.

Soudain, je sais quelle est la bonne réponse.

Je laisse la case totalement vide. Aussi vide et parfaite que l'intérieur du One Folgate Street.

Quand je tends le questionnaire à Simon, je lui explique ce que j'ai fait. Il me sort : « Et *mes* affaires, Emma ? Et la Collection ? »

« La Collection » est un ensemble hétéroclite d'objets souvenirs de la NASA qu'il accumule méticuleusement depuis des années, essentiellement dans des cartons rangés sous le lit. Je lui suggère que nous pourrions peut-être la mettre dans un garde-meuble, partagée entre, d'un côté, l'envie de sourire parce que nous sommes en train de discuter pour savoir si quelques cochonneries achetées sur eBay et signées par Buzz Aldrin ou Jack Schmitt vont nous empêcher de vivre dans cette incroyable demeure et, de l'autre, l'indignation en découvrant que Simon est capable de faire passer ses astronautes avant moi, après ce qui m'est arrivé.

« Tu as toujours dit que tu voulais leur offrir un vrai foyer, fais-je remarquer.

— Je ne pensais pas à un box chez CubeSmart, trésor. »

Et moi de répliquer : « Ce ne sont que des objets, Simon. Et les objets ne comptent pas, hein ? »

Je sens couver une nouvelle dispute, la fureur familière remonte à la surface en bouillonnant. *Une fois de plus,* ai-je envie de hurler, *tu me fais croire que tu vas faire quelque chose, et une fois de plus, le moment venu, tu essaies de te défiler.*

Je ne le dis pas, évidemment. Cette colère, ça ne me ressemble pas.

Carol, la psy que je vais voir depuis le cambriolage, affirme que la colère est un bon signe. Cela signifie que je ne suis pas vaincue, ou un truc comme ça. Hélas, ma colère est dirigée uniquement contre Simon. Mais ça aussi, c'est normal, apparemment. Les personnes les plus proches sont les plus touchées.

« OK, OK, dit Simon. La Collection ira dans un garde-meuble. Mais il y a peut-être d'autres choses que… »

J'éprouve déjà l'étrange besoin de protéger le magnifique espace vide de ma réponse.

« Balançons tout, dis-je avec agacement. Repartons de zéro. Disons qu'on part en vacances et que la compagnie aérienne fait payer les bagages, d'accord ?

— D'accord », dit-il.

Mais je sens bien qu'il veut juste éviter que je me mette en colère. Il se dirige vers l'évier et entreprend de laver ostensiblement les tasses et les assiettes sales que j'ai entassées. Il pense que je n'en serai pas capable, je le sais, que je ne suis pas assez disciplinée pour vivre dans un environnement épuré. Il dit toujours que j'attire le chaos. Que je dépasse les bornes. Mais c'est justement pour cette raison que je veux le faire. Je veux me réinventer. Et savoir que je dois le faire avec quelqu'un qui croit me connaître et pense que je ne suis pas à la hauteur, ça me rend dingue.

« Je sens que je pourrai écrire là-bas, dis-je. C'est tellement calme. Tu m'encourages à écrire mon livre depuis des mois. »

Il émet un grognement, dubitatif. « Ou peut-être que je tiendrai un blog », poursuis-je.

Je réfléchis à cette idée, je l'examine sous tous les angles. Un blog, ce serait cool. Je pourrais l'appeler : *La Minimaliste. Mon voyage au pays du minimalisme.* Ou un truc plus simple : *Miss Mini.*

Je suis déjà tout excitée. Je pense au nombre de followers que peut attirer un blog sur le minimalisme. Peut-être même que j'aurai de la pub, je laisserai tomber mon boulot, j'en ferai un magazine *lifestyle* à succès. Emma Matthews, la Princesse du moins.

« Ça veut dire que tu fermeras les autres blogs que je t'ai créés ? » demande-t-il, et je me cabre devant cette allusion au fait que je ne m'en occupe pas sérieusement. Certes, *London Girlfriend* n'a que quatre-vingt-quatre followers, et *Chick Lit Chic* dix-huit seulement, mais je n'ai jamais eu vraiment le temps de les alimenter.

Je reviens sur le questionnaire. Une seule question et on se dispute déjà. Il en reste trente-quatre.

Maintenant : JANE

Je survole le formulaire de candidature. Certaines questions sont franchement bizarres. Je comprends que l'on vous demande quels objets personnels vous souhaitez apporter et quels équipements vous aimeriez changer. Mais pourquoi :

23. *Seriez-vous prêt(e) à vous sacrifier pour sauver dix inconnus innocents ?*
24. *Dix mille inconnus ?*
25. *Face à des personnes obèses, vous éprouvez :*
    a) de la tristesse
    b) de l'agacement

Je constate que je ne m'étais pas trompée en employant le mot *intégrité.* Ces questions constituent une sorte de test psychométrique. Mais *intégrité* n'est pas un mot que les agents immobiliers utilisent très souvent. D'où la perplexité de Camilla.

Avant de remplir le questionnaire, je tape dans la barre de recherche Google « Association Monkford ».

Leur site Internet est référencé en première position. Je clique et vois apparaître un mur vierge. C'est un très joli mur, en pierre de couleur pâle, à la texture agréable, mais peu instructif.

Je clique de nouveau et deux mots surgissent :

RÉALISATIONS
CONTACT

Quand je sélectionne « Réalisations », une liste apparaît en fondu :

GRATTE-CIEL, TOKYO
MONKFORD BUILDING, LONDRES
CAMPUS WANDERER, SEATTLE
MAISON DE BORD DE MER, MINORQUE
CHAPELLE, BRUGES
THE BLACK HOUSE, INVERNESS
ONE FOLGATE STREET, LONDRES

Un clic sur chacun de ces noms permet de découvrir des photos de ces constructions, sans aucun commentaire. Toutes sont extrêmement minimalistes. Et réalisées avec la même attention apportée aux détails, les mêmes matériaux de très haute qualité, que l'on retrouve au One Folgate Street. Il n'y a pas une seule personne sur ces images, pas même un élément suggérant une présence humaine. La chapelle et la maison de bord de mer sont presque interchangeables : des cubes massifs de pierre pâle et de verre poli. Seule la vue au-delà des fenêtres est différente.

Je vais sur Wikipédia.

Edward Monkford, né en 1980, est un techno-architecte associé à l'esthétique minimaliste. En 2005, avec le spécialiste des nouvelles technologies David Thiel et deux autres personnes, il a créé l'Association Monkford. Ensemble, ils ont innové dans le domaine de la domotique, des environnements domestiques intelligents grâce auxquels une maison ou un immeuble devient un organisme intégré dépourvu de tout élément superflu[1].

Chose inhabituelle, l'Association Monkford n'accepte qu'une seule commande à la fois. À ce jour, leur production reste délibérément réduite. Ils travaillent actuellement sur leur projet le plus ambitieux : New Austell, une éco-ville de 10 000 logements dans le North Cornwall[2].

Je parcours rapidement la liste de leurs récompenses. Dans *The Architectural Review*, Monkford est qualifié de « génie imprévisible » et le *Smithsonian* le décrit comme « l'architecte britannique le plus influent… Un pionnier taciturne dont le travail est aussi discret que profond ».

Je passe à la rubrique « Vie privée ».

En 2006, alors qu'il était encore inconnu, Monkford a épousé Elizabeth Mancari, membre de l'Association Monkford. Ils ont eu un fils, Max, en 2007. La mère et l'enfant ont été tués accidentellement durant la construction du One Folgate Street (2008-2011), qui devait devenir leur maison et servir de vitrine pour les talents de l'Association naissante[3]. Pour certains commentateurs [réf. nécessaire], ce drame, suivi du long séjour sabbatique de Monkford au Japon, est à l'origine du style très minimaliste et austère qui a fait la renommée de l'Association.

De retour de son long congé, Monkford a abandonné les plans originaux du One Folgate Street, qui était encore à l'état de chantier [4], pour redessiner entièrement cette maison. Le résultat a reçu plusieurs récompenses majeures, parmi lesquelles le Striling Prize décerné par le Royal Institute of British Architects[5].

Je relis ce passage. Ainsi, l'histoire de cette maison avait commencé par un décès. Deux, même : un double deuil. Était-ce pour cette raison que je m'y sentais chez moi ? Existait-il une sorte d'affinité entre ces espaces austères et mon sentiment de perte ?

Par réflexe, je regarde la valise posée près de la fenêtre. Une valise remplie de vêtements de bébé.

Mon bébé est mort. Mon bébé est mort et, trois jours après, il est né. Aujourd'hui encore, c'est cette anomalie, cette effroyable inversion de l'ordre des choses, qui me paraît presque plus douloureuse que tout le reste.

C'est le docteur Gifford, obstétricien, bien qu'il soit à peine plus âgé que moi, qui m'a regardée droit dans les yeux pour m'expliquer que le bébé devrait naître par voies naturelles. À cause des risques d'infection et d'autres complications, ajoutés au fait qu'une césarienne est un acte chirurgical majeur, l'hôpital avait pour règle de ne pas proposer cette procédure dans les cas de mortalité prénatale. *Proposer*, c'était le mot qu'ils employaient, comme si mettre un bébé au monde par césarienne, même mort, était une sorte de cadeau, une corbeille de fruits dans un hôtel. Mais ils déclencheraient l'accouchement, avait-il précisé, et veilleraient à ce que cela soit aussi rapide et indolore que possible.

Moi, je pensais : *Je ne veux pas que ce soit indolore. Je veux que ça fasse mal et je veux avoir un bébé vivant à l'arrivée.* Je me suis surprise à me demander si le docteur Gifford avait des enfants. Oui, avais-je décrété. Les médecins se mariaient jeunes, avec d'autres médecins généralement, et il était beaucoup trop sympathique pour ne pas avoir de famille. En rentrant chez lui, il raconterait sa journée à sa femme en buvant une bière avant le dîner, et il emploierait des mots comme *mortalité prénatale*, *à terme* et peut-être *déprimant*. Puis sa fille lui montrerait un dessin qu'elle avait fait à l'école, il l'embrasserait et la féliciterait.

Je devinais sur les visages fermés, tendus de l'équipe médicale qui s'affairait autour de moi que, même pour eux, c'était une opération horrible et rare. Mais s'ils pouvaient trouver une sorte de refuge dans leur professionnalisme, pour moi il n'y avait qu'un sentiment écrasant et paralysant d'échec. Alors qu'ils installaient la perfusion et son chargement d'hormones destinées à déclencher l'accouchement, j'ai entendu les cris d'une autre femme, un peu plus loin dans le service de maternité. Elle repartirait, elle, avec un bébé, et non pas avec une carte de visite et un rendez-vous chez un thérapeute. Maternité. Encore un drôle de mot quand on y réfléchissait. Serai-je une mère, techniquement parlant, ou existait-il un autre terme pour désigner ce que j'allais devenir ? Déjà, je les avais entendus dire *post-partum* au lieu de *postnatal.*

Quelqu'un m'a posé une question au sujet du père et j'ai secoué la tête. Pas de père à contacter, uniquement mon amie Mia, présente et livide, rongée par la tristesse et l'angoisse, tandis que tous nos projets soigneusement élaborés – bougies Diptyque, petite piscine et iPod rempli de Jack Johnson et de Bach – se trouvaient balayés par la sombre précipitation de l'activité médicale, sans être mentionnés, comme s'ils avaient simplement fait partie de l'illusion que tout allait bien, que je contrôlais la situation, qu'un accouchement était une chose à peine plus fatigante qu'un soin du corps ou un massage tonique, et non pas une opération mortelle dans laquelle ce genre d'issue était parfaitement possible, et même attendu. Une fois sur deux cents, a précisé le docteur Gifford. Dans un tiers des cas, on ne connaissait pas la raison. Que je sois en pleine forme et mène une vie saine – avant la grossesse, je faisais du Pilates chaque jour et je courais au moins une fois par semaine – ne changeait rien, pas plus que mon âge. Certains bébés mouraient avant la naissance, voilà tout. Je demeurerais sans enfant et la petite Isabel Margaret Cavendish n'aurait jamais de mère. Une vie ne verrait pas le jour. Quand les contractions ont débuté, j'ai inspiré une bouffée de gaz et des visions d'horreur ont envahi mon esprit. Des images d'abominations enfermées dans des bocaux de formol de l'époque victorienne. Je hurlais et bandais mes muscles, même si la sage-femme me disait que c'était trop tôt.

Mais ensuite, après avoir donné la vie, ou la mort, je ne sais pas comment il faut dire, tout était étrangement paisible. Grâce aux hormones, apparemment, le même cocktail d'amour, de béatitude et de soulagement que ressent chaque nouvelle mère. Elle était parfaite et calme, et je l'ai tenue dans mes bras en roucoulant comme le ferait n'importe quelle mère. Elle sentait la morve, le liquide organique, la peau toute neuve et douce. Son petit poing chaud était refermé autour de mon doigt, comme celui de n'importe quel bébé. Et j'éprouvais… de la *joie.*

La sage-femme me l'a enlevée afin d'aller réaliser des moulages de ses mains et de ses pieds, pour ma boîte à souvenirs. Je n'avais jamais entendu cette expression et elle a dû me l'expliquer. On allait me remettre une boîte en carton contenant une mèche des cheveux d'Isabel, le linge qui l'avait enveloppée, quelques photos et les moulages en plâtre. Une sorte de cercueil miniature. Les reliques d'une personne qui n'a jamais existé. Quand la sage-femme m'a apporté les moulages, on aurait dit des réalisations d'école maternelle. Du plâtre rose pour les mains, bleu pour les pieds. C'est à ce moment-là que j'ai pris conscience qu'il n'y aurait jamais de travaux artistiques, pas de dessins sur les murs, pas de choix d'écoles, pas d'uniforme déjà trop petit. Je n'avais pas seulement perdu un bébé. J'avais perdu une enfant, une adolescente, une femme.

Les pieds et tout le reste du corps étaient froids maintenant. Alors que je nettoyais les derniers morceaux de plâtre sur les pieds, au lavabo de ma chambre, j'ai demandé à la sage-femme si je pouvais l'emmener chez moi, un petit moment. Elle m'a jeté un regard désapprobateur et a répondu que ce serait un peu bizarre, non. En revanche, je pouvais la tenir dans mes bras aussi longtemps que je le souhaitais, ici, à l'hôpital. Je lui ai dit alors qu'ils pouvaient l'emmener, j'étais prête.

Après cela, en regardant le ciel gris de Londres à travers mes larmes, j'avais le sentiment d'avoir été amputée. De retour chez moi, le chagrin intense a cédé la place à une nouvelle torpeur. Quand des amis évoquaient ma *perte* d'un ton bouleversé et compatissant, je comprenais évidemment ce qu'ils voulaient dire, mais ce mot me paraissait d'une justesse effroyable. D'autres femmes avaient *gagné*, elles avaient remporté leur combat contre la nature, la procréation et la génétique. Et moi qui avais toujours été si efficace, si performante, si brillante, j'avais *perdu*. Le chagrin, découvrais-je, n'était guère différent de la défaite.

Et pourtant, curieusement, à la surface, tout était presque comme avant. Avant cette brève liaison civilisée avec mon homologue du bureau de Genève, une relation qui s'était déroulée dans des chambres d'hôtel et des restaurants insipides et fonctionnels, avant l'apparition des nausées matinales et la prise de conscience – horrible, d'abord – que nous n'avions peut-être pas été aussi prudents que je le croyais. Avant les échanges téléphoniques difficiles, les e-mails et ses allusions polies aux *décisions*, aux *possibilités* et au *moment mal choisi*. Et pour finir, la lente évolution d'un sentiment différent, l'idée que le moment était peut-être le bon finalement et que même si cette liaison ne débouchait pas sur une relation durable, elle m'offrait, à trente-quatre ans, une chance. Je gagnais suffisamment bien ma vie pour deux et le cabinet de conseils financiers qui m'employait se vantait de la générosité de ses allocations de maternité. Non seulement je pourrais passer presque un an avec mon bébé, mais on me garantissait des conditions de travail aménagées à mon retour.

Mes employeurs ont fait preuve de la même compréhension quand je leur ai appris que j'avais accouché d'un enfant mort-né et ils m'ont accordé un congé maladie illimité ; de toute façon, ils avaient déjà pris leurs dispositions pour me remplacer. Je me suis retrouvée seule dans un appartement qui avait été préparé pour accueillir un enfant : le berceau Kuster, la poussette haut de gamme, et sur les murs de la chambre, la frise peinte à la main, avec des personnages de cirque. J'ai passé le premier mois à tirer du lait maternel que je jetais dans l'évier.

La bureaucratie a tenté d'être compatissante, sans y parvenir, évidemment. J'ai découvert que la loi ne prévoit aucune exception pour un enfant mort-né. Une femme dans ma position doit aller déclarer le décès, et la naissance, simultanément : une cruauté juridique qui continue à me faire enrager chaque fois que j'y pense. Il y a même eu un enterrement, exigé par la loi, là encore. Mais je l'aurais fait quoi qu'il en soit. Difficile de faire l'éloge funèbre d'une personne qui n'a pas existé ; nous avons essayé malgré tout.

J'ai accepté les séances de thérapie que l'on me proposait, mais au fond de moi, je savais que cela ne changerait rien. Je devais escalader une montagne de chagrin, et toutes les paroles du monde ne pourraient pas m'aider. J'avais besoin de travailler. Quand il est apparu que je ne pouvais pas reprendre mon ancien travail avant encore un an (apparemment, vous ne pouvez pas vous débarrasser d'une remplaçante engagée pendant un congé de maternité, elles ont des droits comme n'importe quel autre employé), j'ai démissionné et me suis engagée à mi-temps, comme bénévole, dans une association caritative œuvrant pour le développement de la recherche sur la mortalité fœto-infantile. Cela signifiait que je n'avais plus les moyens de continuer à vivre dans mon appartement, mais j'avais décidé de déménager de toute façon. Même si je me débarrassais du berceau et du papier peint de la chambre d'enfant, ce serait toujours la maison où Isabel n'est pas.

Avant : EMMA

Quelque chose m'a réveillée.

Je sais immédiatement que ce ne sont pas des pochetrons devant le kebab, ni une bagarre de rue, ni un hélicoptère de la police qui passe dans le ciel, car je suis habituée à ces manifestations sonores, je ne les remarque quasiment plus. Je lève la tête et tends l'oreille. Un bruit étouffé, puis un autre.

Quelqu'un se déplace dans notre appartement.

Plusieurs cambriolages ont eu lieu dans le quartier ces derniers temps, et pendant un instant, je sens mon estomac se nouer sous l'effet de l'adrénaline. Puis ça me revient. Simon est sorti ce soir, une virée au pub entre collègues, je crois, et je me suis couchée sans l'attendre. Apparemment, il a trop bu. J'espère qu'il va prendre une douche avant de se mettre au lit.

Je peux deviner *grosso modo* l'heure qu'il est grâce aux bruits dans la rue, ou plutôt, grâce à l'absence de bruits. Pas de vrombissements de moteurs quand le feu passe au vert. Pas de portières de voiture qui claquent devant le kebab. Je prends mon téléphone. Je n'ai pas mes lunettes, mais je vois qu'il est 2 h 41.

Simon avance dans le couloir, trop ivre pour se souvenir que le plancher grince devant la porte de la salle de bains.

« C'est bon, lui dis-je. Je ne dors pas. »

Ses pas s'arrêtent devant la porte. Pour bien lui montrer que je suis en colère, j'ajoute : « Je sais que tu es ivre. »

Des voix, indistinctes. Des murmures.

J'en déduis qu'il a ramené quelqu'un à la maison. Un collègue, ivre lui aussi, qui a loupé le dernier train pour rentrer dans sa banlieue. C'est énervant. J'ai une grosse journée demain – non, aujourd'hui – et préparer un petit déjeuner pour des types qui ont la gueule de bois, ce n'était pas prévu au programme. Mais je sais que, le moment venu, Simon se montrera charmeur et drôle, il m'appellera « trésor » ou « ma beauté », il expliquera à son pote que j'ai failli devenir mannequin. N'est-il pas le plus chanceux des hommes ? Je finirai par céder et j'arriverai en retard au travail. Une fois de plus.

« À plus tard, alors », je lui lance, agacée. Je parie qu'ils vont sortir la Xbox.

Mais les pas ne s'éloignent pas.

Franchement exaspérée maintenant, je me lève – vêtue de mon vieux tee-shirt et d'un caleçon, je suis suffisamment présentable, mais tout juste, pour un collègue – et j'ouvre la porte.

Je suis moins rapide que l'individu tout habillé de noir, avec un passe-montagne sur la tête, qui se trouve de l'autre côté et donne un grand coup d'épaule dans la porte, m'envoyant valdinguer. Je hurle, ou du moins je crois hurler ; ce n'est peut-être qu'un petit hoquet de surprise, car la peur et le choc paralysent ma gorge. La lumière de la cuisine est allumée et fait briller la lame quand il lève son couteau. Un petit couteau, tout petit, à peine plus grand qu'un stylo.

Le passe-montagne en laine noire fait ressortir ses yeux. Ils s'écarquillent quand il me voit pour de bon.

« *Ouah !* » s'exclame-t-il.

Derrière lui, j'aperçois un autre passe-montagne, une autre paire d'yeux, plus inquiets. « Laisse tomber, *bro* », dit le deuxième homme. L'un est blanc, l'autre noir, mais tous les deux emploient l'argot des ghettos noirs.

« *Chill*, *man*, dit le premier. C'est de la bombe non ? »

Il lève le couteau encore plus haut, jusque devant mon visage. « File ton portable, pétasse. »

Je me fige.

Mais cette fois, c'est moi qui suis plus rapide que lui. Je glisse la main derrière moi. Il pense que je vais prendre mon portable, mais en fait, j'ai un couteau moi aussi, le grand couteau à viande de la cuisine qui est posé sur la table de chevet. Mes doigts se referment sur le manche, lisse et lourd, et d'un seul mouvement fluide, je pivote et enfonce la lame dans le bide de ce salopard, juste sous les côtes. Il entre facilement. Le sang ne gicle pas comme dans les films d'horreur, me dis-je en ressortant le couteau pour le poignarder de nouveau. Ça facilite les choses. Je lui transperce le bras, puis je plante la lame dans son ventre, et plus bas ensuite, au niveau des couilles, je triture sauvagement. Lorsqu'il s'effondre sur le sol, j'enjambe son corps pour m'attaquer à son complice.

« Toi aussi, lui dis-je. Tu étais là, tu ne l'as pas arrêté. Sale petite merde. » J'enfonce le couteau dans sa bouche, aussi facilement que si je postais une lettre.

Puis tout s'efface brusquement et je me réveille en hurlant.

« C'est normal, dit Carol en hochant la tête. Tout à fait normal. C'est même bon signe. »

Malgré le calme qui règne dans le salon où Carol reçoit ses patients, je tremble. Non loin de là, au-dehors, quelqu'un tond la pelouse.

« Bon signe ? » dis-je, étonnée.

Carol hoche la tête de nouveau. Elle fait ça souvent, chaque fois que je dis quelque chose, en réalité, ou presque, comme si elle voulait montrer qu'elle ne répond pas aux questions de ses patients habituellement, mais qu'elle veut bien faire une exception, juste une fois, pour moi. Pour quelqu'un qui accomplit un *bon travail*, qui obtient d'*excellents résultats* et va peut-être même *franchir un cap*, comme elle le dit à la fin de chaque séance. Elle m'a été recommandée par la police, c'est donc qu'elle connaît son métier, mais en toute franchise, j'aimerais mieux qu'ils arrêtent les salopards, au lieu de distribuer des cartes de visite de psy.

« Le fait d'imaginer que vous aviez un couteau, c'est peut-être votre inconscient qui exprime sa volonté de contrôler ce qui s'est passé, ajoute-t-elle.

— Ah bon ? » dis-je. Je glisse mes pieds sous moi. Même sans chaussures, je ne suis pas sûre que ce soit toléré, vu l'aspect immaculé du canapé de Carol, mais autant que j'en aie pour mes cinquante livres. Je demande : « C'est ce même inconscient qui a décidé que je devais oublier tout ce qui s'est passé après que j'ai donné mon téléphone ? Il ne serait pas plutôt en train de me dire que j'ai été conne de ne pas avoir un couteau près de mon lit ?

— Oui, c'est une interprétation, Emma, admet-elle. Mais pas très utile, me semble-t-il. Les personnes qui ont survécu à une agression rejettent souvent la faute sur elles-mêmes, plutôt que sur leur agresseur. Pourtant, c'est lui qui a enfreint la loi, pas vous. Écoutez, ajoute-t-elle, les circonstances de ce drame m'intéressent moins que le processus de guérison. Dans cette perspective, c'est une étape importante. Dans vos derniers cauchemars, vous commencez à riposter, cela veut dire que vous accusez vos agresseurs, désormais, et non vous-même. Vous refusez d'endosser le rôle de la victime.

— Sauf que je *suis* leur victime, dis-je. Rien ne peut changer ça.

— *Je suis ?* répète Carol. Ou *j'étais* ? »

Après une longue pause significative – un « espace thérapeutique », comme elle dit parfois, une façon débile de qualifier ce qui n'est rien d'autre qu'un silence –, elle demande, avec douceur : « Et Simon ? Comment ça se passe avec lui ?

— C'est dur. »

Comprenant que cette réponse peut être interprétée de deux manières, j'ajoute :

« Il fait de son mieux. Il me sert d'innombrables tasses de thé et autant de sympathie. On dirait qu'il culpabilise parce qu'il n'était pas là. Il semble croire qu'il aurait pu les tabasser tous les deux et les livrer à la police. Alors qu'en réalité ils l'auraient sans doute poignardé. Ou torturé pour connaître son code de carte bancaire.

— La société, dit Carol, nous offre une… *vision* de ce qu'est la virilité, Emma. Quand celle-ci est ébranlée, n'importe quel homme peut se sentir menacé et désorienté. »

Cette fois, le silence se prolonge pendant toute une minute.

« Vous réussissez à manger ? »

Sans trop savoir pourquoi, j'avais confié à Carol que j'avais souffert autrefois de troubles du comportement alimentaire. Quand je dis *autrefois*, tout est relatif, car comme vous le dira quiconque est passé par là, cette maladie ne disparaît jamais totalement, et quand votre vie est chamboulée, quand la situation vous échappe, c'est là qu'elle menace de réapparaître. « Simon m'oblige à manger, dis-je. Tout va bien. »

Je ne lui avoue pas que parfois je salis une assiette et la dépose dans l'évier pour faire croire à Simon que j'ai mangé, ni que je me fais vomir quand on rentre à la maison après être allés dîner quelque part. Certaines parties de ma vie restent interdites d'accès. À vrai dire, c'est une des choses que j'aimais chez Simon, avant, cette façon de veiller sur moi quand j'étais malade. Le problème, c'est que lorsque je ne suis pas malade, toute cette attention dont il m'entoure me rend dingue.

« Je n'ai pas réagi, dis-je subitement. Quand ils sont entrés dans l'appartement. C'est ça que je n'arrive pas à comprendre. Je tremblais littéralement sous l'effet de l'adrénaline. On est censé avoir le choix entre le combat ou la fuite, non ? Moi, je n'ai choisi ni l'un ni l'autre. Je n'ai *rien* fait. »

Sans raison particulière, je me mets à pleurer. Je prends un coussin et le plaque contre ma poitrine, comme si j'étranglais ces deux petites ordures.

« Vous avez fait quelque chose, dit Carol. Vous avez fait l'autruche. C'est parfaitement légitime. Comme chez les lièvres et les lapins : les lapins courent, les lièvres se tapissent. Il n'y a pas de bonne ou de mauvaise réaction dans ce genre de situations, il n'y a pas de : "Et si ?" Il y a uniquement ce qui s'est passé. »

Elle se penche en avant pour me tendre une boîte de mouchoirs par-dessus la table basse. « Emma, j'ai envie d'essayer quelque chose », dit-elle après que je me suis mouchée.

« Quoi donc ? Pas l'hypnose, j'espère. Je vous ai dit que je ne voulais pas. » Elle secoue la tête.

« C'est une thérapie appelée EMDR[1]. Au début, cela peut sembler un peu étrange, mais en fait, c'est très simple. Je vais m'asseoir à côté de vous et bouger les doigts de droite à gauche devant votre champ

1. *Eye Movement Desensitization and Retraining*. (Toutes les notes sont du traducteur.)

de vision, pendant que vous revivez mentalement l'expérience traumatisante. En même temps, je veux que vous suiviez mes doigts avec vos yeux.

— C'est quoi, l'intérêt ?

— En vérité, on ne sait pas précisément comment fonctionne l'EMDR. Mais apparemment, cette technique vous aide à affronter ce qui s'est passé, à remettre les choses en perspective. C'est particulièrement utile quand une personne ne se souvient pas des détails d'un événement. Êtes-vous prête à essayer ?

— OK », dis-je en haussant les épaules.

Carol avance son fauteuil pour se rapprocher de moi, à quelques dizaines de centimètres, et lève deux doigts.

« Concentrez-vous sur une image du tout début du cambriolage. Une image fixe pour le moment. Comme quand vous appuyez sur “Pause” pendant un film. »

Elle bouge les doigts de droite à gauche. Obéissante, je les suis du regard. « Oui, c'est bien, Emma. Maintenant, laissez se dérouler le film. Souvenez-vous de ce que vous avez ressenti. »

Tout d'abord, j'ai du mal à me concentrer, mais une fois habituée aux mouvements de ses doigts, je parviens à faire défiler mentalement le film de cette nuit-là.

Un bruit sourd dans le salon.

Des pas.

Des murmures.

Je sors du lit.

Le coup d'épaule dans la porte. Le couteau devant mon visage…

« Respirez profondément, me glisse Carol. Comme on l'a appris. »

Deux, trois grandes inspirations. *Je sors du lit...*

Le couteau. Les intrus. La dispute entre les deux hommes, la tension : doivent-ils foutre le camp ou continuer à cambrioler l'appartement, malgré ma présence. Le plus âgé, celui qui tient le couteau, me montre du doigt.

Elle est toute maigrichonne. Qu'est-ce qu'elle peut faire ?

« Respirez, Emma. Respirez. »

Il appuie son couteau contre ma gorge. *Si elle bouge, on la taillade.*

« Non, dis-je brutalement, paniquée. Je ne peux pas. Désolée. » Carol se rassoit au fond de son siège. « C'était très bien, Emma. Bravo. »

Je continue à respirer profondément, j'essaie de retrouver mon calme. Je sais, grâce à mon expérience des séances précédentes, que c'est à moi de briser le silence maintenant. Mais je ne veux plus parler du cambriolage.

« On a peut-être trouvé un nouveau logement, dis-je.

— Ah oui ? »

Carol conserve un ton neutre, comme toujours.

« L'appartement de Simon est situé dans un quartier horrible. Avant même que je vienne gonfler les statistiques de la criminalité. Maintenant, je parie que les voisins me haïssent : j'ai certainement dévalué de cinq pour cent la valeur de leur bien immobilier.

— Non, je suis certaine qu'ils ne vous haïssent pas, Emma. »

Je me mets à téter la manche de mon pull. Une vieille habitude qui semble avoir ressurgi.

« Je sais, dis-je, déménager, c'est céder. Mais je ne peux pas rester là-bas. D'après la police, avec ce genre d'agresseurs, il est possible qu'ils reviennent. Apparemment, ces types ont l'impression que vous leur *appartenez* désormais.

— Ce qui n'est absolument pas le cas, bien entendu, précise Carol. Vous n'appartenez qu'à vous-même, Emma. Et non, je ne pense pas que déménager, ce soit céder. Bien au contraire. C'est le signe que vous recommencez à prendre des décisions. Vous reprenez le contrôle. Je sais que c'est dur pour le moment. Mais les gens surmontent ce genre de traumatisme. Simplement, ça prend du temps et vous devez l'accepter. »

Elle jette un coup d'œil à la pendule. « Excellent travail, Emma. Vous avez fait de gros progrès aujourd'hui. On se revoit la semaine prochaine à la même heure ? »

Maintenant : JANE

30. Laquelle de ces formules décrit le mieux votre relation intime la plus récente ?

- ❍ *Amicale plus qu'amoureuse*
- ❍ *Décontractée et confortable*
- ❍ *Émouvante et intense*
- ❍ *Tempétueuse et explosive*
- ❍ *Parfaite, mais brève*

Les questions du formulaire de candidature sont de plus en plus bizarres. Au début, j'essaie de les examiner avec soin, mais elles sont si nombreuses qu'à la fin, je réponds presque sans réfléchir. Je coche les cases à l'instinct.

On me réclame trois photos récentes. Je choisis un instantané pris lors du mariage d'une amie, un selfie de Mia et moi en train de gravir Snowdonia, il y a quelques années, et un portrait plus sérieux que j'ai fait faire pour le travail. Et voilà, terminé. Je rédige une lettre d'accompagnement, rien de trop recherché, juste quelques mots polis pour dire combien j'aime le One Folgate Street et que je ferai tout mon possible pour y vivre, avec toute l'intégrité que mérite cette maison. Je suis quand même obligée de réécrire plusieurs fois ces quelques lignes avant d'en être satisfaite. L'agente immobilière m'a bien dit de ne pas nourrir trop d'espoir, car la plupart des candidats ne franchissent même pas ce stade, mais je me couche pleine d'optimisme. Un nouveau départ. Et tandis que je sombre dans le sommeil, un autre mot s'insinue dans mon cerveau. Une renaissance.

2. *Quand je travaille sur quelque chose, je ne peux pas me détendre tant que le résultat n'est pas parfait.*

Oui ❍ ❍ ❍ ❍ ❍ *Non*

Avant : EMMA

Une semaine s'écoule sans que nous recevions de réponse à notre demande, puis encore une autre. J'envoie un e-mail pour m'assurer qu'ils l'ont bien reçue. Toujours rien. Je commence à m'énerver : ils nous ont obligés à répondre à un tas de questions débiles, choisir des photos, écrire une lettre de motivation ; ils pourraient au moins nous informer que nous n'avons pas été choisis… C'est alors qu'un e-mail arrive enfin de admin@lassociationmonkford.com. Sujet : « One Folgate Street ». Je ne me laisse pas le temps de m'angoisser. Je l'ouvre immédiatement.

Veuillez vous présenter pour un entretien demain mardi 16 mars à 17 heures, au siège de l'Association Monkford.

C'est tout. Pas d'adresse, pas de détails, on ne nous dit pas si c'est pour rencontrer Edward Monkford ou un sous-fifre. Mais évidemment, l'adresse se trouve facilement sur Internet, et peu importe de savoir qui va nous recevoir. Ça y est : nous avons franchi tous les obstacles, sauf le dernier.

L'Association Monkford occupe le dernier étage d'un bâtiment moderne de la City. Il n'a pas de véritable adresse, mais tout le monde l'appelle La Ruche, car, en effet, il ressemble à une gigantesque ruche de pierre. Au milieu des tours de verre et d'acier, cubiques, du Square Mile, il se dresse aux abords de Saint Paul telle une étrange chrysalide pâle, abandonnée par un extraterrestre. Vu du sol, il est encore plus étrange. Dans le hall, il n'y a pas de bureau d'accueil, uniquement un long mur de pierre pâle, percé de deux ouvertures étroites qui conduisent certainement aux ascenseurs, car un flot ininterrompu de gens s'y engouffre et s'en déverse. Tous, hommes et femmes, semblent porter des costumes noirs très chers sur des chemises à col ouvert.

Mon portable bourdonne. Un message vient d'apparaître sur l'écran. *Monkford Building. Voulez-vous entrer ?*

J'appuie sur « Accepter ». *Bienvenue, Emma et Simon. Veuillez prendre l'ascenseur trois et monter au quatorzième étage.*

Je ne sais absolument pas comment l'immeuble nous a identifiés. Peut-être y avait-il un cookie attaché à l'e-mail. Simon connaît bien tous ces trucs-là. Je lui montre mon téléphone, en espérant éveiller son intérêt, mais il se contente de hausser les épaules, dédaigneux.

Ce genre de décor, friqué et m'as-tu-vu, ce n'est pas son truc.

Personne d'autre n'attend devant l'ascenseur, à l'exception d'un homme qui fait encore plus tache que nous. Il a de longs cheveux gris, à l'aspect négligé, bien qu'attachés en queue-de-cheval, une barbe de deux jours, et il porte un cardigan bouffé par les mites sur un pantalon en lin râpé. Je jette un coup d'œil à ses pieds et constate qu'il est en chaussettes ! Il mange une barre de Crunchie bruyamment. Quand la porte de l'ascenseur s'ouvre, il se faufile à l'intérieur et va se poster au fond.

Je cherche les boutons, mais il n'y en a pas. J'en déduis que cet ascenseur dessert uniquement l'étage pour lequel on l'a programmé.

Pendant la montée, qui s'effectue avec une telle douceur qu'on ne perçoit aucun mouvement, je sens les yeux de l'homme courir sur moi. Ils se posent sur mon ventre, et s'y attardent, tandis qu'il lèche le chocolat sur ses doigts. Mal à l'aise, je plaque la main à l'endroit qu'il reluque et constate que mon chemisier est à moitié sorti de mon pantalon. On aperçoit une bande de peau nue juste au-dessus de la ceinture.

« Qu'est-ce qui se passe, Emma ? » demande Simon, conscient de ma gêne. « Rien », dis-je en pivotant vers lui pour tourner le dos à ce type bizarre, tout en remettant mon chemisier dans mon pantalon, discrètement. « Tu as déjà changé d'avis ? » me glisse Simon. « Je ne sais pas », dis-je. En fait, je n'ai pas changé d'avis, mais je ne veux pas que Simon pense que je ne suis pas ouverte à la discussion.

La porte de l'ascenseur s'ouvre et l'homme sort d'un pas traînant, en continuant à manger sa barre chocolatée. « *Showtime* », dit Simon en regardant autour de lui.

Nous sommes dans un autre espace aux lignes épurées, inondé de lumière, qui occupe toute la longueur du bâtiment. Un des murs s'achève par une paroi de verre incurvée qui domine la City : on aperçoit la coupole de Saint Paul, la Lloyd's of London, et tous les autres bâtiments marquants de la capitale anglaise, puis Canary Wharf au loin, la Tamise qui contourne l'île aux Chiens et traverse les plaines plates et infinies vers l'est. Une femme blonde vêtue d'un tailleur noir ajusté se déplie pour quitter un fauteuil en cuir dans lequel elle tapotait sur un iPad.

« Bienvenue, Emma et Simon, dit-elle. Veuillez vous asseoir. Edward va vous recevoir d'ici peu. »

Sans doute communique-t-elle uniquement par le biais de sa tablette, car après dix minutes de silence, elle nous dit : « Veuillez me suivre, je vous prie. »

Elle pousse une porte. À la façon dont le battant pivote, je devine qu'elle est très lourde, mais parfaitement équilibrée. De l'autre côté, un homme se tient derrière une longue table, en appui sur les poings, en train d'étudier des plans. Si grands qu'ils tiennent tout juste sur la table. En y jetant un coup d'œil, je constate que ce ne sont pas des plans, mais des dessins. Deux ou trois crayons et une gomme sont regroupés dans un coin, soigneusement disposés par taille.

« Emma, Simon, dit l'homme en levant la tête. Souhaitez-vous un café ? »

OK, il est très séduisant. C'est la première chose que je remarque chez lui. Et la deuxième. La troisième, aussi. Il porte un pull-over noir sur une chemise ouverte, rien de très chic, mais la matière du pull tombe parfaitement sur ses épaules larges et fines, et il affiche un joli sourire teinté d'une touche d'autodérision. On dirait un prof sexy et décontracté, loin de l'obsédé bizarre que j'imaginais.

Visiblement, Simon s'est fait la même réflexion, ou bien il a déchiffré mon regard, car le voilà qui avance à grands pas et pose sa main sur l'épaule d'Edward Monkford.

« Edward, c'est ça ? Ou bien Eddy ? Ed ? Moi, c'est Simon. Ravi de vous rencontrer, mon vieux. Chicos, ici. Elle, c'est ma petite amie, Emma. »

Je grimace, car cette parodie de salutations cockney, c'est un numéro auquel il se livre seulement quand il se sent menacé. Alors, je m'empresse de répondre : « Un café, c'est parfait. »

« Deux cafés, s'il vous plaît, Alisha », dit Edward Monkford à son assistante. D'un geste, il nous entraîne de l'autre côté de la table. « Eh bien, dit-il une fois que nous sommes tous assis, en me regardant fixement, sans se soucier de Simon, expliquez-moi pourquoi vous voulez vivre au One Folgate Street. »

Non, pas un professeur. Un proviseur, ou le président du conseil d'administration. Son regard reste chaleureux, mais avec une pointe de férocité. Ce qui le rend encore plus attirant, évidemment.

Nous avions anticipé cette question, ou quelque chose dans le genre, et je parviens à débiter la réponse que nous avons préparée : nous nous réjouissons de l'occasion qui nous est offerte et nous ferons de notre mieux pour rendre justice à cette maison. Assis à côté de moi, Simon lance des regards noirs, sans rien dire. Quand j'ai fini, Monkford hoche la tête, poliment. Il semble s'ennuyer un peu.

Et je me surprends à ajouter : « Je pense qu'elle va nous transformer. »

Il affiche un certain intérêt, pour la première fois. « Vous transformer ? Comment ?

— On a été cambriolés, dis-je. Par deux hommes. Des gamins, plutôt. Des adolescents. Je ne me souviens pas très bien des détails. Je souffre d'une sorte de choc post-traumatique. »

Il hoche la tête, songeur.

Encouragée, je continue : « Je ne veux plus être la personne qui est restée là sans réagir et qui les a laissés s'enfuir. Je veux être quelqu'un qui prend des décisions. Qui riposte. Et je pense que cette maison peut m'aider. Nous ne sommes pas habitués à vivre de cette manière, avec toutes ces règles. Mais nous aimerions bien essayer. »

Le silence s'étire. Je me botte les fesses mentalement. En quoi ce qui m'est arrivé peut-il avoir de l'importance ? Comment une maison peut-elle transformer quelqu'un ?

La blonde glaciale revient avec les cafés et se dirige vers la table. Je me lève d'un bond pour prendre une tasse et dans ma précipitation, trahie par ma nervosité, je réussis à la renverser sur les dessins.

« Nom de Dieu, Emma, murmure Simon en se levant à son tour. Regarde ce que tu as fait !

— Je suis vraiment navrée, dis-je, pitoyablement, tandis que la rivière brune submerge lentement les dessins. Oh, mon Dieu, je suis désolée… »

L'assistante s'empresse d'aller chercher de quoi essuyer. Je vois s'échapper cette occasion unique. Cette liste d'objets personnels magnifiquement vide, tous ces mensonges remplis d'espoir dont j'ai truffé le questionnaire, tout cela ne servira à rien. Cet homme n'a que faire d'une idiote maladroite qui renverse du café dans sa belle maison.

Mais, à mon grand étonnement, Monkford rit. « Ces dessins étaient affreux, dit-il. J'aurais dû les balancer depuis des semaines. Vous m'avez évité cette peine. »

L'assistante revient avec des serviettes en papier et se met à tamponner et à essuyer furieusement. « Alisha, vous ne faites qu'aggraver les choses », dit Monkford, sèchement. Laissez-moi faire.

Il roule les dessins en boule, pour emprisonner le café à l'intérieur, comme une couche géante, et les lui tend. Jetez-moi ça.

« Ah, je suis désolé, mon vieux », dit Simon.

Monkford le regarde droit dans les yeux, pour la première fois.

« Ne vous excusez jamais pour une personne que vous aimez, lui dit-il sans élever la voix. Vous passez pour un connard. »

Simon est tellement abasourdi qu'il reste muet, bouche bée. Rien dans l'attitude d'Edward Monkford ne pouvait laisser prévoir qu'il ferait une remarque si personnelle. Et Simon a boxé des types pour moins que ça, beaucoup moins. Mais Monkford se tourne vers moi et dit, doucement : « Je vous tiendrai au courant. Merci à vous d'être venue, Emma. » Après une courte pause, il ajoute : « Et à vous aussi, Simon. »

Maintenant : JANE

Alors que j'attends à l'accueil au quatorzième étage de La Ruche, j'observe deux hommes qui se disputent à l'intérieur d'une salle de réunion vitrée. L'un des deux, j'en suis quasiment certaine, est Edward Monkford. Il est habillé comme sur la photo que j'ai trouvée sur Internet : pull en cachemire noir sur une chemise blanche ouverte au col, et je reconnais ses boucles blond foncé qui encadrent un visage mince, ascétique. Il est beau, sans accrocher immédiatement le regard toutefois, mais il dégage une impression d'assurance et de charme, et il a un joli sourire de biais. L'autre homme lui crie après, mais le verre des cloisons est si épais que je n'entends rien. Il règne un silence de laboratoire à cet étage. L'homme gesticule avec fureur, il projette ses mains sous le menton de Monkford. Quelque chose dans ce geste, et la forme de son visage, me font penser qu'il pourrait être russe.

La femme qui se tient en retrait, et intervient parfois pour lancer une interjection, ressemble à l'épouse d'un oligarque. Beaucoup plus jeune que son mari, vêtue d'un ensemble Versace aux motifs criards, des cheveux blonds décolorés à grands frais. Son mari l'ignore, mais Monkford se tourne vers elle de temps en temps, par politesse. Quand l'homme cesse enfin de brailler, l'architecte dit quelques mots, calmement, et secoue la tête. L'homme explose de plus belle.

La jeune femme brune impeccable qui m'a accueillie vient vers moi. « Je crains qu'Edward ne soit encore en réunion. Puis-je vous offrir quelque chose ? De l'eau ?

— Non, ça va, merci. » D'un mouvement de tête, je désigne la scène qui se déroule devant moi. « Vous parlez de cette réunion, je suppose ? »

Elle suit mon regard.

« Ils perdent leur temps, dit-elle. Il ne changera rien.

— Pourquoi se disputent-ils ?

— Le client a commandé une maison alors qu'il était marié avec sa précédente femme. La nouvelle veut y installer une Aga. Pour que ce soit plus chaleureux, dit-elle.

— Et l'Association Monkford ne fait pas dans le "chaleureux" ?

— La question n'est pas là. Si la cuisinière ne faisait pas partie de la commande initiale, Edward n'acceptera aucune modification. Sauf s'il s'agit de changer une chose qui lui déplaît, *à lui*. Une fois, il a passé trois mois à refaire le toit d'une maison de vacances pour le rabaisser d'un mètre vingt.

— C'est comment, de travailler pour un perfectionniste ? »

Visiblement, j'ai franchi une limite, car elle m'adresse un sourire froid et repart.

Je continue à observer la dispute, ou plutôt le coup de gueule du client, car Edward Monkford n'y participe quasiment pas. Il laisse la colère de son interlocuteur se déverser sur lui comme une vague sur un rocher, en affichant un intérêt poli, rien de plus. Finalement, l'homme ouvre la porte à la volée et sort en trombe, sans cesser de maugréer ; sa femme le suit en chancelant sur ses talons hauts. Monkford sort à son tour, tranquillement. Je lisse ma robe et me lève. Après mûre réflexion, je suis allée chez Prada : bleu marine, plissée, tombant juste au-dessous du genou, rien de trop tape-à-l'œil.

« Jane Cavendish », lui rappelle la réceptionniste.

Il se tourne vers moi. Pendant un bref instant, il paraît surpris, stupéfait même, comme si je ne ressemblais pas du tout à ce qu'il attendait. Puis il se ressaisit et me tend la main.

« Jane. Oui, bien sûr. Installons-nous là. »

Je pourrais coucher avec cet homme. Je lui ai à peine dit bonjour, mais j'ai eu le temps de noter que quelque chose en moi, situé bien au-delà de ma volonté consciente, avait déjà porté un jugement. Il me tient la porte de la salle de réunion ouverte et ce simple geste de courtoisie, banal, semble chargé de sens.

Nous nous asseyons face à face, de chaque côté d'une longue table de verre sur laquelle trône la maquette d'une petite ville. Je sens son regard se promener sur mon visage. Quand j'ai décrété qu'il était plutôt séduisant, mais rien de plus, c'était avant que je le voie de près. Ses yeux sont d'un bleu pâle saisissant. Je sais qu'il a seulement une trentaine d'années, et pourtant, des rides creusent son visage au coin des yeux. Des rides d'expression, disait ma grand-mère. Mais elles confèrent au visage d'Edward Monkford l'intensité féroce d'un rapace.

« Vous avez gagné ? » je demande, comme il ne dit rien.

Il semble revenir sur terre. « Quoi donc ?

— La dispute.

— Oh, ça. » Il hausse les épaules et sourit, ce qui adoucit immédiatement ses traits. « Mes constructions exigent des efforts de la part des gens, Jane. Je ne pense pas qu'ils soient inacceptables, et de toute façon, les satisfactions compensent largement les sacrifices. D'ailleurs, c'est pour cela que vous êtes ici, je suppose, d'une certaine façon.

— Ah oui ?

— David, mon associé, spécialiste des nouvelles technologies, emploie le terme UX, c'est du jargon pour désigner l'"expérience utilisateur". Comme vous le savez, puisque vous avez pris connaissance des termes et des conditions du bail, le One Folgate Street nous fournit un certain nombre d'informations qui nous servent à affiner l'expérience utilisateur pour nos autres clients. »

Je m'étais contentée de survoler le document en question, qui faisait une vingtaine de pages, écrites en caractères minuscules. « Quel genre d'informations ? »

Il hausse les épaules encore une fois. Elles sont larges, mais fines, sous le pull.

« Des métadonnées, essentiellement. Quelles pièces vous utilisez le plus, ce genre de choses. Et de temps en temps nous vous demanderons de remplir le questionnaire de nouveau, pour voir comment vos réponses évoluent.

— Ça ne devrait pas poser de problème », dis-je. Craignant de paraître présomptueuse, j'ajoute : « Si l'occasion se présente, évidemment.

— Parfait. »

Edward Monkford tend la main vers un plateau sur lequel sont posés des tasses à café, un pichet de lait et un bol contenant des morceaux de sucre emballés. Distraitement, il empile les sucres, en les alignant jusqu'à ce qu'ils forment un ensemble parfait, une sorte de Rubik's Cube. Puis il fait pivoter les tasses afin que les anses pointent dans la même direction.

« Peut-être même que je vous demanderai de rencontrer certains de nos clients, pour nous aider à les convaincre que vivre sans une Aga ou une vitrine remplie de trophées de sport ce n'est pas la fin du monde. »

Un autre sourire effleure les coins de ses yeux et je sens mes genoux flageoler. *Ça ne me ressemble pas.* Puis je me demande : *Est-ce réciproque ?* En retour, je lui adresse un tout petit sourire d'encouragement.

Un silence. « Eh bien, Jane. Avez-vous des questions à me poser ? »

Je réfléchis. « Vous avez construit One Folgate Street pour vous ?

— Oui. » Il ne développe pas.

« Alors, où habitez-vous ?

— À l'hôtel, principalement. À proximité des projets sur lesquels je travaille. C'est tout à fait supportable, à condition de cacher tous les coussins dans la penderie. »

Il sourit encore une fois, mais je devine qu'il ne plaisante pas.

« Ça ne vous gêne pas de ne pas avoir de maison à vous ?

— Cela me permet de me concentrer sur mon travail. »

Le ton de sa réponse n'incite pas à poser d'autres questions.

Un homme entre dans la pièce, il déboule de manière maladroite, en faisant cogner la porte contre la butée, et en déversant un flot de paroles. « Ed, il faut qu'on parle du débit. Ces abrutis essaient de rogner sur la fibre optique. Ils ne comprennent pas que dans cent ans, les câbles en cuivre seront aussi démodés que les tuyaux de plomb aujourd'hui… »

L'intrus est un homme massif, à l'apparence négligée ; une barbe clairsemée et irrégulière couvre son visage gras et flasque. Ses cheveux, plus gris que sa barbe, sont attachés en queue-de-cheval. Malgré l'air conditionné, il porte un short et des tongs.

Monkford ne semble pas perturbé par cette interruption. « David, je te présente Jane Cavendish. Elle postule pour le One Folgate Street. »

Il doit donc s'agir de David Thiel, l'associé spécialiste des nouvelles technologies. Ses yeux, si profondément enfoncés que je ne vois pas leur expression, se posent sur moi et reviennent aussitôt sur Monkford. « Franchement, reprend-il, la seule solution, c'est que la ville possède son propre satellite. Il faut tout repenser…

— Un satellite privé ? Voilà une idée intéressante », dit Monkford, songeur. Il se tourne vers moi. « Je crains de devoir vous prier de nous excuser, Jane.

— Bien sûr. »

Lorsque je me lève, les yeux de David Thiel filent aussitôt vers mes jambes nues. Monkford s'en aperçoit, lui aussi, et un froncement de sourcils assombrit son visage. J'ai le sentiment qu'il va dire quelque chose, mais il se retient.

« Merci de m'avoir reçue, dis-je.

— Je vous contacte très vite. »

Avant : EMMA

Et puis, le lendemain même, je reçois un e-mail : *Votre candidature a été retenue.*

Je n'arrive pas à y croire, notamment parce que le message ne contient rien d'autre : ni explications, ni informations sur la date d'emménagement ou sur ce que nous sommes censés faire ensuite. J'appelle l'agent immobilier, Mark. Je commence à bien le connaître maintenant, depuis que je me creuse la tête pour remplir ce formulaire. En fait, il n'est pas aussi détestable que je le pensais au début.

Et il semble réellement content quand je lui annonce la nouvelle. « Étant donné que la maison est vide, dit-il, vous pouvez emménager dès ce week-end si vous le souhaitez. Il y a des papiers à signer et il faut que je vous explique comment installer les applications sur votre téléphone. Mais c'est à peu près tout. »

C'est à peu près tout. Je commence à prendre conscience que nous avons réussi. Nous allons vivre dans une des maisons les plus spectaculaires de Londres. Nous. Moi et Simon. Tout sera différent désormais.

3. *Vous êtes responsable d'un accident de la route. L'autre conducteur/conductrice est désorienté(e) et semble croire qu'il/elle est à l'origine de la collision. Dites-vous à la police que c'était sa faute ou la vôtre ?*

❍ *Sa faute*
❍ *Votre faute*

Maintenant : JANE

Assise dans le décor dépouillé et austère du One Folgate Street, j'éprouve un vif sentiment de satisfaction.

Mon regard se pose sur le vide immaculé du jardin. J'ai découvert la raison pour laquelle il n'y a pas de fleurs. Il s'inspire des *karesansui,* m'apprend Internet. Les jardins de méditation des temples bouddhistes. Les formes sont symboliques : montagne, eau, ciel. C'est un espace destiné à la contemplation, pas à faire pousser quoi que ce soit.

Edward Monkford a passé un an au Japon, après la mort de sa femme et de son fils. C'est ce qui m'a donné l'idée d'effectuer cette recherche.

Même les connexions Internet sont différentes ici. Après avoir téléchargé l'appli sur mon téléphone et mon ordinateur portable, Camilla m'a remis un bracelet spécial qui active les capteurs de la maison ; elle s'est connectée en Wi-Fi et a entré un mot de passe. Depuis, chaque fois que je mets en marche un appareil, je tombe non pas sur Google ou Safari, mais sur une page vierge, intitulée « Housekeeper[1] ». Il n'y a que trois onglets : « Maison », « Recherches » et « Cloud ». « Maison » fait apparaître toutes les données concernant le One Folgate Street – éclairage, chauffage, etc. On peut choisir entre quatre ambiances : Productive, Tranquille, Joyeuse et Déterminée. L'onglet « Recherches » me conduit sur Internet. « Cloud » assure la sauvegarde et le stockage de mes documents.

Chaque jour, Housekeeper me suggère une tenue vestimentaire, en fonction de la météo, de mes rendez-vous et des affaires qui se trouvent au sale. Si je mange à la maison, il m'indique les aliments disponibles dans le réfrigérateur, comment les cuisiner et le nombre de calories qui viendra s'ajouter au total quotidien. De son côté, la fonction « Recherches » filtre les publicités, les pop-up qui me promettent un ventre plat et les nouvelles déprimantes, les ragots sur les pseudo-personnalités, les spams et les cookies. Il n'y a pas de favoris, pas d'historique, pas de données enregistrées. Tout est effacé dès que j'éteins l'écran. C'est étrangement libérateur.

Parfois, je me sers un verre de vin et je déambule dans l'appartement, pour toucher des choses, m'habituer aux textures froides et coûteuses, rectifier la position exacte d'un siège ou d'un vase. Évidemment, je connaissais déjà cette formule de Mies van der Rohe, *Less is more*, mais jusqu'à présent, je n'avais pas senti combien le dépouillement pouvait être sensuel, intense et voluptueux. Les rares meubles sont tous des

1. Soit la Gouvernante, l'Intendant.

classiques du design : chaises de salle à manger de Hans Wegner en chêne clair, tabourets blancs Nicolle dans la cuisine, canapé Lissoni aux lignes pures. Par ailleurs, la maison offre un certain nombre d'accessoires sobres, choisis avec parcimonie, mais luxueux : épaisses serviettes de toilette blanches, draps en lin haute densité, verres à vin en verre soufflé aux pieds fins comme des thermomètres. Chaque détail est une petite surprise, un discret éloge de la qualité.

J'ai l'impression d'être un personnage de film. Au milieu de tout ce raffinement, je me surprends à marcher plus élégamment, à me tenir plus droite et à prendre des poses avantageuses. Personne ne peut me voir, évidemment, mais c'est comme si le One Folgate Street était devenu mon public, emplissant ces espaces dépouillés de musiques apaisantes, des bandes-son qui provenaient de la playlist automatisée de Housekeeper.

Votre demande est acceptée. Voilà ce que disait l'e-mail. La brièveté de l'entretien m'était apparue comme un mauvais signe, mais apparemment, Edward Monkford est partisan de la concision dans tous les domaines. Et je suis certaine de ne pas avoir imaginé cet intérêt inexprimé, cette petite décharge électrique que provoque une attirance réciproque. *Il sait où me trouver*, voilà ce que je me dis. L'attente elle-même est chargée d'intensité, de sensualité, comme des préliminaires silencieux.

Et puis, il y a les fleurs. Le jour où j'ai emménagé, elles attendaient devant la porte : un énorme bouquet de lys, emballé dans du plastique. Mais pas de carte, rien pour indiquer s'il accueillait ainsi tous ses locataires ou si ce geste m'était réservé. Je lui ai malgré tout adressé un merci poli.

Deux jours plus tard, je trouve un autre bouquet de lys, identique. Et après une semaine, un troisième. Exactement le même, déposé au même endroit, devant la porte. Chaque coin du One Folgate Street est envahi par leur parfum capiteux maintenant. Franchement, ça devient un peu trop.

Lorsque je découvre le quatrième bouquet identique, je décide que ça suffit comme ça. Le nom d'un fleuriste est imprimé sur l'emballage en Cellophane. Je les appelle pour savoir s'il ne serait pas possible de modifier la commande.

La femme au bout du fil semble perplexe. « Je ne trouve aucune commande pour le One Folgate Street.

— Au nom d'Edward Monkford, peut-être ? Ou de l'Association Monkford ?

— Non, rien de tout ça. Rien dans votre secteur, en fait. Nous sommes à Hammersmith, nous ne livrons pas aussi loin dans le Nord.

— Je vois », dis-je, intriguée.

Le lendemain, quand un autre bouquet de lys arrive, je le ramasse avec l'intention de le jeter directement à la poubelle.

C'est à ce moment-là que je découvre une carte qui l'accompagne, pour la première fois. Il y est écrit :

Emma, je t'aimerai éternellement. Dors bien, ma chérie.

Avant : EMMA

C'est aussi merveilleux qu'on l'espérait. Ou plutôt, que *je* l'espérais. Simon suit le mouvement, mais je sens bien qu'il nourrit encore des réserves. Ou peut-être qu'il n'aime pas se sentir redevable envers l'architecte qui nous permet d'habiter ici pour une bouchée de pain.

En revanche, il est très impressionné par le pommeau de douche, large comme une assiette, qui se met à couler dès que vous ouvrez la porte de la cabine, qui vous reconnaît grâce au bracelet étanche que nous devons porter et se souvient de la température que vous aimez. Le premier matin, nous nous réveillons avec la lumière qui augmente progressivement, un lever de soleil électronique, alors que les bruits de la rue sont étouffés par les murs et le verre épais ; et je m'aperçois que je n'ai pas aussi bien dormi depuis des années.

Défaire les cartons ne nous prend pas beaucoup de temps, évidemment. Il y a déjà un tas de jolies choses dans la maison, et nos vieilles affaires rejoignent vite la Collection au garde-meuble.

Parfois, je reste assise dans l'escalier, avec une tasse de café, les genoux ramenés sous le menton, pour m'imprégner de toute cette beauté. « Ne renverse pas ton café, trésor », me dit Simon. C'est devenu une plaisanterie entre nous. Nous avons décidé que si nous avions obtenu cette maison, c'était parce que j'avais renversé ma tasse de café, justement.

Nous ne parlons jamais du fait que Monkford a traité Simon de connard, ni de l'absence de réaction de Simon.

« Heureuse ? me demande-t-il en venant s'asseoir à côté de moi sur une marche.

— Heureuse, dis-je. Mais…

— Tu veux t'en aller, dit-il. Tu en as déjà marre. Je le savais.

— Cette semaine, c'est mon anniversaire.

— Ah bon ? J'avais oublié. »

Il plaisante, évidemment. Simon en fait toujours trop pour la Saint-Valentin ou mon anniversaire.

« Si on invitait des gens ? je suggère.

— Une fête, tu veux dire ? »

Je confirme d'un hochement de tête. « Samedi ? »

Simon semble inquiet. « On a le droit d'organiser des fêtes ici ?

— On ne mettra pas le bazar, dis-je. Pas comme la dernière fois. »

Je dis cela parce que la dernière fois que nous avons organisé une fête, trois voisins ont appelé la police.

« Bon, d'accord, dit-il, dubitatif. OK pour samedi. »

Le samedi soir à 21 heures, la maison est pleine à craquer. J'ai placé des bougies jusqu'en haut de l'escalier, dehors dans le jardin, et tamisé les lumières. Le fait que Housekeeper ne possède pas de réglage « Fête » m'inquiète un peu, tout d'abord. Mais j'ai consulté les Règles, et la mention « Fêtes interdites » n'y figure pas. Ils ont peut-être oublié, mais bon, une liste, c'est une liste.

Évidemment, nos amis n'en croient pas leurs yeux quand ils franchissent la porte, même si nous n'échappons pas aux plaisanteries du style : « Où sont passés les meubles ? » et : « Vous n'avez pas encore déballé vos cartons ? » Simon est dans son élément : il aime provoquer la jalousie de ses amis, posséder la montre que personne n'a encore, la toute dernière appli ou le portable le plus cool. Et maintenant, il vit dans l'endroit le plus chic de Londres. Je le vois s'habituer à cette nouvelle version de lui-même, montrer fièrement la cuisinière, le système qui commande la porte d'entrée, les prises électriques – trois simples fentes dans un mur de pierre –, et même les tiroirs sous le lit, différents côté homme et côté femme.

J'avais songé à inviter Edward Monkford, mais Simon m'en a dissuadée. Et maintenant, alors que le La-La-La de Kylie Minogue survole la masse des invités, je constate qu'il avait raison. Monkford détesterait tout ce bruit, ce désordre, ces corps qui se trémoussent. Je parie qu'il instaurerait une nouvelle règle sur-le-champ et flanquerait tous les gens dehors.

Pendant un instant, j'imagine la scène : Monkford débarque sans être invité, il arrête la musique et ordonne à tout le monde de sortir, et curieusement, je trouve ça assez agréable. Ce qui est idiot, car c'est quand même ma fête d'anniversaire.

Simon passe devant moi, des bouteilles plein les mains, et il se penche pour m'embrasser. « Tu es superbe, *baby*. C'est une nouvelle robe ?

— Je l'ai depuis une éternité », mens-je. Il m'embrasse de nouveau.

« Hé, vous deux, il y a des hôtels pour ça ! » lance Saul par-dessus la musique, tandis qu'Amanda l'attire au milieu d'un groupe de danseurs.

Il y a beaucoup d'alcool, un peu de drogue, énormément de musique et de cris. Les gens se répandent dans le petit jardin pour fumer et se font enguirlander par les voisins. Sur les coups de 3 heures du matin, nos invités commencent à lever le camp. Saul passe vingt minutes à essayer de nous convaincre, Simon et moi, d'aller en boîte, mais même si je me suis fait quelques lignes de coke, je suis crevée, et Simon avoue qu'il a trop bu. Finalement, Amanda ramène Saul chez lui.

« Viens te coucher, Emma, me dit Simon après leur départ.

— Une minute. Je n'ai même pas la force de me lever.

— Tu sens très bon, divinement bon, dit-il en enfouissant son nez dans mon cou. Allons nous coucher.

— Simon…, dis-je, hésitante.

— Quoi ?

— Je crois que je n'ai pas envie de faire l'amour ce soir. Désolée. »

Je songe que nous n'avons pas fait l'amour depuis le cambriolage. Nous n'en avons pas réellement parlé non plus. C'est comme ça.

« Tu disais que tout serait différent ici, murmure-t-il.

— Bientôt. Mais pas maintenant.

— Oui, bien sûr. Rien ne presse, Emma. On a tout le temps. »

Un peu plus tard, alors que nous sommes allongés côte à côte dans le noir, il demande, tout bas : « Tu te souviens comment on a inauguré l'appart de Belfort Gardens ? »

C'était un défi idiot que nous nous étions fixé : faire l'amour dans toutes les pièces dans la semaine qui a suivi l'emménagement.

Il ne dit rien d'autre. Le silence s'éternise, et je finis par m'endormir.

Maintenant : JANE

J'invite des amis à déjeuner, pour une petite pendaison de crémaillère. Mia et Richard viennent avec leurs deux enfants, Freddie et Martha ; Beth et Pete amènent Sam. Je connais Mia depuis Cambridge, c'est ma plus ancienne et ma plus proche amie. Je sais sur elle des choses que son mari ignore, comme ce séjour à Ibiza, peu de temps avant son mariage, pendant lequel elle a couché avec un autre homme et failli tout annuler, ou le fait qu'elle a envisagé d'avorter lorsqu'elle s'est retrouvée enceinte de Martha, à cause de sa terrible dépression post-partum suite à la naissance de Freddie.

Même si j'adore toutes ces personnes, je n'aurais pas dû les inviter ensemble. Je l'ai fait parce que c'est la première fois que je dispose d'autant de place, mais ils ont beau essayer de faire preuve de tact, tôt ou tard ils en viennent à parler de leurs enfants. Richard et Pete suivent leurs bambins pas à pas comme s'ils étaient reliés à eux par des liens invisibles ; ils ont peur du sol en pierre, de l'escalier mortel, des fenêtres qui vont du sol au plafond et qu'un enfant qui court pourrait ne pas voir, pendant que les filles se servent de grands verres de vin blanc et se plaignent discrètement, avec une fierté d'ancien combattant, que leurs vies soient devenues ennuyeuses. « La semaine dernière, je me suis endormie devant les infos de 18 heures !

— C'est rien, ça, moi je pourrais m'effondrer devant les *Télétubbies.* » Martha vomit son déjeuner sur la table en pierre, pendant que Sam laisse de grandes traînées sur les vitres avec ses doigts trempés au préalable dans la mousse au chocolat. Je me surprends à penser que le fait de ne pas avoir d'enfant présente des avantages. Et une partie de moi-même a envie qu'ils s'en aillent pour que je puisse tout nettoyer.

Et puis, il y a ce drôle d'échange avec Mia. Alors qu'elle m'aide à préparer la salade, elle me lance : « Jane, où sont les cuillères africaines ?

— Oh, j'en ai fait don à la boutique solidaire.

— C'est moi qui te les avais offertes.

— Je sais. »

Mia est partie faire du bénévolat en Afrique à une époque, et elle m'a rapporté deux cuillères à salade en bois faites à la main par des enfants.

« Elles n'ont pas passé les éliminatoires. Désolée. Ça t'embête ?

— Euh, non », répond-elle, l'air un peu agacée.

Visiblement, ça la contrarie. Mais le déjeuner est bientôt prêt et elle n'y pense plus.

« Alors, Jane, où en est ta vie sociale ? » demande Beth en se servant un deuxième verre de vin.

« Le calme plat habituel. » Depuis des années, c'est le rôle que l'on m'a attribué au sein du groupe : leur faire vivre par procuration des histoires de désastres sexuels qui leur donnent le sentiment qu'ils n'ont pas totalement tiré un trait sur ces choses-là, tout en les rassurant parce qu'ils se disent qu'ils sont plus heureux comme ça.

« Et avec ton architecte ? demande Mia. Ça n'a rien donné ?

— Oh, je n'étais pas au courant, dit Beth. Raconte.

— Elle craque sur le type qui a construit cette maison, explique Mia. Pas vrai, Jane ? »

Pete a emmené Sam dehors. Le garçonnet est assis à côté du carré d'herbe, qu'il bombarde de poignées de graviers. Vais-je passer pour une rabat-joie si je lui demande d'arrêter ?

« Je n'ai encore rien entrepris, dis-je.

— Ne traîne pas, me conseille Beth. Mets-lui le grappin dessus avant qu'il soit trop tard. (Elle se tait, horrifiée par ses paroles.) Merde, je voulais pas dire ça… »

Le chagrin et l'angoisse me déchirent le cœur, mais je dis calmement :

« C'est rien. J'ai compris ce que tu voulais dire. De toute façon, mon horloge biologique semble s'être mise en sommeil pour le moment.

— Désolée quand même. C'était terriblement maladroit de ma part.

— Je me suis demandé si c'était lui, dehors, dit Mia. Ton architecte. »

Je fronce les sourcils. « De quoi tu parles ?

— Quand je suis allée chercher le pingouin de Martha dans la voiture, à l'instant, j'ai vu un homme qui marchait vers ta porte avec des fleurs.

— Quel genre de fleurs ?

— Des lys. Jane ? »

Je me suis précipitée vers la porte. L'énigme des fleurs me tracasse depuis que j'ai découvert ce mot étrange. Quand j'ouvre la porte, le bouquet a déjà été déposé sur le perron et l'homme a presque regagné la rue. « Attendez ! lui crié-je. Attendez une minute ! »

Il se retourne. Il a mon âge, deux ou trois ans de plus peut-être, ses cheveux bruns sont prématurément veinés de gris. Il a les traits tirés et un regard d'une étrange intensité.

« Oui ?

— Qui êtes-vous ? Je montre le bouquet. Pourquoi m'apportez-vous toutes ces fleurs ? Je ne m'appelle pas Emma.

— Ces fleurs ne sont pas pour vous, à l'évidence, répond-il avec mépris. C'est pour ça que j'ai laissé un mot, pour que vous vous mettiez enfin dans le crâne qu'elles ne sont pas destinées à égayer votre cuisine de décorateur. »

Il s'interrompt, puis ajoute :

« Demain, c'est son anniversaire. Ou plutôt ça aurait dû l'être. »

Je comprends enfin. Ces fleurs ne sont pas un cadeau, mais un geste commémoratif. Comme ces bouquets que les gens déposent sur le lieu d'un accident. Je me gifle mentalement : obsédée par Edward Monkford, je n'ai même pas envisagé cette possibilité.

« Je suis désolée, dis-je. Est-ce qu'elle… ? Ça s'est passé près d'ici ?

— Dans cette maison. » Il montre le One Folgate Street derrière moi et je sens un frisson me parcourir l'échine. Elle est morte ici. Craignant de paraître indiscrète, j'ajoute : « Je sais que ça ne me regarde pas…

— Ça dépend à qui vous posez la question, me coupe-t-il.

— Que voulez-vous dire ? »

Il me regarde fixement, d'un air éperdu.

« Elle a été assassinée. Le médecin légiste a constaté un décès sans cause déterminée, mais tout le monde, y compris la police, savait qu'elle avait été assassinée. D'abord, il a empoisonné son esprit, et ensuite il l'a tuée. »

Pendant un instant, je me demande si tout cela a un sens, si cet homme n'est pas dérangé, tout simplement. Mais il paraît trop sincère, trop ordinaire.

« Qui a fait ça ? Qui l'a tuée ? »

Il se contente de secouer la tête avant de me tourner le dos pour repartir vers sa voiture.

Avant : EMMA

Nous dormons encore, après la fête de la veille, quand mon téléphone sonne. C'est un nouveau portable, pour remplacer celui qu'on m'a volé lors du cambriolage, et il me faut un certain temps pour me réveiller avec cette sonnerie inhabituelle. Je suis encore à moitié dans les vapes, mais cela ne m'empêche pas de remarquer que la lumière de la chambre augmente en suivant le même rythme que le bruit du téléphone, et les fenêtres s'éclairent peu à peu, elles aussi.

« Emma Matthews ? demande une voix féminine.

— Oui ? »

J'ai la voix enrouée.

« Ici le sergent Willan, de la brigade de proximité. Je suis devant chez vous avec un collègue. On a sonné, mais personne n'est venu ouvrir. Peut-on entrer ? »

J'avais oublié d'informer la police de notre déménagement.

« On ne vit plus à cette adresse, expliqué-je. On habite à Hendon maintenant. Au One Folgate Street.

— Un instant », dit le sergent Willan. Sans doute appuie-t-elle le téléphone contre sa poitrine pour s'adresser à quelqu'un d'autre, car sa voix me parvient étouffée. Puis :

« Nous serons là dans dix minutes, Emma. Il y a du nouveau dans votre affaire. »

Le temps qu'ils arrivent, nous avons presque tout rangé. Il reste quelques malencontreuses taches de vin rouge sur le sol en pierre, dont il faudra s'occuper plus tard, et le One Folgate Street n'offre pas son plus beau visage, mais le sergent Willan semble impressionné malgré tout.

« Ça change de votre ancien appartement », commente-t-elle en balayant le décor du regard.

J'ai passé toute la soirée à expliquer les Règles à nos amis et je n'ai pas le courage de recommencer.

« On le loue pour pas cher, dis-je, et en échange, on s'en occupe.

— Vous disiez qu'il y avait du nouveau, s'impatiente Simon. Vous avez arrêté ces deux types ?

— Oui, on pense que c'est eux », répond le collègue de Willan, un homme plus âgé, l'inspecteur Clarke. Il parle d'un ton calme, d'une voix grave, et il a la carrure et les joues rouges d'un fermier. Il me plaît d'emblée.

« Deux individus ont été appréhendés vendredi soir alors qu'ils cambriolaient un appartement selon un mode opératoire similaire à celui employé chez vous. En nous rendant à une adresse dans le district de Lewisham, nous avons découvert un certain nombre d'objets volés enregistrés dans notre base de données.

— C'est formidable, dit Simon, ravi. (Il se tourne vers moi.) Hein, Emma ?

— Génial », dis-je.

S'ensuit un silence.

« Maintenant que l'éventualité d'un procès se précise, Emma, dit le sergent Willan, nous aimerions vous poser quelques questions supplémentaires. Peut-être préférez-vous que l'on fasse ça en privé ?

— Non, pas de problème, répond Simon. C'est super que vous ayez arrêté ces salopards. On fera de notre mieux pour vous aider. Pas vrai, Emma ? »

Le sergent continue à me regarder. « Emma ? Préférez-vous répondre à nos questions sans que Simon soit là ? »

Formulé de cette manière, comment répondre oui ? De toute façon, il n'y a aucun endroit pour s'isoler dans cette maison. Toutes les pièces communiquent, sans porte, pas même entre la chambre et la salle de bains.

« Ici, c'est très bien, dis-je. Devrai-je aller au tribunal ? Pour témoigner, je veux dire ? »

Les deux policiers échangent un regard.

« Ça dépend s'ils plaident coupables ou pas, répond le sergent Willan. On espère que les preuves seront suffisamment solides pour les dissuader de nier. »

Après un nouveau silence :

« Emma, nous avons découvert plusieurs téléphones portables à l'adresse que nous avons mentionnée. Et nous avons réussi à identifier le vôtre. »

J'ai un mauvais pressentiment tout à coup. *Respire*, me dis-je.

« Certains de ces téléphones, poursuit-elle, contenaient des photos et des vidéos. Des images de femmes se livrant à des activités sexuelles. »

J'attends. Je sais ce qui va suivre, mais il me paraît plus facile de ne rien dire, de laisser les mots me passer au-dessus de la tête comme s'ils n'étaient pas réels.

« Emma, nous avons trouvé dans votre téléphone la preuve qu'un homme ressemblant à l'un des deux individus que nous avons arrêtés s'en est servi pour se filmer pendant qu'il avait un rapport sexuel avec vous. Pouvez-vous nous en dire plus ? »

Je sens Simon se tourner brusquement vers moi. Je ne regarde pas dans sa direction. Le silence s'étire comme un filament de verre fondu, de plus en plus fin, jusqu'à ce qu'il finisse par se briser.

« Oui », réponds-je finalement, d'une voix si faible que je l'entends à peine. Je ne perçois que le martèlement dans mes oreilles. Mais je sais que je dois dire quelque chose, je ne peux pas tout occulter.

Alors, j'inspire à fond et je me lance.

« Il disait qu'il allait envoyer la vidéo à tout le monde. À tous mes contacts. Il m'a obligée à… faire ça. Ce que vous avez vu. Et il s'est servi de mon téléphone pour nous filmer. »

Je me tais. J'ai l'impression de regarder dans le vide au bord d'une falaise. « Il avait un couteau », dis-je.

« Prenez votre temps, Emma. Je sais combien ça doit être difficile », dit le sergent Willan, gentiment.

Je n'ai pas le courage de regarder Simon, mais je me force à continuer.

« Il a dit aussi que si j'en parlais à quelqu'un – à la police ou à mon petit ami –, il le saurait et il diffuserait cette vidéo. C'était aussi mon téléphone professionnel, avec tous mes contacts dedans. Mon patron. Mes collègues. Et ma famille. » L'inspecteur Clarke intervient, en ayant l'air de s'excuser : « Autre chose, dit-il… Nous sommes obligés de vous poser la question, je le crains. Se peut-il que cet homme ait laissé son ADN ? Dans le lit peut-être ? Ou sur les vêtements que vous portiez ? »

Je secoue la tête.

« Vous avez compris la question, n'est-ce pas, Emma ? insiste le sergent Willan. On voudrait savoir si Deon Nelson a éjaculé. »

Du coin de l'œil, je vois Simon serrer les poings.

« Il me pinçait le nez, dis-je d'une voix fluette. Et il m'a obligée à avaler. Toutes les traces devaient disparaître pour que la police ne puisse pas prélever son ADN, justement. Alors, je savais que ça n'aurait servi à rien. De vous en parler. Je suis désolée. »

Cette fois, je réussis à regarder Simon. Et je répète : « Je suis désolée. »

Encore un long silence.

« Dans votre précédente déposition, Emma, reprend l'inspecteur Clarke avec douceur, vous disiez ne plus vous souvenir exactement de ce qui s'était passé pendant le cambriolage. Pour que nous puissions bien comprendre, pouvez-vous nous expliquer, avec vos mots à vous, pourquoi vous nous avez dit ça ?

— Je voulais oublier ce qui est arrivé, dis-je. Je ne voulais pas admettre que j'avais trop peur pour en parler à quiconque. J'avais honte. »

Je me mets à pleurer. Et j'ajoute : « Je ne voulais pas être obligée de l'avouer à Simon. »

Un fracas nous fait sursauter. Simon a lancé sa tasse de café contre le mur. Des éclats de porcelaine blanche jonchent le sol et des éclaboussures marron constellent le mur de pierre claire. « Simon, attends ! » Trop tard, il a déjà fichu le camp.

En séchant mes larmes avec ma manche, je demande : « Vous pourrez vous servir de ces images ? Pour le faire condamner ? »

Une fois de plus, les deux policiers échangent un regard.

« C'est une situation délicate, répond le sergent Willan. De nos jours, les jurés réclament des traces d'ADN. Et la vidéo ne permet pas d'identifier le suspect de manière formelle. Il a pris soin de ne pas montrer son visage… ni le couteau. »

Elle marque un temps d'arrêt, puis :

« En outre, nous sommes obligés d'indiquer à la défense que vous avez déclaré dans un premier temps ne vous souvenir de rien. Ils peuvent essayer de s'en servir contre vous, j'en ai peur.

— Vous avez parlé d'autres téléphones, dis-je d'une voix éteinte. Ces femmes ne peuvent pas apporter de preuves ?

— Nous le soupçonnons d'avoir fait subir le même sort à d'autres femmes, en effet, dit l'inspecteur Clark. Les agresseurs, notamment les agresseurs sexuels, ont tendance à toujours adopter la même méthode. Ils reproduisent ce qui fonctionne et abandonnent ce qui ne fonctionne pas. Ils retirent même un certain plaisir de cette répétition, ça devient une sorte de rituel. Malheureusement, nous n'avons pas encore réussi à retrouver la trace de ces autres victimes.

— Vous voulez dire qu'aucune n'a porté plainte ? »

Je comprends ce que ça implique. Sa menace a porté ses fruits : les autres femmes n'ont rien dit.

« Apparemment, confirme l'inspecteur Clarke. Emma, je comprends pourquoi vous n'avez pas voulu parler à qui que ce soit avant. Mais il est important que nous ayons un récit détaillé de ce qui s'est passé. Acceptez-vous de venir au poste pour compléter votre première déposition ? »

Je hoche la tête, mollement. Il reprend sa veste. « Merci de votre franchise, dit-il. Je sais combien ça doit être difficile. Mais comprenez bien une chose : d'après la loi, n'importe quel type de rapport sexuel non consenti, y compris une fellation forcée, est considéré comme un viol. Et ce type devra payer pour ça. »

Simon reste absent plus d'une heure. Pendant ce temps, je ramasse les débris de tasse et récure le mur. Comme on frotte un tableau blanc, me dis-je. Sauf que ce qui a été écrit ne peut être effacé.

Quand il revient, je le dévisage, pour essayer de deviner son état d'esprit. Il a les yeux rougis comme s'il avait pleuré.

« Je suis désolée, dis-je piteusement.

— Pourquoi, Emma ? Pourquoi tu ne me l'as pas dit ?

— Je pensais que tu te mettrais en colère.

— Tu croyais que je ne serais pas compatissant, c'est ça que tu es en train de me dire ? (Il paraît aussi stupéfait qu'énervé.) Tu croyais que ça me serait égal ?

— Je ne sais pas. Je ne voulais pas penser à ça. J'étais… J'avais honte. C'était tellement plus facile de faire comme si j'avais tout oublié. Et j'avais peur.

— Nom de Dieu, Emma ! Je sais que je suis un peu débile parfois, mais tu penses vraiment que je pourrais m'en foutre ?

— Non… J'ai merdé. Mais je ne pouvais pas t'en parler. Je suis désolée.

— Monkford avait raison, dit-il. Au fond de toi, tu me prends pour un connard.

— Que vient faire Monkford dans tout ça ? »

Il montre le sol, les magnifiques murs de pierre et l'imposante hauteur sous plafond.

« C'est pour ça qu'on est ici, hein ? Parce que je ne suis pas assez bien pour toi. Parce que notre vieil appart n'était pas assez bien.

— Il ne s'agit pas de toi, Simon. Et d'ailleurs, je ne pense rien de tout ça. »

Il secoue la tête et je vois que sa colère s'est envolée aussi vite qu'elle était apparue. « Si seulement tu m'en avais parlé, dit-il.

— La police pense qu'il a une chance de s'en tirer. »

Autant cracher toutes les mauvaises nouvelles d'un coup.

« Quoi ? s'exclame Simon.

— Ils ne me l'ont pas dit aussi clairement. Mais étant donné que j'ai changé ma déclaration et qu'aucune autre victime ne s'est manifestée, ils pensent qu'il peut s'en tirer. Et que c'est peut-être inutile d'aller plus loin.

— Oh, non, dit-il en tapant des deux poings sur la table de pierre. Tu peux me croire, Emma : si ce salopard est acquitté, je le buterai moi-même. Et maintenant, je connais son nom : Deon Nelson. »

Maintenant : JANE

Après le départ de mes amis, j'allume mon ordinateur et je tape « One Folgate Street ». Puis j'ajoute « décès » et, pour finir, « Emma ».

Aucune réponse. Mais j'ai appris que Housekeeper ne fonctionne pas exactement comme Google. Alors que ce moteur de recherches vous bombarde de milliers, voire de millions de résultats, Housekeeper préfère sélectionner une seule réponse, parfaite, et rien d'autre. Généralement, c'est un soulagement de ne pas crouler sous les possibilités. Mais quand vous ne savez pas très bien ce que vous cherchez, c'est agaçant.

Le lendemain est un lundi, une des journées où je fais du bénévolat chez Nouvel Espoir. Les locaux de l'association caritative occupent trois pièces bondées à King's Cross : le contraste avec la beauté dépouillée et austère du One Folgate Street ne pourrait pas être plus flagrant. J'ai un bureau là-bas, ou plus exactement un demi-bureau que je partage avec Tessa, une autre bénévole à temps partiel. Et un ordinateur archaïque.

Je vais sur Google et tape les mêmes mots pour lancer ma recherche. La plupart des résultats concernent Edward Monkford. Je découvre avec irritation qu'une journaliste spécialisée en architecture, prénommée elle aussi Emma, a écrit un article sur lui, intitulé « La mort du fouillis », du coup il y a au moins cinq cents réponses qui s'y rattachent. Toutefois, à la sixième page, je trouve enfin ce que je cherche : un article paru dans un journal local.

L'enquête criminelle sur le drame de Hendon débouche sur un verdict de décès sans cause déterminée

L'enquête sur la mort d'Emma Matthews, 26 ans, retrouvée morte à son domicile de Folgate Street, à South Hendon, en juillet dernier, s'est conclue par un verdict de décès sans cause déterminée, en dépit d'un ajournement de six mois pour permettre à la police de se livrer à de nouvelles investigations.

L'inspecteur James Clarke a déclaré : « Nous possédons un certain nombre de pistes potentielles, dont une ayant conduit à une arrestation. Néanmoins, le bureau du procureur a estimé qu'il n'existait pas suffisamment de preuves permettant d'affirmer que la mort d'Emma était d'origine criminelle. Bien évidemment, nous allons continuer à enquêter sur ce décès inexpliqué en faisant tout notre possible. »

Dans ses conclusions, le médecin légiste avait qualifié la maison, dessinée par l'architecte mondialement connu Edward Monkford, de « cauchemar pour la santé et la sécurité ». Rappelons que le corps d'Emma Matthews avait été découvert au pied d'un escalier ouvert en pierre brute.

En 2010, des riverains ont mené une longue bataille pour tenter d'empêcher la construction de cette maison, avant que l'autorisation soit finalement délivrée par les services de la mairie. Une voisine, Maggie Evans, nous a déclaré hier : « Maintes et maintes fois, nous avons alerté les urbanistes contre ce genre d'accident. Le mieux, maintenant, ce serait qu'ils détruisent cette maison pour bâtir quelque chose de plus adapté. »

L'Association Monkford s'est refusée à tout commentaire.

Et voilà. Il n'y a donc pas eu deux morts, mais trois. D'abord l'épouse et le fils de Monkford, puis cette jeune femme. Le One Folgate Street est un endroit plus tragique que je ne l'avais supposé.

J'imagine le corps d'une jeune femme allongé au pied de cet escalier de pierre minimaliste, le sang qui s'échappe du crâne fendu, sur le sol. Le légiste avait raison, évidemment : cet escalier ouvert est ridiculement dangereux. Pourquoi, après cet accident effroyable, Edward Monkford n'avait-il pas entrepris de le rendre plus sûr ? En l'entourant d'une paroi de verre, par exemple, ou en installant une rampe.

Mais bien sûr, je connaissais déjà la réponse. « Mes constructions exigent des efforts de la part des gens, Jane. Je ne pense pas qu'ils soient inacceptables. » Il y a sûrement quelque part, parmi les termes et conditions du contrat, une clause indiquant que les locataires utilisent cet escalier à leurs risques et périls.

« Jane ? » C'est Abby, notre responsable. Je lève la tête. « Il y a quelqu'un qui veut vous voir. » Elle semble un peu troublée, elle a le rouge aux joues. « Il dit s'appeler Edward Monkford. Et je dois dire qu'il est *très* séduisant. Il vous attend en bas. »

Il se tient dans le hall minuscule, habillé presque de la même manière que lors de notre dernière rencontre : pull en cachemire noir, chemise blanche à col ouvert et pantalon noir. Seule concession au froid glacial : une écharpe enroulée autour du cou, comme un nœud coulant.

« Bonjour », dis-je, alors qu'en réalité, j'aimerais lui lancer : « Qu'est-ce que vous foutez ici ? »

Il examinait les affiches de Nouvel Espoir sur les murs. Il se tourne vers moi.

« Ça explique tout, dit-il.

— Quoi donc ? »

Il désigne une des affiches. « Vous avez perdu un enfant, vous aussi.

— Oui, c'est vrai. »

Il ne dit pas *toutes mes condoléances*, ni aucune de ces banalités que récitent les gens quand ils ne savent pas quoi dire. Il se contente de hocher la tête. Puis :

« J'aimerais prendre un café avec vous, Jane. Je n'arrête pas de penser à vous. Mais si c'est prématuré, dites-le-moi et je m'en vais. »

Il y a tant de suppositions, de questions et de révélations dans ces trois courtes phrases que je suis incapable de tout analyser. Mais la première pensée qui me vient à l'esprit est : Je ne m'étais pas trompée. C'est réciproque.

Et la seconde, encore plus catégorique : Tant mieux.

« Je suis donc allée à Cambridge. Mais il n'y avait pas beaucoup de débouchés pour une diplômée en histoire de l'art. En fait, je n'avais jamais vraiment pensé au métier que je voulais exercer plus tard. J'ai fait un stage chez Sotheby's qui n'a rien donné, ensuite j'ai travaillé dans plusieurs galeries, en tant que "consultante", mais en réalité, je n'étais qu'une réceptionniste de luxe. À partir de là, j'ai dérivé vers les relations publiques. Au début, je travaillais dans le West End, pour la clientèle des médias, mais je ne me suis jamais sentie très à l'aise dans ce milieu de Soho. J'aimais mieux la City, où les gens sont plus collet monté. Pour être honnête, j'appréciais le côté financier, également. Et le travail était plus intéressant. Nos clients étaient de grosses institutions financières. Notre boulot, ce n'était pas de faire en sorte qu'on cite leurs noms dans la presse, mais au contraire qu'ils n'y apparaissent jamais. Désolée, je parle trop. »

Edward Monkford sourit et secoue la tête.

« J'aime bien vous écouter.

— Et vous ? je demande. Vous avez toujours voulu devenir architecte ?

— J'ai travaillé pendant quelque temps dans l'entreprise familiale, une imprimerie. Je détestais ça. Un ami de mon père qui faisait construire une maison de vacances en Écosse se débattait avec un architecte local. Je l'ai convaincu de me confier le projet, pour le même budget. J'ai appris le métier sur le tas. Allons-nous finir ensemble dans le même lit ? »

Le changement d'approche est si brutal que je reste bouche bée.

« Les relations humaines, comme nos existences, ont tendance à s'embarrasser du superflu, dit-il. Les cartes de Saint-Valentin, les gestes romantiques, les rendez-vous amoureux, les termes affectueux grotesques… L'ennui et la pesanteur des rapports timorés et conventionnels déjà condamnés avant d'avoir commencé. Mais si on supprime tout ça ? Il y a une sorte de pureté dans une relation débarrassée des conventions, un sentiment de simplicité et de liberté. Je trouve ça exaltant : deux personnes qui s'unissent sans autre considération que le moment présent. Et quand je veux quelque chose, je fais en sorte de l'obtenir. Mais je tiens à ce que vous sachiez clairement ce que je vous propose. »

Il veut dire : le sexe, sans contraintes. La plupart des hommes qui m'ont demandé de sortir avec eux par le passé ne voulaient pas autre chose, j'en suis sûre. Y compris le père d'Isabel. Cependant, rares sont ceux qui ont eu le courage de l'avouer aussi ouvertement. Et si une partie de moi-même ne peut s'empêcher d'éprouver de la déception – j'apprécie un geste romantique de temps en temps –, une autre partie est intriguée.

« Dans quel lit ? » je demande.

La réponse, évidemment, est le lit du One Folgate Street. Et si mes rapports avec Edward Monkford, jusqu'alors, m'ont fait imaginer un amant réservé et réticent – un adepte du minimalisme a-t-il besoin de plier son pantalon avant de faire l'amour ? quelqu'un qui méprise les meubles mous et les coussins décoratifs est-il aussi délicat en ce qui concerne les sécrétions corporelles et autres manifestations du désir ? –, je découvre avec plaisir que la réalité est très différente. Son allusion à des rapports sans entraves n'était pas une manière déguisée de prôner une relation dédiée au seul plaisir de l'homme. Au lieu de cela, Edward se montre attentionné, généreux et nullement partisan de la concision. C'est seulement lorsque l'orgasme affole tous mes sens qu'il se lâche enfin. Son bassin se tend et s'immobilise quand il frémit en moi, en prononçant mon prénom, à voix haute, encore et encore.

Jane. Jane. Jane.

Comme s'il essayait de l'imprimer dans son esprit.

Ensuite, alors que nous sommes allongés côte à côte, je repense à l'article que je lisais un peu plus tôt. « Il y a un homme qui vient souvent déposer des fleurs ici. Il m'a dit qu'elles étaient destinées à une certaine Emma, qui est morte. C'est lié à cet escalier, hein ? »

Sa main, qui parcourt négligemment mon dos, ne s'arrête pas. « En effet. Cet homme t'importune ?

— Non, pas vraiment. Et puis, s'il a perdu un être cher… »

Edward ne répond pas tout de suite. Puis :

« Il rejette la faute sur moi. Il s'est mis en tête que la maison est responsable. Mais l'autopsie a prouvé que cette femme avait bu. Et la douche coulait quand ils l'ont découverte. Elle a sans doute couru dans l'escalier avec les pieds mouillés. »

Je fronce les sourcils. Courir dans le calme de cette maison me paraît incongru.

« Tu veux dire qu'elle essayait d'échapper à quelqu'un ? »

Il hausse les épaules. « Ou elle était pressée d'aller ouvrir.

— J'ai lu que la police avait arrêté quelqu'un. Sans préciser qui était cette personne. En tout cas, ils l'ont relâchée.

— Ah bon ? (Ses yeux pâles sont indéchiffrables.) Je ne me souviens pas de tous les détails. À l'époque, je travaillais sur une commande à l'étranger.

— Ce type m'a parlé d'un homme qui aurait empoisonné l'esprit de cette femme… »

Edward jette un coup d'œil à sa montre et se redresse.

« Je suis vraiment navré, Jane. J'avais complètement oublié, on m'attend pour inspecter un chantier.

— Tu n'as pas le temps de manger un morceau ? »

Je suis déçue qu'il parte si vite.
Il secoue la tête.
« Merci, mais je suis déjà en retard. Je t'appelle. »
Il a déjà commencé à se rhabiller.

4. Je n'ai pas de temps à consacrer aux personnes qui ne font pas tout leur possible pour s'améliorer.

D'accord ❍ ❍ ❍ ❍ ❍ *Pas d'accord*

Avant : EMMA

« Le problème, dit Brian d'un ton agressif, c'est qu'on ne peut pas rédiger un énoncé de mission avant d'avoir déterminé ce que sont nos valeurs. » Il balaie du regard la salle de réunion comme s'il mettait au défi quiconque de dire le contraire.

Nous sommes dans la salle 7b, un cube de verre identique au 7a et au 7c. Quelqu'un a inscrit le but de la réunion sur un *paperboard* : *Énoncé de mission de la société.* Des feuilles arrachées datant de la réunion précédente sont encore scotchées sur les vitres. On peut y lire : *Réaction en 24 h ? Capacité de stockage d'urgence ?* Ça semble beaucoup plus excitant que ce sur quoi nous sommes en train de plancher.

Il y a plus d'un an maintenant que je manœuvre pour intégrer le marketing. Mais si j'ai le droit d'être ici aujourd'hui, c'est sans doute parce que je suis amie avec Amanda, et donc avec Saul, et non pas parce que Brian l'a souhaité, Saul occupant un poste élevé au sein du pôle financier. J'essaie de hocher la tête avec conviction chaque fois que Brian se tourne dans ma direction. J'imaginais que le marketing serait plus glamour que ça.

« Quelqu'un veut bien servir de secrétaire ? » demande Leona en me regardant. Comprenant le message, je me lève d'un bond et viens me poster à côté du *paperboard*, marqueur à la main : la nouvelle recrue enthousiaste. En haut de la page 1, j'écris : « VALEURS ».

« Énergie », suggère quelqu'un. Obéissante, je note.

« Pensée positive », propose quelqu'un d'autre.

D'autres voix s'élèvent. « Considération », « Dynamisme », « Fiabilité ».

Charles me dit : « Emma, vous n'avez pas noté "Dynamisme". »

C'est lui qui a proposé ce mot. « Ce n'est pas la même chose qu'"Énergie" ? » je demande. Brian fronce les sourcils. Alors j'écris « Dynamisme ».

« Je pense que nous devrions nous demander : Quel est, précisément, le but ultime de Flow ? dit Leona en regardant autour d'elle avec suffisance. Quelle est la contribution unique que nous pouvons apporter à la vie des gens ? »

S'ensuit un long silence. « De l'eau en bouteille ? » je suggère. Je dis cela parce que Flow est une entreprise qui fournit ces grosses bonbonnes en plastique que l'on introduit dans les fontaines de bureau.

En voyant la grimace de Brian, je décide de la boucler.

« L'eau est essentielle. L'eau, c'est *la vie*, dit Charles. Écrivez ça, Emma. »

Je m'exécute humblement.

« J'ai lu quelque part, ajoute Leona, que notre corps est essentiellement composé d'eau. L'eau représente donc, au sens propre, une grande partie de nous-mêmes.

— Hydratation », dit Brian, d'un air songeur. Plusieurs personnes acquiescent, dont moi.

La porte de la salle s'ouvre et Saul glisse la tête par l'entrebâillement. « Ah, les génies du marketing en plein travail, lance-t-il chaleureusement. Qu'est-ce que ça donne ? »

Brian émet un grognement. « Énoncé de mission, un enfer », dit-il.

Saul jette un coup d'œil au *paperboard*. « C'est pourtant simple, non ? dit-il. Dissuader les gens de boire l'eau du robinet et leur faire payer ce service au prix fort.

— Fiche le camp, répond Brian en riant. Tu ne nous aides pas.

— Tout va bien, Emma ? » me demande gaiement Saul, avant de refermer la porte. Il m'adresse un clin d'œil. Je vois Leona tourner la tête vers moi. Je parie qu'elle ne savait pas que j'avais des amis à la direction.

Je note « Essentiellement de l'eau » et « Hydratation ».

La réunion étant enfin terminée – apparemment, la mission et le but ultime de la société Flow consistent à *encourager les moments passés à la fontaine à eau, chaque jour et partout*, une idée que toutes les personnes présentes jugent créative et brillante –, je regagne mon bureau et attends que les locaux se vident à l'heure du déjeuner pour passer un coup de téléphone.

« Association Monkford, annonce une voix féminine bien élevée.

— Edward Monkford, je vous prie. »

Silence. L'Association Monkford n'est pas adepte de la musique enregistrée. Puis : « Edward, j'écoute.

— Monsieur Monkford…

— Appelez-moi Edward.

— Edward, il faut que je vous pose une question au sujet de notre contrat. Je sais que je devrais passer par Mark, l'agent immobilier, pour ce genre de choses. Mais j'ai le sentiment qu'il se contenterait d'en parler à Simon.

— Je crains que les règles ne soient pas négociables, Emma, dit Edward Monkford d'un ton sec.

— Les règles ne me posent aucun problème, dis-je. Bien au contraire. Et je n'ai pas envie de quitter le One Folgate Street. »

Un silence. « Pourquoi devriez-vous le quitter ?

— Ce contrat que nous avons signé, Simon et moi… Que se passerait-il si l'un de nous deux cessait de vivre dans cette maison ? Et si l'autre voulait rester ?

— Simon et vous n'êtes plus ensemble ? Vous m'en voyez navré, Emma.

— C'est juste… une question théorique pour le moment. Je m'interroge sur cette nouvelle situation. »

Ça cogne dans ma tête. Le simple fait d'envisager de quitter Simon me procure une sensation étrange, comme un vertige. Est-ce la conséquence du cambriolage ? de mes séances avec Carol ? Ou l'influence du One Folgate Street, de ces espaces vides et puissants dans lesquels, soudain, tout devient beaucoup plus clair ?

Edward Monkford réfléchit. « Techniquement parlant, dit-il, cela constituerait une rupture de contrat. Toutefois, vous pourriez signer un avenant dans lequel vous vous engageriez à assumer seule toutes les responsabilités. N'importe quel avocat digne de ce nom vous le rédigera en dix minutes. Mais serez-vous encore en mesure de payer le loyer ?

— Je ne sais pas », réponds-je en toute franchise.

Si le montant du loyer du One Folgate Street est ridiculement bas pour un tel endroit, il dépasse ce que je peux m'offrir seule avec mon maigre salaire.

« Je suis sûr que nous trouverons un arrangement.

— C'est très gentil à vous », dis-je.

Et je me sens soudain encore plus déloyale, car Simon, s'il avait écouté cette conversation, dirait que j'ai appelé directement Edward Monkford plutôt que l'agent immobilier parce que c'était exactement l'issue que j'espérais.

Simon rentre environ une heure après moi. « C'est quoi, tout ça ? demande-t-il.

— Je cuisine, dis-je en lui adressant un grand sourire. Ton plat préféré. Bœuf Wellington.

— Ouah », fait-il, stupéfait, en balayant la cuisine du regard.

Bon, d'accord, c'est un peu le bazar, mais au moins, il voit tout le mal que je me suis donné.

« Combien de temps ça t'a pris ? demande-t-il.

— J'ai fait les courses pendant l'heure du déjeuner et j'ai quitté le bureau à l'heure pour tout préparer », dis-je fièrement.

Après ma conversation téléphonique avec Edward Monkford, je me suis sentie affreusement mal. Qu'est-ce qui me prenait ? Simon a fait de gros efforts et je me comporte comme un monstre depuis plusieurs semaines. Alors j'ai décidé de me racheter, dès ce soir.

« J'ai acheté du vin, aussi », dis-je. Simon ouvre de grands yeux en voyant que j'ai déjà bu un tiers de la bouteille, mais il ne fait aucun commentaire. « Et des olives, dis-je, des chips, et un tas d'autres trucs à grignoter.

— Je vais prendre une douche », annonce-t-il.

Quand il redescend, douché et changé, le bœuf est dans le four et je suis un peu ivre. Il me tend un paquet emballé. « Je sais que c'est seulement demain, trésor, mais j'ai envie de te le donner maintenant. Joyeux anniversaire, Emma. »

À la forme, je devine que c'est une théière, mais en ôtant le papier cadeau, je découvre que ce n'est pas n'importe quelle théière ; c'est un magnifique modèle Art déco, très paquebot des années 1930. J'en ai le souffle coupé. « Elle est superbe, dis-je.

— Je l'ai trouvée sur Etsy, dit-il fièrement. Tu la reconnais ? C'est celle qu'utilise Audrey Hepburn dans *Diamants sur canapé.* Ton film préféré. Je l'ai fait venir d'un magasin d'antiquités en Amérique.

— Tu es incroyable », dis-je.

Je pose la théière et viens m'asseoir sur ses genoux. « Je t'aime », dis-je tout bas en lui mordillant le lobe de l'oreille.

Il y a trop longtemps que je ne l'ai pas dit. Et lui aussi. Je glisse une main entre ses cuisses.

« Qu'est-ce qui te prend ? demande-t-il, amusé.

— Personne, réponds-je. Mais peut-être que tu pourrais t'en charger. »

Je m'agite sur ses genoux et le sens durcir. Je lui murmure à l'oreille : « Tu as été très patient. »

Et je me laisse glisser entre ses cuisses. J'avais prévu ça pour plus tard, après le dîner, mais rien ne vaut l'instant présent, et le vin fait son effet. J'abaisse la fermeture Éclair de son pantalon et sort son sexe. Je relève la tête, lui adresse un sourire que j'espère obscène et attirant, et j'avale son gland.

Il me laisse faire pendant environ une minute. Mais je sens qu'il se ramollit au lieu de devenir encore plus dur. Je redouble mes efforts, ce qui ne fait qu'aggraver les choses. Quand je lève la tête de nouveau, il a les yeux fermés et les poings serrés, comme s'il faisait appel à toute sa volonté pour conserver une érection.

« Mmmm, fais-je pour l'encourager. Mmmmm. »

En entendant le son de ma voix, il ouvre brusquement les yeux et me repousse. « Nom de Dieu, Emma. » Il se lève, en rangeant sa queue dans son pantalon. « Nom de Dieu.

— Qu'est-ce qui se passe ? » je demande.

Il me toise. Avec une drôle d'expression.

« Deon Nelson, dit-il.

— Eh bien, quoi ?

— Comment peux-tu me faire ce que tu as fait à ce… ce salopard ? »

À mon tour d'exprimer ma consternation. « Ne sois pas ridicule. Ma bouche ne lui appartient pas. »

Je comprends soudain : pendant tout ce temps où je croyais que j'évitais de faire l'amour avec Simon, c'était l'inverse.

« Tu l'as laissé jouir dans ta bouche », dit-il.

Je tressaille, comme si on m'avait frappée. « Je ne l'ai pas *laissé*, dis-je. Il m'a *forcée*. Comment peux-tu dire ça ? Comment oses-tu ? »

Mon humeur a changé de nouveau, je suis passée de l'euphorie à la plus grande détresse.

« Le bœuf va être trop cuit, dis-je.

— Attends, Emma. J'ai quelque chose à te dire. »

Il semble si triste que je songe : *Ça y est. Il me quitte.*

« La police est venue me voir aujourd'hui, dit-il. Au sujet d'une… contradiction dans mon témoignage.

— Comment ça, une contradiction ? »

Il marche jusqu'à la fenêtre. Elle s'est assombrie, mais il regarde dehors comme s'il pouvait voir quelque chose. « Après le cambriolage, dit-il, j'ai fait une déposition à la police. Je leur ai expliqué que j'étais dans un pub.

— Oui, je sais. Le Portland, c'est ça ?

— En fait, ce n'était pas le Portland. Ils ont vérifié. Le Portland n'a pas le droit d'ouvrir si tard. Alors, ils ont consulté mes relevés de carte de crédit. »

Je trouve qu'ils se sont donné beaucoup de mal, juste pour vérifier dans quel bar se trouvait Simon ce soir-là. « Pourquoi ? je demande.

— Ils m'ont expliqué que s'ils ne l'avaient pas fait, l'avocat de Nelson aurait pu les accuser de négligence. »

Il laisse passer un silence. Puis : « Je n'étais pas dans ce pub, Emma. J'étais dans un club. Un club de lap dance.

— Tu es en train de me dire que pendant que je me faisais… violer par ce monstre, tu matais des filles à poil ?

— On était tout un groupe, Emma. Avec Saul et d'autres gars. L'idée ne venait pas de moi. D'ailleurs, ça ne m'a pas plu.

— Combien tu as dépensé ? »

Il semble hébété. « Quel rapport ?

— Combien tu as dépensé ?! » je hurle. Ma voix résonne contre les murs de pierre. Je n'avais pas remarqué jusqu'à maintenant qu'il y avait un écho dans cette maison. C'est comme si elle se joignait à moi pour lui crier après.

Il soupire. « Je ne sais pas… Trois cents livres. »

Nom de Dieu.

« La police pense que ça risque de ressortir au tribunal », dit-il.

Je comprends peu à peu tout ce que ça implique. Non seulement Simon est capable de dépenser de l'argent qu'il n'a pas pour regarder des filles nues qu'il ne peut même pas baiser, uniquement parce que ses amis l'ont entraîné. Non seulement il pense que je suis souillée à cause de ce que cet homme m'a fait. Mais surtout, je songe à ce que ça pourrait impliquer pour le procès. La défense soulignera que notre relation de couple est pourrie et que nous nous mentons, comme nous mentons à la police.

Ils diront que j'étais consentante ce soir-là, c'est pour ça que je n'ai pas déclaré le viol.

J'essaie d'atteindre l'évier, mais la nausée – tout ce vin rouge, les olives et les petits trucs à grignoter pour notre soirée spéciale – jaillit de ma bouche sous la forme d'un torrent de vomi chaud et acide.

« Va-t'en », dis-je quand j'ai fini de vomir. « Va-t'en. Prends tes affaires et fiche le camp. »

J'ai traversé la vie comme une somnambule, en laissant cet homme faible faire semblant de m'aimer. Il est temps que ça cesse. « Va-t'en », je répète.

« Emma, supplie-t-il. Emma, écoute-toi. Je ne te reconnais pas. Tu parles comme ça à cause de ce qui s'est passé. On s'aime. On va tourner la page. Ne dis pas des choses que tu regretteras demain.

— Je ne regretterai rien demain, dis-je. Je ne le regretterai jamais. On se sépare, Simon. Ça ne marche plus depuis longtemps. Je ne veux plus vivre avec toi et j'ai enfin trouvé le courage de le dire. »

Maintenant : JANE

« Hein ? Il a dit quoi ?

— Qu'il y avait une sorte de pureté enivrante dans une relation sans entraves. Peut-être que je paraphrase légèrement, mais en gros, c'est ça. »

Mia semble effarée. « Ce type n'est pas croyable !

— Oui, justement. Il est tellement… différent de tous les hommes que j'ai connus.

— Tu es sûre que tu ne nous fais pas un syndrome de Stockholm ou je ne sais pas quoi ? »

Elle regarde autour d'elle les espaces vides et clairs du One Folgate Street. « Vivre ici… c'est un peu comme si tu étais enfermée à l'intérieur de sa tête. Peut-être qu'il t'a fait subir un lavage de cerveau. »

Je ris. « Je crois que j'aurais trouvé Edward intéressant même si je n'avais pas habité dans une de ses constructions.

— Et toi ? Qu'est-ce qui lui plaît chez toi, ma chérie ? À part la baise sans entraves, comme il dit ?

— Je ne sais pas. (Je soupire.) Et il y a peu de chances que je le découvre. »

Je lui raconte qu'Edward a quitté mon lit de manière précipitée. Elle grimace.

« J'ai l'impression que ce type a de sérieux problèmes, Jane. Tu devrais peut-être l'éviter.

— Tout le monde a des problèmes, réponds-je d'un ton léger. Même moi.

— Deux personnes dérangées ne font pas bon ménage. Ce qu'il te faut, c'est quelqu'un de gentil et de stable. Quelqu'un qui prendra soin de toi.

— Hélas, le genre "gentil et stable", j'ai peur que ça ne soit pas pour moi. »

Mia ne commente pas cette remarque. « Tu n'as pas eu de nouvelles depuis ? »

Je secoue la tête. « Je ne l'ai pas appelé. » Je ne mentionne pas l'e-mail faussement décontracté que je lui ai envoyé le lendemain, et auquel il n'a pas répondu.

« Sans entraves, en effet. » Après un moment de silence, elle demande : « Et l'homme aux fleurs ? Il continue ?

— Non. Mais Edward affirme que c'était une mort accidentelle. La pauvre fille est tombée dans l'escalier, apparemment. En fait, la police penchait pour un acte criminel, mais ils n'ont jamais pu le prouver. »

Mia me regarde avec effroi. « *Cet* escalier ?

— Oui.

— "Un acte criminel" ? C'est quoi, cette histoire ? Ça ne te fait pas flipper ? De savoir que tu vis sur une scène de crime ?

— Non, pas vraiment. Certes, c'est tragique, mais comme je te le disais, il n'y a pas eu de crime, *a priori*. Et puis, il y a plein de maisons dans lesquelles des gens sont morts.

— Pas de cette façon. Et tu vis seule…

— Je n'ai pas peur. C'est une maison très calme. Je ne vais pas me laisser impressionner par la mort d'une parfaite inconnue, il y a des années de cela.

— Comment elle s'appelait ? » Mia sort son iPad.

« La fille qui est morte ? Emma Matthews. Pourquoi ?

— Tu n'es pas curieuse ? » Elle tapote sur l'écran. « Oh, mon Dieu !

— Quoi ? »

Elle me montre la tablette, sans rien dire. Je découvre la photo d'une femme d'environ vingt-cinq ans. Plutôt jolie : mince et brune. Bizarrement, je lui trouve quelque chose de familier.

« Et alors ? dis-je.

— Tu ne remarques rien ? » demande Mia.

J'examine la photo.

« Quoi donc ?

— Elle te ressemble, Jane ! Ou plutôt, *tu* lui ressembles. »

Oui, en effet, plus ou moins. Nous avons toutes les deux des cheveux châtains, les yeux bleus et un teint très pâle. Elle est plus mince que moi, plus jeune et, pour être honnête, plus jolie aussi. Et elle est plus maquillée : deux traits épais d'eye liner, très spectaculaires. Mais il y a une certaine ressemblance, assurément.

« Et pas uniquement au niveau du visage, ajoute Mia. Regarde sa façon de se tenir. Posture impeccable. Tu te tiens exactement de la même manière.

— Ah bon ?

— Tu le sais bien. Alors, tu continues à penser que ce type n'a pas de problèmes ?

— C'est peut-être une coïncidence. Après tout, rien n'indique qu'Edward avait une relation avec cette fille. Combien de millions de femmes dans le monde ont des cheveux châtains et des yeux bleus ?

— Savait-il à quoi tu ressemblais avant que tu emménages ici ?

— Oui, admets-je. Il m'a fait passer un entretien. Et avant ça, j'avais dû envoyer trois photos. Je n'y avais pas réfléchi jusqu'à présent, mais pourquoi un propriétaire réclame-t-il des photos à ses locataires ? »

Soudain, Mia écarquille les yeux ; une autre pensée vient de lui traverser l'esprit.

« Et sa femme ? Comment elle s'appelait ?

— Mia, non… », dis-je, d'une petite voix.

Je trouve que tout cela est déjà allé trop loin. Mais la voilà qui se remet à tapoter sur sa tablette.

« Elizabeth Monkford. Mancari de son nom de jeune fille, lit-elle. Maintenant, cherchons une photo… » Elle fait défiler une succession de portraits. « Non, ça ne peut pas être elle… ce n'est pas la bonne nationalité… Ah, bingo ! »

Mia laisse échapper un sifflement de surprise.

« Qu'y a-t-il ? »

Mia oriente l'écran face à moi. « Il y a quand même un os dans cette relation sans entraves », commente-t-elle.

La photo montre une jeune femme brune, assise devant une sorte de table d'architecte, qui sourit à l'objectif. Malgré le grain épais, je vois qu'elle ressemble fortement à Emma Matthews. Et, par conséquent, à moi aussi, je suppose.

Avant : EMMA

Dire à Simon et à la police que j'avais menti en affirmant ne pas me souvenir du viol, c'était pénible, mais l'avouer à Carol, c'est presque pire. Je suis soulagée de voir qu'elle le prend bien.

« Ce n'est pas vous la coupable dans cette histoire, me dit-elle. Parfois, nous ne sommes pas prêts à voir la vérité en face, tout simplement. »

À mon grand étonnement, au cours de cette séance, elle ne se concentre pas sur Deon Nelson et ses horribles menaces mais sur Simon. Elle veut savoir comment il a réagi à la séparation, s'il m'a contactée depuis – ce qu'il a fait, évidemment, à maintes reprises, même si je ne réponds plus à ses messages –, et ce que j'ai l'intention de faire à ce sujet.

« Alors, Emma, où en êtes-vous ? demande-t-elle finalement. Qu'espérez-vous, maintenant ?

— Je ne sais pas, dis-je en haussant les épaules.

— Je vais vous poser la question autrement : s'agit-il d'une séparation définitive ?

— Simon pense que non, dis-je. Nous nous sommes déjà séparés, mais, chaque fois, il me supplie jusqu'à ce que je le laisse revenir, de guerre lasse. Là, c'est différent. J'ai balancé toutes mes vieilles affaires, tous ces trucs inutiles. Et je crois que ça m'a donné la force de me débarrasser de lui également.

— Une relation humaine, c'est très différent d'un paquet de vieilles affaires », dit-elle.

Je la dévisage. « Vous ne pensez pas que je fais une erreur, j'espère ? »

Elle prend le temps de réfléchir.

« Une expérience traumatique comme celle que vous avez subie, dit-elle, a parfois pour conséquence d'affaiblir les barrières existantes. Dans certains cas, les changements sont temporaires. Mais un individu peut découvrir qu'il apprécie ce nouvel aspect de sa personnalité, et cela devient une partie de lui-même. Est-ce une bonne ou une mauvaise chose ? Ce n'est pas à moi de le dire, Emma. Vous seule pouvez porter ce jugement. »

Après ma séance de thérapie, j'ai rendez-vous avec l'avocat qui a rédigé l'avenant au contrat de location. Edward Monkford avait raison : j'ai contacté un cabinet juridique du quartier qui a proposé de s'en charger pour la modique somme de cinquante livres. « Seul hic, a dit l'avocat auquel je me suis adressée, Simon devrait sans doute également signer le document. »

Au cours de ce rendez-vous, l'avocat me confie qu'il n'a jamais vu un tel contrat. Celui qui l'a rédigé tenait à ce qu'il soit verrouillé de tous les côtés. « Pour ne prendre aucun risque, me dit-il, vous devriez demander à Simon de signer l'avenant, lui aussi. »

Je doute que Simon accepte de signer quoi que ce soit qui officialise notre séparation, mais je prends quand même le document. En cherchant une enveloppe, l'avocat ajoute, sur le ton de la conversation :

« J'ai fait des recherches sur cette maison aux archives municipales, figurez-vous. C'est fascinant.

— Oh ? dis-je. Pourquoi ?

— Il semblerait que l'histoire du One Folgate Street soit entachée par la tragédie, me confie-t-il. La maison d'origine a été détruite par un bombardement allemand pendant la guerre, et tous les occupants sont morts, une famille entière. Comme il n'y avait aucun héritier, le conseil municipal a émis un ordre de réquisition afin de déblayer les ruines. Ensuite, le terrain est resté à l'abandon jusqu'à ce qu'il soit racheté par votre architecte. Ses plans originaux prévoyaient un bâtiment plus conventionnel… certains voisins ont écrit à la mairie ultérieurement pour se plaindre, en affirmant avoir été dupés. Les esprits se sont échauffés, semble-t-il.

— Mais les travaux ont continué, dis-je, pas très intéressée par le passé de cette maison.

— Exact. Et pour ajouter l'insulte à l'injure, l'architecte a demandé l'autorisation d'y enterrer une personne. Deux, plus exactement.

— Enterrer quelqu'un dans une maison ? C'est légal ? »

L'avocat hoche la tête. « En fait, c'est étonnamment facile. Du moment que l'Agence de protection de l'environnement n'y voit pas d'objection et qu'aucune loi locale ne l'interdit, la mairie est plus ou moins obligée d'accorder le permis d'inhumer. Seule exigence : les noms des personnes décédées et l'endroit où elles sont enterrées doivent figurer sur les plans, pour des raisons évidentes. Les voici. »

Il sort une photocopie et déplie un plan agrafé au dos. « Lieu d'inhumation de Mme Elizabeth Georgina Monkford et de Maximilian Monkford », lit-il à voix haute.

Il glisse le tout dans l'enveloppe avec l'avenant et me la tend. « Tenez. Vous pouvez les garder si vous le souhaitez. »

Maintenant : JANE

Après le départ de Mia, j'allume mon ordinateur et je tape « Elizabeth Mancari ». J'ai envie d'en savoir plus, sans que Mia regarde par-dessus mon épaule. Curieusement, Housekeeper ne fait apparaître aucune des photos qu'elle a trouvées sur sa tablette.

Ce que j'ai dit à Mia est vrai : depuis que je vis au One Folgate Street, même si ça ne fait pas très longtemps, je n'ai jamais été effrayée par cette maison. Mais le silence et le vide semblent prendre un aspect plus sinistre désormais. C'est ridicule, évidemment ; c'est comme avoir peur après avoir écouté une histoire de fantômes. N'empêche, je règle le variateur de lumière au maximum et fais le tour des pièces pour vérifier… quoi donc ? Personne n'est entré, à l'évidence. Pourtant, pour une raison quelconque, la maison ne me semble plus aussi protectrice.

J'ai l'impression d'être observée.

Je chasse ce sentiment. Je me rappelle que lorsque j'ai emménagé, cet intérieur ressemblait à un décor de cinéma. J'avais aimé cette sensation. Que s'était-il passé depuis ? J'avais eu une brève et stupide relation sexuelle avec Edward Monkford et découvert qu'il préférait un certain type de femmes bien précis. Rien de plus.

Couchée au pied de l'escalier, le crâne fracassé. Par automatisme, je vais voir l'endroit en question. Je crois distinguer les vagues contours d'une tache de sang, depuis longtemps effacée. Mais qui me dit qu'il y avait du sang, d'abord ?

Je lève la tête. Au-dessus de moi, en haut de l'escalier, je vois quelque chose. Un trait de lumière qui n'était pas là avant.

Je gravis les marches avec prudence, les yeux fixés sur cette lumière. À mesure que j'approche, je vois se dessiner l'encadrement d'une petite porte d'un peu plus d'un mètre de haut : un panneau dissimulé dans le mur, semblable aux placards invisibles de la chambre et de la cuisine. Je n'avais même pas remarqué son existence.

« *Hello !* » Pas de réponse.

Je pousse la porte, qui s'ouvre entièrement. Il s'agit d'un placard, haut et profond, rempli de matériel d'entretien : serpillières, éponges, aspirateur, cireuse, et même une échelle télescopique. Je manque d'éclater de rire. J'aurais dû m'attendre à trouver ce genre d'aménagement. La femme de ménage, une Japonaise d'un certain âge qui ne parle presque pas anglais et résiste à toutes mes tentatives pour établir un contact lors de ses visites hebdomadaires, a dû laisser la porte entrouverte.

Le placard semble conçu pour donner accès également aux autres installations de la maison. Un des murs est couvert de branchements électriques et des câbles disparaissent dans les entrailles du One Folgate Street par une trappe découpée dans le toit.

Je me fraie un passage au milieu des produits d'entretien et glisse la tête par l'ouverture. Grâce à la lumière de mon téléphone, je découvre un faux plafond qui occupe toute la longueur de la maison. Le sol est tapissé d'autres câbles. Il débouche sur une sorte de grenier, plus vaste, situé au-dessus de la chambre. Tout au fond, je distingue des canalisations.

Je me dis que je viens de découvrir la solution à un problème qui me tracassait. Je ne pouvais me résoudre à entreposer dans un box les vêtements d'Isabel, jamais portés, et d'autres affaires, avec tous mes livres. Les déballer pour les ranger soigneusement dans les placards me semblait déplacé. Résultat, la valise attendait dans la chambre depuis que j'avais emménagé. Je vais la chercher et la pousse sur le plancher du faux plafond, jusqu'au grenier. Elle peut rester ici, sans déranger personne.

La lumière de mon portable n'est pas très puissante, et c'est seulement lorsque je sens quelque chose de mou sous mon pied que je baisse les yeux et aperçois un sac de couchage, glissé entre deux chevrons. Il est couvert de poussière. Quand je le soulève, quelque chose s'en échappe : un pantalon de pyjama de fillette, décoré de petites pommes. Je glisse la main à l'intérieur du sac de couchage et découvre, tout au fond, des chaussettes roulées en boule. Et une carte de visite écornée. CAROL YOUNSON. PSYCHOTHÉRAPEUTE CERTIFIÉE. Une adresse e-mail et un numéro de téléphone.

En regardant autour de moi, je découvre d'autres objets : des boîtes de thon vides, des restes de bougies, un flacon de parfum vide, une bouteille en plastique de boisson énergétique.

Bizarre. Bizarre et inexplicable. Je n'ai aucun moyen de savoir si ce sac de couchage a appartenu à Emma Matthews ; je ne sais même pas combien d'autres locataires a accueillis le One Folgate Street. Et s'il a bien appartenu à Emma, je ne saurai jamais quelle terreur sans nom l'a poussée à quitter cette belle chambre, si élégante, pour venir dormir ici.

Mon portable sonne, assourdissant dans cet espace confiné.

« Jane, c'est Edward. »

Avant : EMMA

J'essaie de convaincre Simon de nous retrouver dans un endroit neutre comme un pub. Mais s'il me promet de signer l'avenant, il ne le fera qu'au One Folgate Street.

« De toute façon, dit-il, il faut que je passe chercher des affaires que j'ai oubliées. »

« OK », dis-je à contrecœur. Je règle l'éclairage sur l'intensité maximale, puis j'enfile un jean informe et une vieille chemise, la moins sexy de ma garde-robe. Je suis en train de ranger la cuisine (c'est incroyable de voir à quelle vitesse le fouillis s'accumule, même quand on possède peu de choses) lorsque j'entends un bruit derrière moi. Je laisse échapper un petit cri.

« Salut, Emma, dit-il.

— Putain, tu m'as flanqué une sacrée frousse ! dis-je, furieuse. Comment tu es rentré ?

— J'ai gardé la clé numérique le temps de récupérer mes affaires. Ne t'inquiète pas, je l'effacerai, ensuite.

— Bon, d'accord », dis-je. Je me promets de demander à Mark, l'agent immobilier, la manœuvre à effectuer pour bloquer le code de Simon.

« Comment ça va, Emma ?

— Bien », réponds-je.

Je sais, je devrais prendre de ses nouvelles moi aussi, mais je vois qu'il ne va pas très bien. Il a le teint pâle et la peau marbrée, comme quand il boit trop, et une coupe de cheveux épouvantable.

« Voici l'avenant, dis-je en lui tendant le document. Et un stylo. Je l'ai déjà signé.

— Hé ! Hé ! On ne boit pas un petit coup d'abord ? »

Et moi : « Je ne pense pas que ce soit une bonne idée, Simon. »

En voyant son sourire en coin, je devine qu'il a déjà bu de son côté.

« C'est n'importe quoi, déclare-t-il après avoir lu l'avenant.

— Il a été rédigé par un avocat, dis-je.

— Non, je parle de ce qu'on est en train de faire. On s'aime, Emma. D'accord, on a eu quelques problèmes, mais au fond, on s'aime.

— Je t'en prie, Simon, ne complique pas les choses.

— *Moi ?* C'est un peu fort, non ? Alors que c'est moi qui me retrouve à la porte, sans savoir où aller. Si je ne savais pas que tu finiras par changer d'avis, tôt ou tard, je serais vraiment furax.

— Je ne changerai pas d'avis, dis-je.

— Bien sûr que si.

— Non.

— Pourtant, je suis *là*, non ?

— Pour récupérer tes affaires.

— Ou pour revenir là où se trouvent mes affaires.

— Il faut que tu t'en ailles, Simon », dis-je en sentant monter la colère.

Il s'appuie contre le comptoir. « Seulement après avoir bu un verre et avoir eu une vraie discussion avec toi », déclare-t-il.

« Nom de Dieu ! Tu ne peux pas te comporter en adulte pour une fois ?

— Emma, Emma, dit-il d'un ton enjôleur. Ne t'énerve pas. Je dis juste que je t'aime et que je ne veux pas te perdre.

— Ce n'est pas la bonne méthode.

— Ah ! Ça veut dire qu'il y en a une bonne ? »

Je suis partagée. Si je lui laisse croire qu'il reste une chance pour qu'on se remette ensemble dans quelque temps, il s'en ira peut-être sans faire d'histoires. L'ancienne Emma aurait choisi cette solution. Mais la nouvelle Emma est plus courageuse.

« Non, dis-je, il n'y a aucune chance qu'on se remette ensemble un jour ou l'autre. »

Il avance vers moi et pose ses mains sur mes épaules. Son haleine empeste l'alcool.

« Je t'aime, Emma.

— Arrête, dis-je en me libérant.

— Je t'aime, c'est plus fort que moi. »

Il a le regard un peu fou.

Un téléphone sonne. Je regarde autour de moi. Mon portable bipe et clignote, en se trémoussant vers le bord du comptoir.

« Laisse-moi passer », dis-je en le repoussant.

Cette fois, il me lâche et je me jette sur mon téléphone. « Allô ?

— Emma, c'est Edward. Je voulais juste m'assurer que vous aviez résolu le problème de contrat dont nous avons parlé. »

Edward Monkford s'exprime d'un ton poli et formel.

« Oui, merci. Justement, Simon est ici. Il est venu signer le document. »

Je ne peux m'empêcher d'ajouter : « Du moins, j'espère. »

S'ensuit un bref silence. « Passez-le-moi, je vous prie. »

Je vois le visage de Simon s'assombrir tandis qu'Edward lui parle. La conversation dure environ une minute, durant laquelle Simon ne dit quasiment rien. Il se contente d'émettre un *Hmmm* de temps en temps.

« Tiens, dit-il d'un air maussade en me rendant mon téléphone.

— Allô ? fais-je.

— Simon va signer le document, Emma. Et ensuite, il va s'en aller. Je vais venir pour vérifier qu'il est bien parti, mais surtout parce que j'ai envie de coucher avec vous. Mais pas un mot à Simon, évidemment. »

Il coupe la communication. Je regarde le téléphone. Ai-je bien entendu ? Oui, aucun doute.

« Qu'est-ce qu'il t'a dit, Simon ?

— Je ne t'aurais pas fait de mal, dit-il tristement, au lieu de répondre à ma question. Jamais je ne te ferai du mal. Volontairement. Je t'aime, Emma, je n'y peux rien. Et je réussirai à te récupérer, tu verras. »

Quand Edward Monkford va-t-il arriver ? Ai-je le temps de prendre une douche ? En regardant autour de moi, je remarque une douzaine de violations des règles du contrat de location. Il y a des affaires par terre, des trucs sur le comptoir, un journal sur la table de pierre, la poubelle du recyclage déborde. Sans parler de la chambre, sens dessus dessous, et des taches de vin que je n'ai jamais récurées après ma fête d'anniversaire. Je prends une douche express et me sèche rapidement tout en choisissant une tenue : un chemisier et une jupe simples. Dois-je mettre du parfum ? Non, ce serait un peu trop. Pendant tout ce temps, une partie de moi-même continue à penser qu'Edward plaisantait ou que j'ai mal entendu.

En espérant que non.

Mon portable sonne. C'est Housekeeper qui m'annonce qu'il y a quelqu'un à la porte. J'appuie sur « Vidéo » et la caméra extérieure me montre l'image d'Edward, avec un bouquet de fleurs et une bouteille de vin.

Je ne m'étais donc pas trompée. J'appuie sur « Accepter » pour le laisser entrer.

Le temps que j'atteigne le palier du premier étage, il est déjà au pied des marches. Il m'observe avec avidité. Impossible de dévaler cet escalier : il vous oblige à avancer prudemment, solennellement. Avant même d'arriver devant lui, je suis grisée par l'excitation.

« Bonjour », dis-je avec nervosité.

Il me regarde sans rien dire. Sa main s'approche de mon visage, elle soulève une mèche et la coince derrière mon oreille gauche. Mes cheveux sont encore mouillés après la douche, je sens leur contact froid sur ma nuque. Quand ses doigts frôlent le lobe, je sursaute.

« Tout va bien, murmure-t-il. Tout va bien. » Sa main glisse sous mon menton et m'oblige à renverser la tête, en douceur.

« Emma, je n'arrête pas de penser à vous. Mais si c'est prématuré, dites-le-moi et je m'en irai. »

Il défait deux boutons de mon chemisier. Je ne porte pas de soutien-gorge.

« Vous tremblez, dit-il.

— J'ai été violée. »

Je n'avais pas prévu de lâcher ça de cette façon. Je veux juste qu'il comprenne que tout cela n'est pas anodin pour moi, qu'il n'est pas comme les autres.

Son visage s'assombrit aussitôt. « Par Simon ? demande-t-il rageusement.

— Non. Jamais il ne… Par un des cambrioleurs. Ceux dont je vous ai parlé.

— Alors, c'est prématuré », décide-t-il.

Sa main ressort de mon chemisier et referme les boutons. J'ai l'impression d'être une enfant qu'on habille pour l'école.

« Je voulais juste que vous le sachiez. Au cas… Mais on peut quand même coucher ensemble, si vous voulez, dis-je timidement.

— Non, on ne peut pas. Pas aujourd'hui. Vous allez venir avec moi. »

5 a) *Vous avez le choix entre sauver le* David *de Michel-Ange ou un enfant affamé qui vit dans la rue. Que choisissez-vous ?*

- ❍ *La statue*
- ❍ *L'enfant*

Maintenant : JANE

« Arrêtez-vous ici », dit Edward au chauffeur de taxi.

Nous sommes au cœur de la City. D'imposantes constructions modernes, de verre et d'acier, se dressent au-dessus de nous, de part et d'autre ; on aperçoit à peine les sommets du Shard et du Cheese Grater. Edward surprend mon regard émerveillé pendant qu'il paie la course.

« C'est de la frime, commente-t-il avec mépris. Nous, on va là. »

Il m'entraîne vers une église, un édifice religieux modeste auquel je n'avais jamais prêté attention, coincé au milieu de ces mastodontes prétentieux. L'intérieur est ravissant, simple, presque banal, mais baigné de lumière grâce aux immenses fenêtres percées dans les murs, en hauteur. Les murs ont la même couleur crème pâle que ceux du One Folgate Street. Le soleil qui filtre à travers les croisillons dessine un treillis sur le sol. Nous ne sommes que tous les deux.

« C'est mon bâtiment préféré à Londres, dit-il. Regarde. »

Je suis son regard levé vers le plafond et j'en ai le souffle coupé. Au-dessus de nous s'étend une vaste coupole. Le vide qui domine la partie centrale de la minuscule église semble flotter au-dessus des piliers d'une finesse extrême. Juste au-dessous se dresse l'autel, ou ce que je suppose être l'autel : une plaque de pierre massive, ronde, d'environ un mètre cinquante de diamètre.

« Avant le grand incendie de Londres, il existait deux sortes d'églises. (Je remarque qu'il ne prend pas la peine de chuchoter.) Les églises gothiques, sombres et sinistres, construites sur le même modèle depuis que l'Angleterre était devenue catholique, truffées d'arches, d'ornements et de vitraux ; et les temples sobres, nus, des puritains. Après l'incendie, les hommes qui ont reconstruit Londres ont vu là l'occasion de créer un nouveau type d'architecture : des lieux où chacun pourrait prier, quelle que soit sa confession. Alors, ils ont adopté ce style dépouillé, austère. Mais ils savaient qu'ils devaient remplacer l'aspect macabre du gothique par quelque chose. »

Il montre sur le sol les rayons de soleil entrecroisés qui semblent éclairer la pierre de l'intérieur. « La lumière, dit-il. Le siècle des Lumières porte bien son nom.

— Qui est l'architecte de cette église ?

— Christopher Wren. Les touristes envahissent la cathédrale Saint-Paul, mais son véritable chef-d'œuvre est ici.

— C'est beau », dis-je, en toute franchise.

Quand Edward m'a téléphoné tout à l'heure, il n'a fait aucune allusion à la soudaineté avec laquelle il avait quitté mon lit une semaine plus tôt, pas de bavardage. Juste : « J'aimerais te montrer quelques constructions, Jane. Tu es d'accord ?

— Oui », ai-je répondu sans hésitation. Non pas que j'aie décidé d'ignorer totalement les mises en garde de Mia. Mais en vérité, elles ont attisé ma curiosité.

Et je suis rassurée par le fait qu'il m'ait emmenée ici aujourd'hui. Pourquoi ferait-il cela s'il était attiré uniquement par ma vague ressemblance avec sa défunte femme ? Je dois me plier aux règles qu'il a instaurées : prendre chaque instant comme il vient, et ne pas plomber notre relation avec des analyses trop poussées ou des attentes excessives.

Après St. Stephen's, nous allons visiter la maison de John Soane à Lincoln's Inn Fields. Un panneau annonce qu'elle n'est pas accessible au public aujourd'hui, mais Edward sonne à la porte et salue le conservateur par son nom quand celui-ci vient nous ouvrir. Après un échange amical, nous sommes invités à entrer et à nous promener en toute liberté. Cette minuscule demeure déborde d'objets et de curiosités en tout genre, fragments de sculpture grecque ou chats momifiés. Je m'étonne qu'Edward aime ce décor, mais il explique : « Ce n'est pas parce que je réalise des constructions dans un style particulier que je n'apprécie pas les autres, Jane. Ce qui compte, c'est l'excellence. L'excellence et l'originalité. »

D'un coffre installé dans la bibliothèque il sort un dessin représentant un petit temple néoclassique. « Ça, par exemple.

— C'est quoi ?

— Le mausolée qu'il a fait construire pour sa femme morte. »

Je prends le dessin et fais mine de l'examiner, mais en fait, je reste bloquée sur le mot *mausolée.*

Je pense encore à tout ce qu'il implique lorsque nous montons dans un taxi pour rentrer au One Folgate Street. Quand nous approchons de la maison, je la regarde d'un œil neuf, j'établis des rapprochements avec les bâtiments que nous venons de visiter.

Arrivé devant la porte, Edward s'arrête.

« Tu as envie que j'entre ? me demande-t-il.

— Évidemment.

— Je ne veux pas donner l'impression que je considère ça comme un dû. Tu comprends bien, n'est-ce pas, que ça fonctionne dans les deux sens ?

— C'est très gentil de ta part. Mais j'ai vraiment envie que tu entres. »

Avant : EMMA

« Où va-t-on ? » je demande à Edward qui fait signe à un taxi.

« À Walbrook », dit-il en s'adressant au chauffeur autant qu'à moi. Puis : « Je veux vous montrer quelques bâtiments. »

Malgré toutes mes questions, il refuse d'en dire plus jusqu'à ce que le taxi s'arrête au cœur de la City. Nous sommes entourés de constructions modernes spectaculaires et j'essaie de deviner laquelle il a choisie. Mais il m'entraîne vers une église, incongrue au milieu de toutes ces banques étincelantes.

L'intérieur est agréable, bien qu'un peu austère. Un vaste dôme surplombe l'autel : un imposant bloc de pierre posé au centre. Je songe à des pentacles et à des sacrifices païens.

« Avant le grand incendie, il existait deux types d'églises, m'explique-t-il. Les églises gothiques sombres et les temples dépouillés où venaient prier les puritains. Après le sinistre, les hommes qui ont reconstruit Londres ont profité de l'occasion pour créer un nouveau style architectural, hybride. Mais ils savaient qu'ils devaient trouver quelque chose pour remplacer cette austère ambiance gothique. »

Il montre le sol, sur lequel les grandes fenêtres projettent un quadrillage d'ombre et de lumière. « La lumière, dit-il. Le siècle des Lumières portait bien son nom. »

Pendant qu'il se promène ici et là pour examiner des détails, je grimpe sur le bloc minéral de l'autel. Je replie mes jambes sous moi et me renverse en arrière, en creusant le dos jusqu'à ce que ma nuque touche la pierre. Et j'exécute quelques figures : le pont, la roue, le héros couché. J'ai fait du yoga pendant environ six mois et je n'ai pas tout oublié.

« Qu'est-ce que vous faites ? demande la voix d'Edward.

— Je m'offre en sacrifice.

— Cet autel est l'œuvre de Henry Moore, dit-il d'un ton réprobateur. Il a utilisé une pierre provenant de la carrière qu'utilisait Michel-Ange.

— Je parie qu'il y a fait l'amour.

— Je crois qu'il est temps d'y aller, dit Edward. Je n'aimerais pas que l'on m'interdise l'accès de cette église. »

Un autre taxi nous conduit au British Museum. Là, il s'adresse à quelqu'un à l'entrée et nous nous retrouvons, je ne sais pas comment, dans une partie du musée réservée aux professeurs et aux chercheurs. Un assistant vient ouvrir une vitrine fermée à clé et nous laisse seuls. « Mettez ça », me dit Edward en me tendant une paire de gants blancs en coton, avant d'en enfiler une paire lui aussi. Sur ce, il plonge les mains dans la vitrine pour sortir un objet en pierre.

« Il s'agit d'un masque rituel du peuple olmèque, m'explique-t-il. La première civilisation à avoir construit des villes en Amérique. Elle a été rayée de la carte il y a environ trois mille ans. »

Il me tend le masque. Je le prends, tout en craignant de le faire tomber. Les yeux semblent vivants.

« Incroyable », dis-je. En vérité, ce n'est pas trop mon truc tout ça, pas plus que l'église, mais je suis heureuse d'être ici avec lui.

Edward hoche la tête, satisfait.

« J'ai pour règle de ne regarder qu'une seule chose quand je vais dans un musée, dit-il alors que nous rebroussons chemin. Sinon, on n'apprécie pas ce qu'on voit.

— Ah, voilà pourquoi je n'aime pas les musées, dis-je. Je ne connaissais pas le mode d'emploi. » Il rit.

Je commence à avoir faim et nous allons dans un restaurant japonais qu'il connaît. « Je vais commander pour nous deux, dit-il. Quelque chose de simple, comme du *tonkatsu*. La véritable cuisine japonaise fait peur aux Anglais.

— Pas à moi, dis-je. Je peux manger de tout. »

Il hausse les sourcils. « C'est un défi, mademoiselle Matthews ?

— Si vous voulez. »

Il commence par quelques sushis : poulpe, oursin et différents types de crevettes.

« Pas de quoi me déstabiliser, dis-je.

— Hmmm », fait-il. Il s'adresse au chef dans un japonais courant. Je devine qu'il lui fait part de notre petit jeu, et le chef affiche un large sourire à l'idée de servir à la petite *gajin* un plat qu'elle ne pourra pas avaler. Peu de temps après, on nous apporte une assiette dans laquelle s'empilent des petits morceaux blancs gélatineux.

« Goûtez, dit Edward.

— C'est quoi ?

— On appelle ça des *shirako*. »

Je porte deux morceaux à ma bouche, à titre expérimental. Ils éclatent entre mes dents, libérant une matière gluante et saumâtre.

« Pas mauvais », dis-je en déglutissant, alors qu'en réalité, c'est plutôt infâme.

« Ce sont les poches qui contiennent le sperme des poissons. Au Japon, c'est considéré comme un mets très fin.

— Super. Mais je crois que je préfère celui des humains. Ensuite ?

— La spécialité du chef. »

La serveuse nous apporte un poisson entier sur un plat. Je constate avec effroi qu'il est encore vivant. Plus ou moins, je l'avoue. Couché sur le flanc, il remue faiblement la queue et ouvre la bouche comme s'il voulait dire quelque chose. Toute la partie supérieure a été découpée en fines tranches. L'espace d'un instant, je manque de me défiler. Mais je ferme les yeux et je me lance.

À la deuxième bouchée, je les garde ouverts.

« Vous êtes une mangeuse téméraire, reconnaît-il à contrecœur.

— Pas uniquement quand je mange.

— Il y a une chose que vous devez savoir, Emma. »

Il semble si sérieux soudain que je pose mes baguettes pour l'écouter.

« Je n'aime pas les relations conventionnelles, de même que je n'aime pas les maisons conventionnelles.

— OK. Qu'est-ce qui vous plaît, alors ?

— Les relations humaines, comme nos existences, ont tendance à s'embarrasser du superflu. Les cartes de Saint-Valentin, les gestes romantiques, les rendez-vous, les termes affectueux grotesques. Mais si on supprime tout ça ? Il y a une sorte de pureté dans une relation débarrassée des conventions, un sentiment de simplicité et de liberté. Toutefois, cela ne peut fonctionner que si les deux parties ont clairement conscience de ce qu'elles font.

— Je me souviendrai que je ne dois pas espérer recevoir une carte pour la Saint-Valentin, dis-je.

— Et quand ce ne sera plus parfait, nous passerons à autre chose tous les deux, sans regrets. D'accord ?

— Ça durera combien de temps ?

— C'est important ?

— Pas vraiment.

— Parfois, je pense que tous les mariages seraient plus heureux si le divorce était obligatoire au bout d'un certain temps. Trois ans, disons. Les gens s'apprécieraient beaucoup plus.

— Edward, si j'accepte ce que vous proposez, est-ce qu'on couchera ensemble ?

— Nous ne sommes pas obligés de coucher ensemble. Si ça vous pose un problème.

— Vous ne me considérez pas comme une marchandise avariée, j'espère ?

— Que voulez-vous dire ?

— Certains hommes… »

Ma phrase reste en suspens. Mais il faut que je le dise. Je prends une inspiration tremblante. « Quand Simon a appris que j'avais été violée, on a arrêté de faire l'amour. Il ne pouvait pas.

— Bon sang. Mais vous ? Vous êtes sûre que ce n'est pas trop tôt ? »

Impulsivement, je prends sa main sous la table et la glisse sous ma jupe. Il semble surpris, mais il ne la retire pas. J'ai envie d'éclater de rire.

Je fais remonter sa main entre mes cuisses, je sens ses doigts glisser sur ma culotte.

« Ce n'est *certainement* pas trop tôt », dis-je.

Je tiens son poignet et remue le bassin, je me frotte contre lui. Il écarte ma culotte et introduit un doigt en moi. Mes genoux cognent contre le dessous de la table, comme un esprit qui se manifeste pendant une séance de spiritisme. Je le regarde droit dans les yeux. Il semble subjugué.

« On ferait mieux d'y aller », dit-il. Mais il ne retire pas sa main.

Maintenant : JANE

Après avoir fait l'amour, je me sens somnolente et repue. Edward prend appui sur un coude pour m'examiner dans les moindres détails, sa main libre explore ma peau. Quand elle atteint les vergetures dues à Isabel, j'essaie de rouler sur le côté, gênée, mais il m'en empêche.

« Non. Tu es belle, Jane. Chaque partie infime de toi est belle. »

Ses doigts curieux rencontrent une cicatrice sous mon sein gauche. « C'est quoi ?

— Un accident quand j'étais petite. Une chute de vélo. »

Il hoche la tête comme s'il jugeait cette réponse acceptable et descend vers mon nombril. « On dirait le nœud d'un ballon de baudruche », commente-t-il en l'écartant avec ses doigts, avant de descendre en suivant le doux chemin des poils. « Tu ne t'épiles pas.

— Non. Je devrais ? Mon dernier… Vittorio me préférait comme ça. Il y en a si peu, disait-il. »

Edward réfléchit. « Tu devrais les égaliser au moins. »

Soudain, cette discussion me paraît hilarante. « Tu es en train de me demander de débroussailler mon pubis, Edward ? »

Il repose la tête sur l'oreiller. « Oui, en quelque sorte. Qu'est-ce qu'il y a de drôle ?

— Rien. J'essaierai de réduire mon système pileux pour toi.

— Merci. » Il plante un baiser sur mon ventre, comme un drapeau. « Je vais prendre une douche. »

J'entends l'eau couler derrière la paroi de pierre qui sépare la salle de bains de la chambre. En fonction des variations d'intensité, j'imagine son corps qui se déplace sous le jet, son torse lisse et dur qui se tourne dans un sens ou dans l'autre. Je me demande, vaguement, comment le capteur le reconnaît. A-t-il conservé un accès privilégié, enregistré dans le système, ou bien existe-t-il un réglage générique destiné aux visiteurs ?

La douche s'arrête. Comme Edward n'a toujours pas réapparu après plusieurs minutes, je me redresse dans le lit. Un bruit de frottement me parvient de la salle de bains.

Je me lève et contourne la paroi de séparation. Edward, une serviette blanche nouée autour de la taille, accroupi, est en train d'essuyer les murs de la douche avec un torchon.

« L'eau est très dure par ici, Jane, explique-t-il sans lever la tête. Si tu ne fais pas attention, le calcaire s'accumule sur la pierre. On voit déjà des traces. Pense à essuyer la douche chaque fois que tu t'en sers.

— Edward…

— Quoi ?

— Ce n'est pas un peu… obsessionnel ?

— Non. C'est le contraire du laisser-aller. » Il réfléchit. « Disons que je suis méticuleux.

— La vie n'est-elle pas trop courte pour passer du temps à essuyer les murs après avoir pris une douche ?

— Ou peut-être que la vie est trop courte, rétorque-t-il, pour ne pas vivre de manière aussi parfaite que possible. »

Il se relève. « Tu n'as pas encore fait d'évaluation, hein ?

— Une évaluation ?

— Avec Housekeeper. Il est programmé sur une fréquence mensuelle, je crois. Je vais le régler pour que tu puisses en faire une demain. »

Après un silence, il ajoute : « Je suis sûr que tu t'en sors très bien, Jane. Mais les données chiffrées t'aideront à t'améliorer. »

Le lendemain matin, je me réveille heureuse et un peu raide. Edward est déjà parti. Je descends boire un café avant de prendre ma douche et découvre un message de Housekeeper sur l'écran de mon ordinateur portable.

Jane, veuillez noter de 1 à 5 les affirmations suivantes, 1 correspondant à « Entièrement d'accord » et 5 à « Absolument pas d'accord ».

1. Je commets parfois des erreurs.
2. Je suis facilement déçue.
3. Je m'angoisse pour des choses sans importance.

Il y en a des dizaines d'autres. Je mets le questionnaire de côté, je me fais un café et remonte avec ma tasse. J'entre dans la douche et attends la délicieuse cascade d'eau chaude. Rien ne se passe.

J'agite le bras, celui où je porte le bracelet numérique. Toujours rien. Une coupure de courant ? J'essaie de me souvenir si j'ai vu une boîte à fusibles dans le placard de la femme de ménage. Mais ça ne peut pas être ça : il y a de l'électricité dans la maison, sinon Housekeeper ne fonctionnerait pas.

Puis je comprends. « Va au diable, Edward ! J'avais envie de prendre une putain de douche. »

Effectivement, en regardant plus attentivement le message de Housekeeper, je découvre ces mots : *Certaines fonctions de la maison ont été déconnectées jusqu'à achèvement de l'évaluation.*

Au moins, il m'a laissée faire un café. Je m'installe pour répondre aux questions.

Avant : EMMA

Faire l'amour avec Edward est agréable.

Agréable, mais pas spectaculaire.

J'ai l'impression qu'il se retient, il essaie de se comporter en gentleman. Mais je n'ai aucune envie d'avoir un gentleman dans mon lit. Je veux qu'il soit le mâle alpha égoïste qu'il sait être parfois, manifestement.

Toutefois, il y a de quoi s'occuper.

Assise à la table de pierre, en peignoir, je le regarde nous cuisiner une poêlée de légumes. Il a mis un tablier : un geste étrangement féminin de la part d'un homme si viril. Une fois les ingrédients minutieusement découpés et la préparation lancée, il n'est plus que concentration et précision, feu et énergie ; il fait sauter les légumes dans le wok avec une spatule et les rattrape tel un gros pancake mou. En quelques minutes, le repas est prêt. Je meurs de faim.

« Tu as toujours eu ce genre de relations ? lui demandé-je au cours du repas.

— Quel genre ?

— Je ne sais pas comment tu appelles ça. Sans entraves. Indépendante.

— Depuis un bon moment, oui. Je n'ai rien contre les relations conventionnelles, tu sais. C'est juste que mon style de vie ne le permet pas. Alors, j'ai sciemment choisi de m'habituer aux relations plus brèves. Et j'ai découvert que, dans ce contexte, les relations sont meilleures, plus intenses ; sprint plutôt que marathon. Tu apprécies davantage l'autre en sachant que ça ne durera pas toujours.

— Ça dure combien de temps, généralement ?

— Jusqu'à ce que l'un des deux décide d'arrêter, répond-il avec le plus grand sérieux. Ça fonctionne uniquement si les deux parties veulent la même chose. Et ne crois surtout pas que dans mon esprit "sans entraves" signifie sans investissement et sans efforts. Simplement, c'est une autre sorte d'engagement, une autre sorte d'effort. Parmi les relations les plus parfaites que j'aie connues, certaines ont duré à peine une semaine, d'autres plusieurs années. La durée importe peu. Seule compte la qualité.

— Parle-moi de celle qui a duré plusieurs années.

— Je ne parle jamais de mes maîtresses précédentes, dit-il d'un ton ferme. De même que je ne parlerai jamais de toi aux autres. À mon tour de te poser une question. Comment fais-tu pour ranger tes épices ?

— Mes épices ?

— Oui, ça me tracasse depuis que j'ai essayé de trouver le cumin, à l'instant. Visiblement, elles ne sont pas rangées par ordre alphabétique, ni par date de péremption. Par saveur, alors ? Par continent ?

— Tu plaisantes, hein ? »

Il me regarde. « Tu veux dire que c'est *aléatoire* ?

— Totalement aléatoire.

— Ouah », fait-il.

Je perçois une pointe d'ironie. Mais parfois, avec Edward, difficile à dire.

En partant, il m'informe qu'il a passé une merveilleuse soirée.

5 b) *Vous avez le choix entre faire don d'une petite somme d'argent à un musée qui récolte des fonds pour acheter une œuvre d'art importante ou envoyer cet argent en Afrique pour lutter contre la famine. Que choisissez-vous ?*

❍ *Le musée*
❍ *La famine*

Maintenant : JANE

« J'admire la manière rigoureuse dont l'œuvre se déploie, avec toute une variété de typologies différentes », déclare un homme qui porte une veste en velours côtelé, en tendant sa flûte de champagne vers le toit de verre et d'acier.

« … la fusion entre une infrastructure non cartésienne et la fonctionnalité sociale… », déclare une femme avec conviction.

« Des lignes de désir, sous-entendues, puis niées… »

À l'exception du jargon, me dis-je, les fêtes qui marquent l'achèvement d'une construction ne sont pas très différentes des vernissages auxquels j'assistais quand je travaillais dans le monde de l'art : beaucoup de gens en noir, beaucoup de champagne, beaucoup de barbes de hipster et beaucoup de montures de lunettes scandinaves très chères. Ce soir, il s'agit de l'inauguration d'une nouvelle salle de concert réalisée par David Chipperfield. Je commence à me familiariser avec les noms des architectes anglais les plus célèbres : Norman Foster, la regrettée Zaha Hadid, John Pawson,

Richard Rogers. Plusieurs d'entre eux seront présents ce soir, m'a confié Edward. Pour clore la soirée, il y aura un feu d'artifice et un spectacle laser, visible à travers le toit de verre, jusque dans le Kent.

Je déambule parmi la foule, flûte à la main, et j'écoute. Je me promène, car, même si Edward m'a invitée, je ne veux surtout pas être une gêne pour lui. Et puis, je n'ai aucun mal à engager la conversation si je le souhaite. L'assistance est composée principalement d'hommes, très sûrs d'eux et un peu ivres. Plus d'un m'a déjà arrêtée en me disant : « Est-ce qu'on se connaît ? » ou bien : « Où travaillez-vous ? » ou simplement : « Bonsoir. »

Voyant qu'Edward regarde dans ma direction, je reviens vers lui. Il se détache du petit groupe avec lequel il discutait. « Dieu soit loué, me glisse-t-il. Si je dois encore me farcir un discours sur l'importance des exigences programmatiques, je crois que je vais devenir fou. » Il me regarde d'un air admiratif. « Quelqu'un t'a-t-il dit que tu étais la plus belle femme de la soirée ?

— Plusieurs personnes, en fait. »

Je porte une robe Helmut Lang décolletée dans le dos, mi-longue, suffisamment fendue pour suivre mes mouvements, et des mocassins tout simples de chez Chloé. « Mais pas de manière aussi directe. »

Il rit. « Viens par là. »

Je le suis derrière un mur bas. Il pose son verre de champagne dessus et fait glisser sa main sur ma hanche.

« Tu as mis une culotte.

— Oui.

— Je pense que tu devrais l'enlever. Ça gâche la ligne de la robe. Ne t'inquiète pas, personne ne verra rien. »

Je me pétrifie tout d'abord. Puis je jette un coup d'œil aux alentours. Nul ne fait attention à nous. Aussi discrètement que possible, je me débarrasse de ma culotte. Quand je me penche pour la ramasser, il arrête mon bras.

« Attends. »

Sa main droite soulève le bas de ma robe. « Personne ne verra rien », répète-t-il.

Sa main remonte le long de ma jambe, puis se faufile entre mes cuisses. Je suis choquée.

« Edward, je…

— Ne bouge pas », murmure-t-il.

Ses doigts vont et viennent, ils me touchent à peine. Je sens mon corps pencher vers lui, en quête d'un contact plus appuyé. *Non, ce n'est pas moi*, me dis-je. *Je ne fais pas ce genre de choses*. Il fait rouler mon clitoris sous son doigt, deux ou trois fois, puis sans prévenir, il l'introduit en moi, délicatement.

Il s'interrompt pour prendre ma flûte et la poser sur le mur bas à côté de la sienne. Et soudain, je sens ses deux mains sur moi. Deux doigts entrent et sortent par-derrière, tandis que devant, son autre main s'active également. Le brouhaha de la fête semble s'atténuer. Le souffle coupé, je ne me préoccupe plus de savoir si quelqu'un peut nous voir. C'est lui qui commande désormais. Malgré cet environnement improbable, des vagues de plaisir me submergent.

Je chuchote : « Tu veux qu'on trouve un endroit plus intime ?

— Non. »

Les doigts, pleins d'assurance, accélèrent leur tempo. Je sens monter l'orgasme. Mes genoux vacillent, tout le poids de mon corps, ou presque, presse sur sa main désormais. Quelques secondes plus tard, je suis secouée de spasmes, je m'accroche à lui en tremblant, au moment où des lumières éclatent dans le ciel. C'est un feu d'artifice, un vrai, le spectacle laser que l'on peut voir jusque dans le Kent, me dis-je en revenant sur terre. Voilà le spectacle qu'applaudissent tous les invités. Dieu merci, ce n'est pas moi.

Mes jambes tremblent encore quand Edward retire sa main en disant : « Pardonne-moi, Jane. Il faut que j'aille parler à des gens là-bas. »

Il se dirige à grands pas vers un homme dont je suis certaine qu'il s'agit du plus éminent architecte britannique, membre de la Chambre des lords, et avec un grand sourire, il lui tend la main. Cette main qui, quelques secondes plus tôt, était en moi.

J'ai toujours la tête qui tourne quand les invités commencent à partir. Ai-je vraiment fait ça ? Ai-je vraiment joui dans une salle pleine de gens ? Suis-je devenue ce genre de femme ? Edward m'emmène ensuite dans un restaurant japonais situé à proximité, un de ces établissements dotés d'un comptoir qui entoure le chef. Tous les autres clients sont asiatiques : des hommes d'affaires en costume sombre. Le chef accueille Edward comme s'il le connaissait bien, en s'inclinant, et il s'adresse à lui en japonais. Edward lui répond dans la même langue.

« Je lui ai demandé de nous servir ce qu'il voulait, me dit-il, alors que nous prenons place à une table. Faire confiance au jugement de l'*itamae* est une marque de respect.

— Tu parles un japonais parfait.

— J'ai construit un bâtiment à Tokyo récemment.

— Je sais. » Son gratte-ciel japonais est une hélice élégante et sensuelle, un foret géant qui transperce les nuages. « C'était ton premier séjour là-bas ? »

Je sais que non, évidemment. Je l'observe pendant qu'il aligne soigneusement ses baguettes à côté de lui.

« Non. J'y ai passé une année entière après la mort de ma femme et de mon fils, répond-il, et cette première lueur de confidence, d'intimité, me procure un frisson d'excitation. Je me sentais mieux là-bas, dans cette culture : l'importance accordée à la discipline et à la retenue. Dans notre société, l'austérité est associée à la privation et à la pauvreté. Pour les Japonais, c'est la forme suprême de la beauté, ce qu'ils appellent *shibui.* »

Une serveuse nous apporte une soupe dans des bols en bambou peint, si légers et petits qu'ils tiennent dans le creux de la main.

« Ces bols, par exemple, dit-il. Ils sont vieux et dépareillés. C'est *shibui.* »

J'avale une gorgée de soupe. Quelque chose gigote sur ma langue, c'est une étrange sensation.

« Oh, elles sont vivantes, au fait, ajoute-t-il.

— Quoi donc ?

— Le bouillon contient de minuscules crevettes. Des *shirouo*, des nouveau-nés. Le chef les ajoute au tout dernier moment. C'est considéré comme un mets délicat. »

Il désigne le comptoir, derrière lequel le chef s'incline de nouveau pour nous saluer. « La spécialité du chef Atara est l'*ikizukuri*, les fruits de mer vivants. J'espère que ça te convient. »

La serveuse apporte un autre plat qu'elle dépose sur la table entre nous. Il contient un vivaneau rouge dont les écailles cuivrées et brillantes se détachent sur les lamelles de radis blanc. Un côté du poisson a été découpé de manière bien nette, en sashimis, jusqu'à l'arête. Mais il est encore vivant, et sa queue se dresse comme celle d'un scorpion, avant de retomber et de battre faiblement ; sa bouche s'ouvre et se ferme, ses yeux roulent, affolés.

« Oh, mon Dieu, dis-je, horrifiée.

— Goûte. C'est délicieux, je t'assure. »

Il saisit une tranche de chair pâle avec ses baguettes.

« Je ne peux pas manger ça, Edward.

— Ce n'est pas grave. Je vais te commander autre chose. »

Il fait signe à la serveuse, qui accourt. Mais le bouillon dans mon estomac menace de remonter à la surface. Des *nouveau-nés*. Ce mot se met à tambouriner dans ma tête.

« Ça ne va pas, Jane ? Edward me regarde d'un air inquiet.

— Non… non… »

Ce qu'il y a d'étrange avec le chagrin, c'est cette façon qu'il a de vous sauter dessus au moment où vous vous y attendez le moins. Soudain, me voilà de retour à la maternité, je tiens Isabel dans mes bras, la tête enveloppée de langes, comme un châle, pour empêcher la précieuse chaleur corporelle, la mienne, de s'échapper, et essayer de retarder le moment où ses petits membres deviendront froids. Je regarde ses yeux, ses minuscules yeux fermés par les douces paupières gonflées, et je me demande de quelle couleur ils sont. Bleus comme les miens ou marron comme ceux de son père ?

Je secoue la tête et le souvenir s'efface, mais le poids écrasant, sourd, de l'échec et du désespoir m'a assommée une fois de plus et j'éclate en sanglots.

« Oh, bon sang ! s'exclame Edward en se frappant le front. Le *shirouo.* Comment ai-je pu être aussi bête ? » Il s'adresse à la serveuse, dans un flot de japonais, en me montrant du doigt, pour commander autre chose sans doute. Mais c'est trop tard, trop tard pour tout. Je me précipite déjà vers la sortie.

Avant : EMMA

« Merci d'être venue, Emma, dit l'inspecteur Clarke. Un seul sucre, c'est bien ça ? »

Le bureau de l'inspecteur est un minuscule espace cloisonné, rempli de paperasse et de dossiers. Une photo encadrée, assez ancienne, le montre au premier rang d'une équipe de rugby, brandissant un trophée ridiculement grand. Garfield orne la tasse de café instantané qu'il me tend, et je trouve ça un peu trop joyeux pour un poste de police.

« Oui, c'est bien ça, dis-je, nerveusement. De quoi s'agit-il ? »

L'inspecteur Clarke prend une gorgée de café et repose sa tasse sur son bureau. À côté d'une assiette de biscuits, qu'il pousse vers moi.

« Les deux hommes impliqués dans votre agression ont tous les deux plaidé non coupable et déposé une demande de remise en liberté sous caution, dit-il. Concernant le complice, Grant Lewis, on ne peut pas faire grand-chose. Mais pour ce qui est de l'homme qui vous a agressée, Deon Nelson, c'est différent.

— Bien », dis-je, mais je ne vois pas pourquoi il m'a convoquée pour m'expliquer ça. Certes, le fait qu'ils plaident non coupables est une mauvaise nouvelle, mais il aurait pu me l'annoncer par téléphone.

« En tant que victime, poursuit l'inspecteur Clarke, vous avez le droit de déposer une déclaration personnelle de victime. Lors de l'audience de remise en liberté sous caution, vous pourrez expliquer de quelle façon ce crime vous a affectée, et ce que vous ressentez à l'idée que Nelson soit en liberté provisoire jusqu'à son procès. »

Je hoche la tête. Ce que je ressens ? Rien, en vérité. La seule chose qui compte, c'est qu'il finisse en prison.

Devant mon manque d'enthousiasme, l'inspecteur ajoute, gentiment : « Voyez-vous, Emma, Nelson est un individu intelligent et violent. Personnellement, je me sentirais mieux s'il restait derrière les barreaux.

— Il ne prendra pas le risque de recommencer avant qu'ait lieu le procès, si ? »

C'est alors que je vois où veut en venir l'inspecteur.

« Vous pensez que je pourrais être en danger, dis-je en le regardant droit dans les yeux. Qu'il pourrait essayer de m'empêcher de témoigner.

— Je ne veux surtout pas vous inquiéter, Emma. Fort heureusement, les cas d'intimidation de témoin sont très rares. Mais dans une affaire comme celle-ci, où tout repose sur le témoignage d'une seule personne, mieux vaut prévenir que guérir.

— Qu'attendez-vous de moi ?

— Rédigez une déclaration pour l'audience. Nous pouvons vous fournir quelques éléments, mais plus c'est personnel, mieux c'est. »

Un silence. Puis : « Néanmoins, je dois vous avertir : une fois que votre déposition aura été lue devant la cour, elle deviendra un "acte authentique". La défense pourra donc s'en servir au cours du contre-interrogatoire lors du procès.

— Qui la lira au tribunal ?

— Ça peut être l'avocat du ministère public ou un officier de police. Mais ces déclarations ont toujours plus de poids quand elles viennent directement de la victime. Même les juges sont des êtres humains. Et je pense que vous ferez très forte impression. »

Pendant un instant, le visage de l'inspecteur Clarke s'adoucit et on pourrait presque croire qu'il est ému. Puis il se racle la gorge. « Nous déposerons une demande de mesures spéciales. Cela signifie qu'une cloison vous séparera de Nelson durant l'audience. Vous ne serez pas obligée de le regarder en lisant votre déclaration, et lui ne pourra pas vous voir.

— Mais il sera là, dis-je. Il entendra tout. »

L'inspecteur hoche la tête.

« Et que se passera-t-il si le juge le libère sous caution quand même ? Est-ce que je n'aurai pas aggravé la situation ?

— Nous veillerons à ce que vous soyez en sécurité, dit l'inspecteur d'un ton rassurant. D'ailleurs, c'est une chance que vous ayez déménagé. Il ignore où vous habitez. »

Il pose sur moi son regard bienveillant et consciencieux. « Alors, Emma, êtes-vous d'accord pour rédiger une déclaration et pour la lire devant la cour ? »

Je comprends pourquoi je suis là, maintenant. Clarke savait que s'il s'était contenté de m'appeler, j'aurais sans doute refusé.

Je m'entends répondre : « Si vous pensez que ça peut être utile.

— Vous prenez la bonne décision », dit-il.

Venant de quelqu'un d'autre, cette réflexion pourrait sembler condescendante, mais son soulagement est si évident que je ne relève pas.

« L'audience a lieu mardi, précise-t-il.

— Déjà ?

— Nelson a un avocat très tenace, hélas. Aux frais des contribuables, bien évidemment. »

L'inspecteur Clarke se lève. « Je vais demander à quelqu'un de vous trouver une salle d'interrogatoire libre. Vous pourrez commencer à rédiger votre déclaration. »

Maintenant : JANE

Une horrible pensée m'a traversé l'esprit : Edward m'a fait avaler des crevettes vivantes pour me punir d'avoir voulu le faire parler de sa femme. C'est ridicule, je sais, mais il se montre si réservé sur le plan émotionnel qu'il devient trop facile pour moi de projeter mes propres doutes et mes peurs dans ce vide.

Quelques jours après l'épisode du restaurant japonais, je reçois deux paquets. Un grand, mince, frappé du W, reconnaissable, de la boutique Wanderer dans Bond Street. Et un plus petit, de la taille d'un livre de poche. Je pose le plus grand sur la table de pierre. Malgré sa taille, il ne pèse presque rien.

Il contient, douillettement enveloppée dans du papier de soie, une robe. Je la pose en travers de mon bras ; le tissu noir, fluide, flotte de chaque côté. Je devine déjà son contact sensuel et caressant sur ma peau.

Je l'emporte dans la chambre pour l'essayer. Il me suffit de lever les bras pour que l'étoffe coule le long de mon corps. Quand je tourne sur moi-même, la robe suit mes mouvements, presque malicieusement.

En examinant le tissage, je m'aperçois qu'elle a été taillée dans la diagonale.

Je me surprends à penser : un collier s'impose… Et immédiatement, je sais ce que contient l'autre paquet.

Il est accompagné d'une carte, rédigée d'une belle écriture, presque calligraphiée. *Jane, pardonne-moi d'avoir été un imbécile insensible. Edward.* Un écrin semblable à un coquillage s'ouvre pour laisser apparaître, lové dans son intérieur en velours, un collier de perles à trois rangs. Elles ne sont pas très grosses, mais leur couleur crème et leur forme pas tout à fait ronde sont inhabituelles. Des profondeurs de la nacre émane un chatoiement opalin.

Exactement identique aux murs du One Folgate Street.

Hélas, le collier me semble petit, *trop* petit, me dis-je en l'enfilant. Il me serre le cou et pendant un instant, j'ai l'impression d'étouffer. Mais quand je me regarde dans la glace, je suis stupéfaite par la beauté du contraste avec la fluidité de la robe.

D'une main, je relève mes cheveux pour me faire une idée. Oui, comme ça, tombant sur le côté. Je prends un selfie pour l'envoyer à Mia.

Il faut qu'Edward voie ça, lui aussi. Je lui envoie la photo également, accompagnée d'un message. *Il n'y a rien à pardonner. Mais merci.*

Il répond aussitôt. *Tant mieux. Car je suis là dans deux minutes.*

Je descends et me poste devant la fenêtre en verre dépoli, face à la porte, en prenant une pose avantageuse. Pour attendre mon amant.

Il me prend sur la table de pierre, avec ma robe et mon collier de perles : pressant, direct, sans préambule ni paroles inutiles.

Je n'ai jamais connu ce genre de relation. Je n'ai jamais fait l'amour ailleurs que dans un lit. On m'a accusée d'être repliée sur moi-même, distante et même, une fois, « sexuellement insipide ». Et pourtant, me voilà.

Ensuite, Edward semble sortir d'un état de transe. L'homme affable et attentionné a repris le contrôle. Il nous cuisine un plat de pâtes dont la sauce se compose uniquement d'huile d'olive provenant d'une bouteille sans étiquette, d'un peu de fromage de chèvre et d'une grande quantité de poivre moulu. Cette huile se nomme *lacrima*, m'explique-t-il. Les premières larmes, précieuses, qui affleurent à la surface quand on lave les olives avant de les presser. À chaque récolte, il s'en fait envoyer deux bouteilles de Toscane. Le poivre vient de Thalassery, sur la côte de Malabar. « Mais j'utilise parfois du poivre de Kampot, au Cambodge. Il est plus doux, mais aussi plus aromatique. »

Le sexe et une cuisine simple, savoureuse. J'ai l'impression d'atteindre le summum de la sophistication.

Quand nous avons fini de dévorer les pâtes, il charge le lave-vaisselle et nettoie les casseroles. C'est alors seulement qu'il sort un document de son attaché-case. « Je t'ai apporté tes résultats. J'ai pensé que ça t'intéresserait de savoir comment tu t'en sors.

— J'ai réussi l'examen ? »

Il ne sourit pas. « Ton total est de quatre-vingts.

— C'est une bonne note ?

— Il n'y a pas vraiment de référence. Mais on peut espérer te voir descendre jusqu'à cinquante, voire moins, avec le temps. »

Je ne peux m'empêcher de percevoir une critique dans cette réponse.

« Qu'est-ce que je ne fais pas correctement ? »

Il parcourt le document, constitué de plusieurs rangées de chiffres, une sorte de tableur. « Tu pourrais faire un peu plus d'exercice. Deux séances par semaine devraient suffire. Tu as déjà perdu du poids depuis que tu vis ici, mais tu pourrais sans doute en perdre encore un peu. Ton niveau de stress reste dans une zone acceptable, généralement, même si ton débit de parole a tendance à s'accélérer au téléphone, mais c'est fréquent. Tu ne bois presque pas d'alcool, ce qui est bien. La température, la respiration et les fonctions rénales sont parfaites. Ton sommeil paradoxal est convenable et tu dors un nombre d'heures suffisant. Mais surtout, tu as une approche de la vie plus positive. Tu possèdes un niveau élevé d'intégrité personnelle, tu es plus disciplinée et tu parviens à empêcher le calcaire de s'incruster sur les murs de la douche. »

Il sourit pour indiquer que cette dernière remarque, au moins, est une plaisanterie, mais j'ai le souffle coupé par l'indignation.

« Tu sais tout de moi !

— Évidemment. Si tu avais lu les termes du contrat, tu ne devrais pas être étonnée. »

Ma colère s'envole quand je prends conscience que c'est ce à quoi je me suis engagée, en effet, et ce qui me permet d'habiter au One Folgate Street.

« C'est l'avenir, Jane, ajoute-t-il. La santé et le bien-être pris en charge par l'environnement domestique. En cas de problème grave, Housekeeper le décèlerait bien avant que tu songes à aller consulter un médecin. Ces statistiques te permettent de contrôler ta vie.

— Et si les gens n'ont pas envie qu'on les espionne ?

— Personne ne les espionnera. Nous possédons toutes ces données te concernant parce que nous en sommes encore à la version bêta. Dans le cas des futurs utilisateurs, nous ne connaîtrons que les tendances générales et pas les informations relatives à chaque individu. (Il se lève.) Réfléchis-y, dit-il gentiment. Essaie de t'y habituer. Et si tu n'y arrives pas… ce sera une information utile également ; nous verrons s'il est possible de modifier le système pour le rendre plus acceptable. Mais tout ce que j'ai appris de toi m'amène à penser que tu vas t'y faire très vite. »

Avant : EMMA

Je regarde les notes que j'ai prises pour rédiger ma déclaration de victime, en me demandant de quelle manière je vais commencer, quand mon téléphone sonne. Je jette un coup d'œil à l'écran : Edward.

« Bonjour Emma. Tu as reçu mon message ? » Il semble amusé, presque joyeux.

« Quel message ?

— Celui que j'ai laissé à ton bureau.

— Je ne suis pas au bureau. Je suis au poste de police.

— Tout va bien ?

— Non, pas vraiment », dis-je.

Mon regard revient se poser sur mes notes. L'inspecteur Clarke m'a suggéré de regrouper les points principaux dans différentes rubriques. CE QU'IL A FAIT. CE QUE J'AI RESSENTI SUR LE MOMENT. LES CONSÉQUENCES SUR MA RELATION AMOUREUSE. CE QUE JE RESSENS MAINTENANT. Je relis les mots que j'ai écrits : *Dégoûtée. Terrifiée. Honteuse. Souillée.* Ce ne sont que des mots. Je n'ai jamais imaginé qu'on en arriverait là.

« Ça ne va pas bien du tout même, dis-je.

— Où es-tu ?

— À West Hampstead.

— J'arrive dans dix minutes. »

Fin de la communication. Je me sens mieux immédiatement, beaucoup mieux, car ce dont j'ai besoin à cet instant, plus que tout, c'est qu'une personne forte et décidée, quelqu'un comme Edward, vienne ramasser les morceaux de ma vie pour les rassembler et tout remettre dans l'ordre.

« Oh, Emma. Emma », dit-il.

Nous sommes dans un café près de West End Lane. Je pleure. Des clients nous jettent des regards méfiants. *Qui est cette fille ? Que lui a donc fait cet homme pour qu'elle pleure ainsi ?* Mais Edward les ignore. Il a posé sa main sur la mienne, tendrement.

C'est affreux de dire cela, au sujet d'une chose aussi horrible, mais j'ai l'impression d'être spéciale. La sollicitude d'Edward est à mille lieues de la fureur inquiète de Simon.

Il prend le brouillon de ma déposition. « Je peux ? » demande-t-il. Je hoche la tête et il se met à lire, en fronçant parfois les sourcils.

« C'était quoi, ton message ? je demande.

— Oh. Un petit cadeau, rien de plus. Deux cadeaux, en fait. »

Il soulève le sac posé à ses pieds. Il est frappé d'un énorme W.

« C'est pour moi ? dis-je, stupéfaite.

— Je voulais te demander de m'accompagner à une soirée très ennuyeuse, et je me suis dit que le moins que je puisse faire, c'était de t'offrir une tenue adéquate. Mais j'imagine que tu as d'autres choses en tête. »

Je plonge la main dans le sac et en sors un écrin en forme de coquillage. « Tu peux l'ouvrir si tu veux », dit-il.

L'écrin contient un collier. Et pas n'importe lequel. J'ai toujours rêvé de porter un collier de perles comme Audrey Hepburn dans *Diamants sur canapé*. Et le voici. Pas exactement identique – il n'y a pas cinq rangées, mais trois, et pas de gros fermoir au milieu –, mais j'imagine déjà l'effet produit autour de mon cou, comme un col, haut et serré.

« Il est magnifique », dis-je.

Je m'apprête à prendre le second paquet, plus gros, mais Edward m'arrête. Peut-être pas ici.

« C'était quoi, cette soirée à laquelle tu voulais m'emmener ?

— Une remise de prix d'architecture. Un truc très rasoir.

— C'est toi, le lauréat ?

— Je crois, oui. »

Je lui souris. Heureuse soudain. « Je vais rentrer me changer, dis-je.

— Je t'accompagne. » Il se lève et me glisse à l'oreille : « Car je sais que dès que je te verrai dans cette robe, j'aurai envie de te baiser. »

Maintenant : JANE

Quand je me réveille, Edward n'est plus là. Avoir une liaison avec un homme marié, ça doit ressembler à ça, me dis-je. Cette pensée me réconforte. En France, où les gens ont une approche plus détendue de ce genre de choses, notre relation serait jugée parfaitement normale.

Mia, évidemment, est convaincue que je vole au-devant d'un nouveau désastre, qu'Edward ne changera jamais, que quelqu'un qui a réussi à vivre de manière indépendante pendant si longtemps ne pourra jamais se comporter autrement. Quand je proteste, elle fait claquer sa langue d'un air exaspéré. « Jane, tu as le fantasme de la collégienne qui croit qu'elle va faire fondre un cœur de glace. Alors qu'en réalité c'est lui qui va briser le tien. »

J'ai déjà eu le cœur brisé par Isabel, me dis-je, et les incursions irrégulières d'Edward dans ma vie me permettent de cacher à Mia que ça devient sérieux entre nous.

En outre, il s'avère qu'Edward a raison : il y a quelque chose de parfait dans la relation entre deux personnes qui s'unissent sans attentes ni exigences. Je ne suis pas obligée de l'écouter me raconter sa journée en détail, nous ne nous querellons pas pour savoir qui va sortir la poubelle. Il n'y a pas de plannings communs à négocier, pas de train-train domestique à respecter. Nous ne passons pas assez de temps ensemble pour nous ennuyer.

Hier, il m'a offert un premier orgasme avant même de se déshabiller. Il aime ça, ai-je remarqué. Rester tout habillé pendant qu'il m'enlève mes vêtements un par un, ne me laissant que mon collier, pour me réduire à une épave tremblotante à l'aide de ses doigts et de sa langue. Et comme si ça ne lui suffisait pas de garder le contrôle, il veut que je perde la tête. Alors seulement il accepte de se laisser aller.

Voilà qui donne un aperçu intéressant de sa personnalité, et je suis encore en train d'y réfléchir en descendant l'escalier. Je découvre une petite pile de courrier humide devant la porte. J'ai demandé à Edward pourquoi il n'y avait pas de boîte à lettres ; cela me semble être un curieux oubli dans cette maison si bien pensée et conçue, et il m'a répondu qu'à l'époque où le One Folgate Street avait été construit, son associé, David Thiel, prédisait que les e-mails auraient totalement remplacé les lettres en moins de dix ans.

Je passe le courrier en revue : principalement des tracts politiques relatifs aux prochaines élections locales. Je n'ai pas l'intention de m'inscrire sur les listes pour aller voter. Les débats au sujet de la bibliothèque ou de la collecte des ordures me semblent très éloignés de ma nouvelle vie dans cette maison. Deux lettres sont adressées à Ms. Emma Matthews. Des pubs, manifestement, mais je les mets de côté pour les réexpédier à Camilla.

La dernière lettre m'est destinée. Tout d'abord, je crois que c'est encore de la pub, puis je remarque le logo de l'hôpital et mon cœur s'accélère.

Chère Ms. Cavendish,

Résultats de l'autopsie : Isabel Margaret Cavendish (décédée).

J'ai accepté que soit pratiquée une autopsie parce que cela me paraissait être la meilleure façon d'obtenir des réponses. Lors de mon rendez-vous de suivi, le docteur Gifford m'avait déjà annoncé que les examens n'avaient rien donné, mais que je recevrais malgré tout un compte rendu. C'était il y a un mois. La lettre a dû s'égarer dans les rouages de la poste.

Je m'assois, j'ai la tête qui tourne, et je lis deux fois le compte rendu, en essayant de comprendre le jargon médical. Cela commence par un bref historique de ma grossesse. Ils font référence à cet épisode survenu une semaine avant qu'ils découvrent l'existence d'un problème, lorsque je m'étais rendue à la maternité pour un contrôle parce que j'avais mal dans le dos. Ils avaient effectué quelques examens, écouté le cœur du bébé, puis m'avaient renvoyée chez moi pour que je prenne un bon bain chaud. Après cette visite, j'avais senti Isabel s'agiter énergiquement dans mon ventre et je m'étais sentie rassurée. Le compte rendu prend soin de souligner que *toutes les procédures adaptées ont été suivies, y compris une évaluation de la hauteur de la symphyse pubienne, conformément aux recommandations en vigueur*. Vient ensuite une description de la visite suivante, au cours de laquelle ils avaient découvert que le cœur d'Isabel ne battait plus. Puis ce sont les résultats de l'autopsie elle-même, un tas de chiffres qui n'ont aucun sens pour moi : numérotation des plaquettes et autres analyses sanguines. Accompagnés de ce commentaire :

Foie : normal

À l'idée qu'un pathologiste a patiemment extrait ce tout petit foie du corps d'Isabel, ma gorge se serre. Mais ce n'est pas tout.

Reins : normaux.
Poumons : normaux.
Cœur : normal.

Je saute directement au résumé.

S'il est impossible d'établir un diagnostic exact à ce stade, des signes de thrombose placentaire pourraient indiquer l'existence d'un hématome rétroplacentaire partiel ayant produit le décès par asphyxie.

Hématome rétroplacentaire. On dirait un sort lancé par Harry Potter, et non pas une anomalie capable de tuer mon bébé. Le nom du docteur Gifford danse en bas de la page, déformé par les larmes qui ont envahi mes yeux, et je me mets à pleurer, secouée de grands sanglots qui m'étouffent et font couler mon nez, sans que je puisse les contrôler. Je ne peux pas continuer à lire et de toute façon, je ne comprends pas la moitié des mots. Tessa, la femme avec qui je partage un bureau chez Nouvel Espoir, a exercé le métier de sage-femme. Je décide de lui apporter le compte rendu pour qu'elle m'explique.

Tessa lit attentivement le courrier de l'hôpital, en me jetant de temps en temps un regard inquiet. Elle sait, bien évidemment, que j'ai accouché d'un enfant mort-né. Parmi toutes les bénévoles de Nouvel Espoir, beaucoup sont ici pour la même raison.

« Tu sais ce que ça signifie ? » me demande-t-elle finalement. Je fais non de la tête.

« Il s'agit d'une rupture du placenta. En fait, ils disent que le fœtus avait cessé de recevoir des nutriments et de l'oxygène avant que tu viennes pour accoucher.

— Ils pouvaient m'expliquer ça plus clairement.

— Oui. Mais ce n'est peut-être pas innocent. »

Quelque chose dans son ton me fait lever la tête.

« Quand tu es allée consulter pour tes douleurs dans le dos, que s'est-il passé exactement ? »

Je réfléchis. « Ils pensaient que je m'inquiétais sans raison, ça se sentait. Première grossesse et tout ça. Mais ils ont été très gentils. En revanche, je ne me souviens pas d'avoir passé tous ces examens dont ils parlent…

— Évaluation de la hauteur de la symphyse pubienne, c'est du langage médical pour dire mesurer la taille du ventre avec un mètre ruban. Et si ça fait partie, en effet, des recommandations du ministère de la Santé lors de chaque visite prénatale, ce n'est pas ça qui peut faire apparaître un placenta défaillant. Ils ont fait une cardiotocographie ?

— L'examen pour contrôler les battements du cœur ? Oui, l'infirmière l'a fait.

— À qui a-t-elle montré le tracé ? »

J'essaie de m'en souvenir. « Je crois qu'elle a téléphoné au docteur Gifford pour lui lire les résultats. Ou du moins, elle lui a dit qu'ils étaient normaux.

— Tu as passé d'autres radios ? une échographie ? un doppler ? »

La voix de Tessa a pris un ton inquiétant.

Je secoue la tête. « Non, rien. Ils m'ont dit de rentrer chez moi, de prendre un bain chaud et de cesser de m'inquiéter. Quand j'ai senti qu'Isabel donnait des coups de pied, je me suis dit qu'ils avaient raison.

— Qui ça, *ils* ?

— Eh bah… l'infirmière.

— Elle a parlé à quelqu'un d'autre ? À une sage-femme en chef ? un interne ?

— Pas que je me souvienne. Tessa, qu'est-ce qui se passe ?

— J'ai l'impression que cette lettre a été soigneusement rédigée pour te donner le sentiment qu'il n'y a eu aucune erreur médicale qui aurait pu conduire au décès d'Isabel », lâche-t-elle brutalement.

Je reste bouche bée.

« Une erreur ? Comment ça ?

— Quand tu pars du principe que la mort d'un bébé en bonne santé est une mort qui aurait dû être évitée, tu découvres souvent une ou deux causes qui l'ont provoquée. Généralement un accouchement mal géré. Manifestement, ce n'est pas le cas ici. Mais la deuxième cause la plus fréquente de décès de bébés, c'est une sage-femme débordée ou un interne qui ne sait pas déchiffrer le tracé d'un CTG. Dans ton cas, le médecin de garde aurait dû analyser les résultats lui-même et, étant donné que tu te plaignais de douleurs dans le dos, ce qui peut indiquer un problème au niveau du placenta, il aurait dû demander un doppler. »

J'ai déjà entendu parler du doppler. Nouvel Espoir a mené une campagne pour que chaque femme enceinte passe cet examen. Ça ne coûte que quinze livres par bébé, mais le fait que les hôpitaux ne le pratiquent qu'à la demande expresse d'un médecin-chef est une des raisons pour lesquelles le nombre d'enfants mort-nés en Grande-Bretagne compte parmi les plus élevés d'Europe.

« J'ai peur, dit Tessa, que les coups de pied que tu as sentis en rentrant chez toi aient été une manifestation de détresse, et non pas le signe que tout allait bien. Il y a déjà eu des histoires avec cet hôpital. Ils sont constamment en sous-effectif, surtout au niveau des médecins-chefs. Le nom du docteur Gifford revient fréquemment. En gros, il doit assumer une charge de travail beaucoup trop importante. »

Ces paroles ont du mal à pénétrer dans mon esprit. *Pourtant, il était si gentil*, me dis-je.

« Bien sûr, ajoute Tessa, tu peux prétendre que ce n'est pas sa faute. Mais c'est seulement en attaquant le médecin-chef et en prouvant qu'il a commis une faute envers une patiente que nous pourrons obliger l'hôpital à augmenter ses effectifs. »

J'entends encore le docteur Gifford m'expliquer, juste après m'avoir annoncé la mort d'Isabel, que dans la majorité des cas, la cause du décès demeurait inconnue. Essayait-il déjà de couvrir les négligences de son équipe ? « Qu'est-ce que je dois faire ? »

Tessa me rend la lettre. « Écris-leur pour réclamer un double de tous tes examens ; on les montrera à un spécialiste. S'il apparaît que l'hôpital dissimule des fautes graves, il faudra envisager d'aller devant la justice. »

Avant : EMMA

« Cette année, le prix *Architects' Journal* de l'innovation est décerné à... »

Le présentateur marque un temps d'arrêt pour ménager ses effets, avant de décacheter l'enveloppe.

« ... l'Association Monkford ! »

Des applaudissements et des cris s'élèvent de notre table, réservée aux membres de l'Association. Des images de bâtiments se succèdent sur les écrans. Edward se lève et marche vers l'estrade, en saluant poliment quelques supporters au passage.

Je songe : *Rien à voir avec les fêtes organisées par le magazine de Simon.*

Son trophée à la main, Edward s'avance vers le micro. « Je vais peut-être devoir le ranger dans un placard », dit-il en regardant d'un air dubitatif cette forme abstraite en Plexiglas. Rires dans l'assistance. Le minimaliste a prouvé qu'il pouvait se moquer de lui-même ! Mais soudain, il redevient sérieux.

« Quelqu'un a dit que la différence entre un bon architecte et un grand architecte, c'est que le bon architecte cède à toutes les tentations, contrairement au grand architecte. »

Il s'interrompt. Le silence règne dans la vaste salle. Tous les architectes réunis semblent réellement curieux d'entendre ce qu'il a à dire.

« Nous autres, architectes, reprend-il, sommes obsédés par l'esthétisme, nous voulons créer des bâtiments agréables à regarder. Mais si nous partons du principe que la véritable fonction de l'architecture est d'aider les gens à résister à la tentation, alors peut-être que… »

Il hésite, comme s'il réfléchissait à voix haute.

« … Peut-être que l'architecture ne consiste pas à faire des constructions, finalement. Nous acceptons le fait que l'urbanisme soit une forme d'architecture. *Idem* pour les infrastructures routières et les aéroports, dans une certaine mesure. Mais la technologie, alors ? L'architecture de cette ville invisible dans laquelle nous nous promenons tous, où nous jouons, où nous nous cachons : Internet ? Et le cadre de nos existences, les liens qui nous unissent, les lois et les règles qui nous gouvernent, nos aspirations et nos désirs les plus élémentaires ? Ne sont-ce pas également des structures, en un sens ? »

Il laisse s'installer un nouveau silence avant de poursuivre :

« Aujourd'hui, j'ai discuté avec une personne. Une jeune femme qui a été agressée à son domicile. Son espace a été violé. Ses biens ont été volés. Son attitude vis-à-vis de son environnement a été modifiée, je pourrais presque dire déformée, par cet événement tragique. »

Il ne me regarde pas, mais j'ai l'impression que tout le monde dans cette salle sait de qui il parle.

« La véritable fonction de l'architecture n'est-elle pas de rendre un tel drame impossible ? demande-t-il. De punir le coupable, de guérir la victime, de changer l'avenir ? En tant qu'architectes, pourquoi devrions-nous nous limiter aux murs de nos bâtiments ? »

Silence. L'assistance semble déconcertée à présent.

« L'Association Monkford, ajoute-t-il, a la réputation de travailler à petite échelle, pour de riches clients. Mais je m'aperçois maintenant que l'avenir ne réside pas dans la construction de magnifiques havres, à l'écart de la laideur de notre société, mais dans la construction d'une société différente. »

Il brandit son trophée. « Merci de cet honneur que vous me faites. »

Les applaudissements sont polis, mais en regardant autour de moi, je constate que les gens échangent des sourires ou lèvent les yeux au ciel.

Et j'applaudis moi aussi, plus fort que tout le monde, car cet homme, là-haut sur l'estrade, mon amant, se fiche pas mal qu'on se moque de lui.

Ce soir-là, je l'interroge au sujet de sa femme.

Je garde ma robe pendant que nous faisons l'amour, mais ensuite, je la suspends soigneusement dans le minuscule placard derrière la cloison, avant de revenir me glisser au chaud près de lui, nue, à l'exception du collier de perles.

« L'avocat m'a appris que ta famille était enterrée ici », dis-je timidement.

« Comment est-ce… ? Oh, fait-il. Le cadastre. »

Il reste silencieux si longtemps que je commence à me dire que je n'obtiendrai pas d'autre réponse.

« C'est elle qui a eu cette idée, lâche-t-il finalement. Elle avait lu un livre sur l'*hitobashira* et elle affirmait que c'était son souhait, si elle mourait avant moi. Être enterrée sous le seuil d'une de nos constructions. Évidemment, elle n'imaginait pas…

— *Hitobashira ?*

— Le "pilier humain", en japonais. Pour porter chance à la maison, dit-on.

— Ça ne t'embête pas que je parle d'elle ?

— Regarde-moi », dit-il avec une gravité soudaine.

Je tourne la tête pour plonger mes yeux dans les siens.

« Elizabeth était parfaite, à sa manière, dit-il d'un ton doux. Mais elle appartient au passé désormais. Et ça aussi, c'est parfait : ce qui arrive maintenant, entre toi et moi. Tu es parfaite, Emma. Nous n'avons pas besoin de parler d'elle. »

Le lendemain matin, après le départ d'Edward, je cherche le nom de sa femme sur Internet. Mais Housekeeper ne trouve rien.

« Quel est ce mot japonais qu'il a utilisé ? » *Hitobashira.* Je lance une recherche.

Je fronce les sourcils. D'après Internet, ce terme ne désigne pas le fait d'enterrer des morts sous des maisons. Il s'agit d'enterrer des vivants.

La coutume consistant à sacrifier un être humain lors de la construction d'une nouvelle maison ou d'une forteresse est très ancienne. Les premières pierres et des poutres étaient trempées dans le sang humain, et cette pratique abominable avait encore cours en Europe il y a quelques siècles. Selon la tradition maorie bien connue, le chef Taraia a enterré son propre fils, vivant, sous un pilier de sa nouvelle maison.

Je passe rapidement à l'article suivant.

Le sacrifice doit être en rapport avec l'importance de la future maison. Pour une simple tente ou une habitation ordinaire, un animal suffira, ou un esclave pour la maison d'un homme riche, mais une construction sacrée, comme un temple ou un pont, exige un sacrifice d'une valeur particulière, éventuellement accompagné de grandes souffrances.

Pendant un moment de pure folie, je me demande si c'est de cela que parlait Edward. A-t-il sacrifié sa femme et son fils ? Puis je tombe sur un autre article plus terre à terre.

Aujourd'hui, des échos de ces pratiques perdurent dans d'innombrables coutumes à travers le monde : baptiser un bateau en cassant une bouteille de champagne, enterrer une pièce de monnaie en argent sous un jambage de porte ou déposer une branche de conifère au sommet d'un gratte-ciel. Dans d'autres contrées, on enterre le cœur d'un animal, tandis que Henry Purcell a choisi d'être inhumé « sous l'orgue » de Westminster Abbey. Dans de nombreuses sociétés, notamment en Extrême-Orient, on érige une construction en l'honneur des morts, une pratique qui n'est peut-être pas très éloignée de celle qui consiste à baptiser le Carnegie Hall ou Rockefeller Plazza du nom d'éminents philanthropes.

Ouf. Je retourne me coucher et enfouis mon nez dans les oreillers pour retrouver son odeur ; les draps ont conservé la forme de son corps. Ses paroles me reviennent à l'esprit : *C'est parfait.* Je replonge dans le sommeil, le sourire aux lèvres.

Maintenant : JANE

« Ce que vous avez ressenti en franchissant cette porte et en pénétrant dans un couloir étroit presque étouffant, avant de déboucher dans les espaces harmonieux de la maison, est un dispositif architectural classique de compression et de relâchement. C'est un bon exemple pour illustrer le fait que les constructions d'Edward Monkford, malgré leur aspect révolutionnaire, reposent sur des techniques traditionnelles. Mais surtout, cela indique que l'objectif principal de Monkford est d'influer sur les *sensations* des personnes qui habitent dans ses réalisations. »

Le guide se dirige vers la cuisine et le petit troupeau d'une demi-douzaine de visiteurs le suit bien sagement. « Ainsi, certaines personnes ont déclaré que dans un réfectoire comme celui-ci, qui prône visuellement l'austérité et la retenue, elles se surprenaient à manger moins qu'avant. »

Avant que j'emménage, Camilla m'a informée que je serais tenue d'ouvrir le One Folgate Street à des visiteurs de temps à autre. Sur le moment, cela ne m'avait pas semblé insurmontable, mais à mesure que la première journée portes ouvertes approchait, j'en suis venue à redouter de plus en plus cette épreuve. La maison ne serait pas la seule à s'exhiber ; il me semblait que moi aussi. J'ai passé plusieurs jours à tout ranger et nettoyer, en prenant soin de ne pas enfreindre la moindre règle.

« Les architectes et leurs clients ont longtemps cherché à bâtir des constructions répondant à un objectif, reprend le guide. Les banques paraissent imposantes et solides parce que ceux qui les ont commandées souhaitaient instiller un sentiment de confiance chez les futurs déposants. Les tribunaux cherchent à imposer le respect de la justice. Les palais servaient à impressionner les visiteurs et à leur donner une leçon d'humilité. De nos jours, certains architectes utilisent les progrès de la technologie et de la psychologie pour aller plus loin. »

Le guide est très jeune, et il arbore une barbe un peu trop à la mode, mais je devine, à son air d'autorité, que c'est certainement un maître de conférences. Cependant, tous les visiteurs ne ressemblent pas à des étudiants ; certains pourraient être des voisins curieux ou de simples touristes.

« Vous n'en avez sans doute pas conscience, mais vous êtes en train de nager dans un mélange complexe d'ondes ultrasoniques réconfortantes. Si cette technologie n'en est encore qu'à ses balbutiements, ses implications sont considérables. Imaginez un hôpital dont la structure elle-même ferait partie du processus de guérison, ou un centre destiné aux personnes souffrant de démence sénile qui les aiderait à retrouver leurs souvenirs. Cette maison-ci peut sembler rudimentaire, mais son ambition est extraordinaire. »

Il pivote et entraîne le groupe vers l'escalier. « Veuillez me suivre en file indienne, je vous prie, en faisant très attention aux marches. »

Je reste en bas. J'entends le guide expliquer que l'éclairage de la chambre renforce les rythmes circadiens du sommeil. Dès qu'ils redescendent, je remonte discrètement pour avoir un peu d'intimité.

Je découvre avec effroi qu'un membre du groupe est resté dans la chambre. Il a ouvert le placard et, bien qu'il me tourne le dos, je suis quasiment sûre qu'il inspecte mes vêtements.

« Qu'est-ce que vous faites là ? »

Il se retourne. C'est un des visiteurs que j'ai pris pour des touristes. Ses yeux, derrière les verres de ses lunettes sans monture, sont clairs et calmes.

« Je regarde comment vous pliez vos affaires. »

Il a un léger accent. Danois, peut-être, ou norvégien. Âgé d'une trentaine d'années, il porte un anorak de style vaguement militaire. Il commence à perdre ses cheveux blonds.

J'explose. « De quel droit ? C'est ma vie privée !

— Aucune personne qui habite ici ne peut prétendre à une vie privée. Vous y avez renoncé en signant le contrat. Souvenez-vous.

— Qui êtes-vous ? »

Il semble trop bien informé pour un touriste.

« J'ai postulé, dit-il. Pour vivre ici. Sept fois. Je serais le locataire parfait. Mais c'est vous qu'il a choisie. »

Il se retourne vers le placard et entreprend de déplier mes tee-shirts pour les replier, avec la dextérité d'un vendeur. « Qu'est-ce qu'il vous trouve ? demande-t-il. Le sexe, j'imagine. Les femmes sont le point faible d'Edward. »

La colère m'étouffe, cependant l'idée que cet homme qui se tient là devant moi, dans ma chambre, est certainement dérangé me paralyse.

« Les monastères et les communautés religieuses l'inspirent, mais il oublie que les femmes étaient exclues de ces lieux, pour une bonne raison. » Il ramasse une jupe et la plie en trois mouvements habiles. « Je vous assure, vous devriez partir. Ce serait beaucoup mieux pour Edward si vous partiez. Comme les autres.

— Quels autres ? De quoi parlez-vous ? »

Il m'adresse un sourire empreint d'une douceur presque enfantine. « Oh, il ne vous a rien dit ? Celles d'avant. Aucune ne dure. Précisément. »

« Il était complètement fou, dis-je. Terrifiant. Et on avait l'impression qu'il te connaissait. »

Edward soupire. « C'est un peu le cas. Du moins le croit-il. Car il connaît mon travail. »

Nous sommes installés dans le réfectoire. Edward a apporté une bouteille de vin italien, délicieux. Mais je suis encore sous le choc, et je n'ai quasiment pas bu d'alcool depuis que j'ai emménagé au One Folgate Street. « Qui est-ce ?

— Au bureau, ils l'ont surnommé le harceleur. »

Il sourit. « C'est une plaisanterie, évidemment. En fait, il est inoffensif. Il s'appelle Jorgen quelque chose. Il a abandonné ses études d'architecture à cause d'un problème de santé mentale et il est devenu obsédé par mes bâtiments. Ce n'est pas rare. Barragán, Le Corbusier, Foster… ils étaient tous suivis en permanence par des individus dérangés qui étaient convaincus d'avoir des liens particuliers avec eux.

— Tu as prévenu la police ? »

Il hausse les épaules. « À quoi bon ?

— Tu ne vois pas ce que ça veut dire ? Quand Emma Matthews est morte, quelqu'un a vérifié si ce Jorgen était dans les parages ? »

Il me regarde en fronçant les sourcils. « Ne me dis pas que tu penses encore à cette histoire.

— Ça s'est passé ici. Évidemment que j'y pense.

— Tu as reparlé à son petit ami ? »

Quelque chose dans son ton indique qu'il ne serait pas content si tel était le cas.

« Non. Il n'est pas revenu.

— Tant mieux. Crois-moi, Jorgen ne ferait pas de mal à une mouche. »

Il boit une gorgée de vin et se penche vers moi pour m'embrasser. Ses lèvres sont sucrées et rougies par le raisin.

« Edward…, dis-je en reculant.

— Oui ?

— Vous étiez amants, Emma et toi ?

— Ça change quelque chose ?

— Non. »

Évidemment, ça veut dire oui.

« Nous avons eu une brève liaison, avoue-t-il. Mais c'était fini depuis longtemps quand elle est morte.

— Est-ce que… ? » Je ne sais pas comment formuler cette question. « Est-ce que c'était comme avec moi ? »

Il se rapproche, tout près, prend ma tête entre ses mains et plonge son regard dans le mien. « Écoute-moi, Jane. Emma était une femme fascinante. Mais elle appartient au passé. Ce qui se passe maintenant, entre toi et moi… c'est parfait. Ne parlons plus de tout ça. »

En dépit de ses paroles rassurantes, la curiosité continue à me démanger.

Car je me dis que lorsque j'en saurai plus sur les femmes qu'il a aimées, je le comprendrai mieux.

Je creuserai un tunnel sous les murs qu'il a érigés autour de lui, cet étrange labyrinthe invisible qui me maintient à distance.

Le lendemain matin, après son départ, je cherche la carte de visite que j'ai découverte dans le sac de couchage d'Emma. CAROL YOUNSON. PSYCHOTHÉRAPEUTE CERTIFIÉE. Il y a un numéro de téléphone et une adresse de site Internet. Je m'apprête à me connecter avec mon ordinateur quand, pour une raison quelconque, je repense à ce que m'a dit cet homme, dans ma chambre : *Aucune personne qui habite ici ne peut prétendre à une vie privée. Vous y avez renoncé en signant le contrat. Souvenez-vous.*

Je prends mon téléphone et me rends dans le coin le plus éloigné du salon, où je capte le faible signal de la connexion Wi-Fi non sécurisée d'un voisin, juste de quoi me connecter sur le site de Carol Younson. J'apprends qu'elle est diplômée de « psychothérapie intégrative », et est spécialisée dans la gestion du stress post-traumatique et l'aide psychologique aux personnes victimes d'un viol ou frappées par un deuil.

Je compose son numéro.

« Allô, dis-je quand une femme décroche. J'ai perdu quelqu'un récemment et j'aimerais prendre rendez-vous avec vous. »

6. *Une personne de votre entourage vous avoue, sous le sceau du secret, avoir écrasé quelqu'un alors qu'elle conduisait en état d'ivresse. Depuis, elle a totalement cessé de boire. Vous sentez-vous obligé(e) d'en informer la police ?*

❍ *Oui*
❍ *Non*

Avant : EMMA

Regarder Edward préparer son matériel de cuisine, c'est comme observer un chirurgien avant une opération : chaque ustensile est soigneusement disposé devant lui. Aujourd'hui, il a acheté deux homards, vivants ; leurs grosses pinces sont immobilisées par des élastiques. Je lui demande ce que je peux faire et il me tend un *daïkon*, un gros radis japonais, à râper.

Il est d'humeur enjouée ce soir. J'espère que c'est le fait de me voir, lorsqu'il m'annonce qu'il a reçu une bonne nouvelle.

« Ce discours que j'ai fait lors de la remise du prix *AJ*, dit-il. Quelqu'un l'a entendu et m'a proposé de soumettre un projet pour un concours.

— C'est un truc important ?

— Très. Si on gagne, on pourra construire toute une ville, entièrement nouvelle. Ce sera l'occasion de réaliser ce dont je parlais, de créer autre chose que des bâtiments. Une nouvelle forme de communauté, peut-être.

— Une ville entière, comme cette maison ? dis-je en regardant le décor minimaliste du One Folgate Street.

— Pourquoi pas ?

— Je ne pense pas que la plupart des gens aient envie de vivre de cette façon. »

Je ne lui avoue pas que chaque fois qu'il vient ici, je me dépêche de fourrer les affaires sales dans le placard, de vider les assiettes dans la poubelle et de cacher les magazines et les journaux sous le canapé.

« Tu es la preuve vivante que ça peut marcher, dit-il. Une personne ordinaire transformée par l'architecture.

— C'est *toi* qui m'as changée, dis-je. Et je parie que même toi, tu ne pourras pas faire l'amour avec une ville entière. »

Il avait apporté du thé japonais pour accompagner le homard. Les feuilles sont présentées dans un minuscule emballage en papier qui ressemble à un origami. « C'est du thé qui vient de la région d'Uji, précise-t-il. Il se nomme *gyokuro*, ce qui signifie "perle de rosée". » J'essaie de prononcer ce mot et il me corrige plusieurs fois, avant de renoncer en mimant le découragement.

En revanche, lorsque je sors ma théière Art déco, sa réaction n'est pas feinte. « C'est quoi, *ça* ? » demande-t-il en fronçant les sourcils.

« Simon me l'a offerte pour mon anniversaire. Elle ne te plaît pas ?

— Il faudra bien faire avec. »

Il laisse le thé infuser pendant qu'il s'occupe des homards. Il glisse la lame d'un couteau sous la carapace. Quelques secondes plus tard, j'entends un craquement lorsqu'il arrache la tête d'un mouvement du poignet. Les pinces s'agitent encore alors qu'il s'attaque à la queue en l'entaillant de chaque côté. L'épaisse colonne de chair pâle se détache aisément. Encore quelques gestes et il a ôté la peau marron ; il rince alors la queue sous l'eau froide avant de la découper en sashimi. Un mélange de jus de citron, de sauce soja et de vinaigre de riz apporte la touche finale. Tout cela n'a pris que quelques minutes.

Nous mangeons avec des baguettes, puis, de fil en aiguille, nous nous retrouvons au lit. Je jouis presque toujours avant lui et cette fois-là ne fait pas exception à la règle. C'est délibéré, je suppose. Nos ébats sont aussi soigneusement pensés que tout ce qu'il entreprend.

Je me demande ce qui se passerait si je parvenais à lui faire perdre le contrôle, quelles révélations ou vérités cachées masquent cette retenue froide.

Un jour, je le découvrirai, je le jure.

Tandis que je sombre dans le sommeil, je l'entends murmurer :

« Tu es à moi maintenant, Emma. Tu le sais, hein ? À moi.

— Mmmm, fais-je d'une voix endormie. À toi. »

Quand je me réveille, Edward n'est plus couché près de moi. À pas feutrés, j'avance jusqu'au sommet de l'escalier et je le vois, en bas, dans la cuisine, en train de faire du rangement.

Comme j'ai encore un petit creux, je décide de le rejoindre. Arrivée au milieu de l'escalier, je le vois prendre la théière de Simon et verser le restant du thé dans l'évier. Soudain, il se produit un fracas et les morceaux de la théière brisée s'éparpillent sur le sol.

J'ai dû pousser un petit cri, car il lève la tête. « Je suis vraiment navré, Emma », dit-il avec calme. Il montre ses mains. « J'aurais dû les essuyer d'abord. »

Je veux l'aider à ramasser, mais il m'en empêche. « Non, tu es pieds nus. Tu vas te couper. »

« Je la remplacerai, bien évidemment, ajoute-t-il. Marimekko en fait une très belle. Ou dans le style Bauhaus, c'est indémodable. »

Je m'accroupis malgré tout pour récupérer les morceaux.

« Ce n'est pas grave, dis-je. Ce n'est qu'une théière.

— Oui, dit-il. Ce n'est qu'une théière. »

Et j'éprouve un étrange frisson d'excitation à l'idée de lui appartenir. *Tu es à moi.*

Maintenant : JANE

Carol Younson est installée dans une rue paisible et arborée de Queens Park. En ouvrant la porte, elle pose sur moi un regard étrange, presque surpris, puis se ressaisit rapidement et me fait entrer dans son cabinet. Après m'avoir indiqué le canapé, elle m'explique qu'il s'agit d'une simple prise de contact pour savoir si elle peut m'aider. Si nous décidons de continuer, elle me recevra chaque semaine à la même heure.

« Eh bien, dit-elle, une fois ces préliminaires évacués. Qu'est-ce qui vous amène, Jane ?

— Plusieurs choses. À commencer par cet enfant mort-né dont je vous ai parlé au téléphone. »

Carol hoche la tête.

« Parler de notre chagrin nous permet de faire le tri, d'apprendre à séparer les émotions nécessaires des émotions destructrices. Y a-t-il autre chose ?

— Oui. Je pense que vous avez peut-être soigné une personne avec laquelle j'ai un lien particulier. Et j'aimerais savoir ce qui la perturbait. »

Cette fois, Carol Younson secoue la tête, avec fermeté.

« Je ne peux pas parler de mes autres patients.

— Oui, mais peut-être pourriez-vous faire une exception dans ce cas précis. Car cette personne est morte. Elle s'appelait Emma Matthews. »

Aucun doute possible : c'est bien une expression de stupéfaction que je lis sur le visage de la psychothérapeute. Là encore, elle se ressaisit très vite.

« Cela ne change rien, dit-elle, je ne peux pas vous dévoiler le contenu de mes séances avec Emma. Le secret professionnel ne prend pas fin avec la mort d'une personne.

— Est-il exact que je lui ressemble un peu ? »

Elle hésite un instant, avant de hocher la tête.

« Oui. Je l'ai remarqué dès que j'ai ouvert la porte. Vous êtes une parente, je suppose ? Sa sœur ? Toutes mes condoléances.

— Nous ne nous sommes jamais vues. »

Elle paraît intriguée. « Alors, quel est ce lien dont vous parliez, si je peux me permettre ?

— Je vis dans la même maison qu'elle, celle où elle est morte. (À mon tour d'hésiter.) Et j'ai une liaison avec le même homme.

— Simon Wakefield ? Son petit ami ?

— Non. Lui, je l'ai rencontré quand il est venu déposer des fleurs devant ma porte. L'homme dont je parle est celui qui a construit la maison. »

Carol me dévisage.

« Voyons si j'ai bien compris. Vous habitez au One Folgate Street, comme Emma. Et vous êtes la maîtresse d'Edward Monkford. Comme Emma.

— C'est exact. »

Edward m'avait parlé de sa relation avec Emma comme si ça n'avait été qu'une liaison passagère, mais je ne veux pas influencer Carol Younson.

« Dans ce cas, dit-elle tout bas, j'accepte de vous révéler ce qu'Emma et moi nous sommes dit durant sa thérapie.

— Après ce que vous venez de me dire ? »

Je suis surprise d'avoir gagné si aisément.

« Oui. Il existe, voyez-vous, des circonstances particulières qui nous autorisent à lever le secret professionnel. » Après un silence, elle ajoute : « Quand cela ne risque pas de nuire au patient et peut éviter qu'une autre personne souffre.

— Je ne comprends pas, dis-je. Qui risque de souffrir ?

— Je parle de vous, Jane. Je pense que vous êtes peut-être en danger. »

Avant : EMMA

« Deon Nelson m'a volé ma joie de vivre, dis-je. Il a brisé ma vie, et depuis j'ai peur de tous les hommes que je rencontre. À cause de lui, j'ai honte de mon corps. »

Je m'interromps pour boire un verre d'eau. Le silence règne dans la salle de tribunal. Là-haut, sur l'estrade, les deux magistrats, un homme et une femme, me regardent sans ciller. Il fait très chaud dans cette pièce sans fenêtres, aux murs beiges ; les avocats transpirent légèrement sous leurs perruques.

Deux paravents ont été installés devant moi pour me protéger du banc des accusés. Je sens la présence de Deon Nelson de l'autre côté, mais je n'ai pas peur. Au contraire. Ce salopard va se retrouver en prison.

J'ai pleuré en lisant ma déclaration, mais maintenant j'élève la voix : « J'ai été obligée de déménager parce que j'avais peur qu'il revienne. J'ai des flashbacks et des pertes de mémoire, et j'ai dû commencer une thérapie. Ma relation avec mon petit ami n'a pas tenu. »

L'avocate de Nelson, une petite femme svelte, vêtue d'un élégant tailleur sous sa robe, lève les yeux, fronce les sourcils, et note quelque chose sur une feuille.

« Qu'est-ce que je ressens à l'idée que Deon Nelson soit libéré sous caution ? dis-je. Ça me rend malade. Ayant été menacée par cet homme avec un couteau, ayant été dépouillée et violée par cet homme, de la plus humiliante des manières, je sais ce dont il est capable. La perspective qu'il puisse aller et venir à sa guise me terrifie. Je vivrais dans la terreur si je le savais en liberté. »

Cette dernière remarque m'a été suggérée par l'inspecteur Clarke. L'avocate de Nelson a beau faire valoir que son client n'a nullement l'intention de m'approcher, si je me sens menacée, il se peut que je retire mon témoignage, auquel cas, il n'y aurait plus de procès. À cet instant, je suis la personne la plus importante dans cette salle.

Les deux magistrats continuent à m'observer. Dans la tribune réservée au public, pas un murmure. Avant de commencer, j'étais nerveuse ; maintenant, je me sens forte, maîtresse de la situation.

« Deon Nelson ne m'a pas seulement violée, reprends-je. Il m'a obligée à vivre dans l'angoisse permanente, à l'idée qu'il envoie les images de ce qu'il m'a fait à toutes les personnes que je connais. C'est comme ça qu'il fonctionne, avec des menaces, par intimidation. J'espère que la justice répondra en conséquence à sa demande de mise en liberté sous caution. »

Bravo, souffle une petite voix dans ma tête.

« Merci, Miss Matthews. Soyez sûre que nous prendrons votre témoignage en considération, dit le magistrat d'un ton bienveillant. Vous pouvez rester assise un instant dans le box des témoins si vous le souhaitez. Sinon, vous pouvez disposer. »

Le silence règne dans la salle de tribunal pendant que je rassemble mes affaires. L'avocate de Nelson s'est déjà levée, impatiente d'intervenir.

Maintenant : JANE

« En danger ? Que voulez-vous dire ? »

Je ne peux retenir un sourire tellement je trouve cela ridicule, mais Carol Younson est tout à fait sérieuse.

« Certainement pas à cause d'Edward…

— Emma m'a tout raconté… »

Elle s'interrompt et grimace, comme si elle avait du mal à violer ce tabou.

« En tant que thérapeute, je passe mon temps à déceler des schémas de comportement inconscients. Quand une patiente me demande : “Pourquoi tous les hommes sont-ils comme ça ?”, je lui réponds : “Pourquoi tous les hommes que vous choisissez sont-ils comme ça ?” Freud parle de “compulsion de répétition”. C'est-à-dire un schéma dans lequel une personne reproduit sans cesse le même psychodrame sexuel, avec des partenaires différents qui se voient toujours attribuer le même rôle. À un niveau inconscient, ou même conscient, cette personne espère réécrire l'issue, modifier ce qui n'a pas marché la première fois. Mais inévitablement, les mêmes défauts, les mêmes imperfections qu'elle introduit elle-même dans cette relation finissent par détruire celle-ci, exactement de la même manière.

— Quel rapport avec Emma et moi ? je demande, bien que je connaisse déjà la réponse.

— Dans toute relation, deux compulsions de répétition s'affrontent, celle de l'homme et celle de la femme. Leur interaction peut être bénigne. Ou destructrice, horriblement destructrice. Emma avait une mauvaise image d'elle-même, et cela s'est accentué quand elle a été agressée sexuellement. Comme de nombreuses victimes de viol, elle s'est sentie coupable, à tort, bien évidemment. Elle a trouvé en Edward Monkford celui qui lui offrirait le mauvais traitement qu'elle recherchait à un certain niveau.

— Attendez un peu, dis-je, outrée. Edward maltraiter une femme ? Vous l'avez rencontré ? »

Carol secoue la tête.

« Je me fonde sur les informations que j'ai glanées auprès d'Emma. Ce qui, soit dit en passant, n'a pas été facile. Elle hésitait toujours à se confier. Une réticence typique d'une personne manquant cruellement de confiance en soi.

— C'est tout simplement impossible, dis-je sèchement. Je connais Edward, moi. Jamais il ne frapperait quelqu'un.

— Les violences ne sont pas toujours physiques, souligne Carol, sans hausser la voix. Le besoin d'exercer un contrôle absolu est également une forme de mauvais traitement. »

Contrôle absolu. Ces mots me font l'effet d'une gifle. Car je vois bien que, sous un certain angle, ils correspondent à la réalité.

« Emma jugeait le comportement d'Edward raisonnable aussi longtemps qu'elle a joué le jeu, c'est-à-dire aussi longtemps qu'elle s'est laissé contrôler, reprend Carol. Mais certaines choses auraient dû servir de signaux d'avertissement : l'étrange arrangement concernant la maison, le fait qu'il prenait des décisions à sa place, même pour des choses infimes, ou qu'il l'ait éloignée de ses amis et de sa famille, le comportement classique du sociopathe narcissique. Toutefois, les véritables problèmes ont commencé quand elle a essayé de prendre ses distances. »

Sociopathe. Je sais que les professionnels n'utilisent pas ce terme dans le même sens que le grand public, mais je ne peux m'empêcher de penser aux paroles de l'ex-petit ami d'Emma, ce Simon Wakefield, devant la maison. *D'abord, il a empoisonné son esprit. Puis il l'a tuée...*

« Vous avez l'impression de retrouver ce que vous vivez, Jane ? »

J'esquive la question.

« Qu'est devenue Emma ? Après tout ça, je veux dire ?

— Avec mon aide, elle a fini par prendre conscience que sa relation avec Edward était destructrice. Elle s'est séparée de lui, mais cela l'a plongée dans la dépression, l'isolement, la paranoïa même...

C'est à ce moment-là qu'elle a rompu tous les liens avec moi.

— Attendez une minute, dis-je, désorientée. Comment savez-vous qu'il l'a tuée, alors ? »

Carol Younson fronce les sourcils.

« Je n'ai jamais dit qu'il l'avait *tuée*, Jane.

— Oh, fais-je, soulagée. Que voulez-vous dire, alors ?

— La dépression, la paranoïa, les idées noires et le manque d'amour-propre entretenus par cette relation… ce sont autant de facteurs déterminants, selon moi.

— Vous pensez que c'était un *suicide* ?

— C'est mon avis de professionnelle, oui. Je pense qu'Emma s'est jetée dans l'escalier pendant une grave crise de dépression. »

Je ne dis rien, je réfléchis.

« Parlez-moi de votre relation avec Edward, suggère Carol.

— C'est ça qui est étrange. D'après ce que vous me dites, il n'y a pas beaucoup de similitudes. Notre relation a débuté peu de temps après que j'ai emménagé. Il m'a clairement fait comprendre qu'il me désirait. Mais aussi qu'il ne me proposait pas une relation conventionnelle. Il affirmait…

— Un instant, me coupe Carol. Je vais chercher quelque chose… »

Elle quitte le salon et revient peu de temps après avec un carnet rouge.

« Ce sont les notes prises lors de mes séances avec Emma, explique-t-elle en tournant les pages. Vous disiez ?

— Il affirmait qu'il y avait une sorte de pureté…

— Dans une relation sans entraves ? conclut Carol à ma place.

— Oui. »

Je la regarde, les yeux écarquillés. « Ce sont ses paroles exactes. » Des paroles qu'il avait déjà dites à quelqu'un d'autre, apparemment.

« D'après ce que m'a raconté Emma, Edward est un perfectionniste extrême, presque obsessionnel. Seriez-vous d'accord avec cette description ? »

J'acquiesce, à contrecœur.

« Mais évidemment, dit Carol, nos relations antérieures ne peuvent jamais être améliorées, quel que soit le nombre de fois où nous les reproduisons. Chaque échec successif ne fait que renforcer ce comportement inadapté. Autrement dit, le schéma devient de plus en plus pesant. Et désespéré.

— Un individu ne peut pas changer ?

— C'est étrange, Emma m'avait posé la même question. »

Carol semble réfléchir.

« Parfois, oui. Mais c'est un processus douloureux et difficile, même avec l'aide d'un bon thérapeute. Et croire que l'on sera celui ou celle qui changera la nature fondamentale d'une autre personne, ça relève du narcissisme. La seule personne que l'on peut véritablement changer, c'est soi-même.

— Vous dites que je cours le danger de finir comme elle. Mais d'après ce que vous décrivez, elle ne me ressemblait pas du tout.

— Peut-être. Mais vous avez évoqué votre enfant mort-né. Il est frappant de constater que vous étiez l'une et l'autre mal en point psychologiquement quand il vous a rencontrées. Les sociopathes sont attirés par les individus vulnérables.

— Pourquoi Emma a-t-elle cessé de venir vous voir ? »

Une expression de regret passe sur le visage de Carol.

« Sincèrement, je l'ignore. Si elle avait poursuivi sa thérapie, elle serait peut-être toujours en vie.

— Elle avait gardé votre carte, dis-je. Je l'ai trouvée dans son sac de couchage, dans le grenier du One Folgate Street, avec des boîtes de conserve. Apparemment, elle dormait là-haut. Sans doute avait-elle l'intention de vous appeler. »

Carol hoche la tête.

« C'est déjà ça. Merci.

— Mais je pense que vous vous trompez au sujet de tout le reste. Si Emma souffrait de dépression, c'était à cause de sa rupture avec Edward, pas parce qu'il la contrôlait. Et si elle s'est suicidée… c'est affreusement triste, mais il n'y est pour rien. Comme vous l'avez dit vous-même, chacun doit assumer les conséquences de ses actes. »

Carol m'adresse un sourire triste et j'ai l'impression qu'elle a déjà entendu ça, peut-être même dans la bouche d'Emma.

Soudain, j'en ai assez d'être dans cette pièce, avec ses meubles cosy et son fouillis, ses coussins et ses étoffes, assez de ce jargon de psy. Je me lève.

« Merci de m'avoir reçue. C'était instructif. Mais je crois que je n'ai pas envie de vous parler de ma fille, finalement. Ni d'Edward. Je ne reviendrai pas. »

Avant : EMMA

À cause des « mesures spéciales », je ne peux pas accéder à la tribune réservée au public après avoir lu ma déclaration de victime. Alors, j'attends devant la salle de tribunal. Bientôt, l'inspecteur Clarke et le sergent Willan en sortent précipitamment, visiblement troublés. Avec eux se trouve l'avocat de la partie civile, maître Broome.

« Emma, venez par ici, me dit le sergent Willan.

— Que se passe-t-il ? » je demande, alors qu'ils m'entraînent vers l'extrémité du hall. Je me retourne vers la salle d'audience juste au moment où en sort l'avocate de Nelson. Elle est accompagnée d'un adolescent à la peau foncée, en costume. Lorsqu'il regarde dans ma direction, j'ai le temps de distinguer une lueur dans ses yeux : il m'a reconnue. Puis son avocate lui dit quelque chose et il reporte son attention sur elle.

« Emma, me dit le sergent Willan, les magistrats ont accordé la mise en liberté sous caution. Je suis désolée.

— Quoi ? Pourquoi ?

— Les magistrats ont donné raison à maître Field, l'avocate de la défense, qui affirme que votre dossier pose quelques problèmes.

— Des problèmes ? Qu'est-ce que ça signifie ? »

Par une autre porte, celle destinée au public, je vois sortir Simon. Il marche droit vers moi.

« Des vices de forme, explique l'inspecteur Clarke d'une voix tendue. Principalement au niveau de l'identification.

— L'absence d'ADN, vous voulez dire ?

— Et d'empreintes digitales, ajoute l'avocat.

— Dans un premier temps, dit l'inspecteur Clarke, il n'était pas question de viol. Il s'agissait *a priori* d'un simple cambriolage. Par conséquent, l'officier de service n'a pas jugé bon d'effectuer un relevé d'empreintes. »

Il soupire et ajoute :

« Après votre nouvelle déposition, nous aurions pu organiser une séance d'identification avec Nelson. Mais étant donné qu'il portait un passe-montagne, d'après ce que vous nous avez dit, cela aurait été inutile. Hélas, un avocat retors peut utiliser ce genre d'élément pour laisser entendre que la police a tiré des conclusions hâtives.

— Mais si c'est ça le problème, pourquoi ne pas organiser une séance d'identification maintenant ? »

Clarke et l'avocat échangent un regard.

« Ça pourra s'avérer utile au moment du procès, concède l'avocat.

— Emma, c'est très important, dit l'inspecteur Clarke. Au cours de l'audience, aujourd'hui, avez-vous, à un moment ou un autre, vu ou entraperçu l'accusé ? »

Je fais non de la tête. Après tout, je ne suis pas certaine que ce soit bien Nelson que j'ai vu. Et même si c'était lui, pourquoi devrait-il s'en tirer uniquement à cause de l'incompétence de la police ?

« Dans ce cas, je pense que nous devrions envisager une séance d'identification », dit l'avocat.

« Emma ? » me lance Simon, qui cherche par tous les moyens à s'immiscer dans la discussion. « Je sais que tu le pensais vraiment, Emma.

— Quoi donc ?

— C'est à cause de ce salopard qu'on s'est séparés.

— Hein ? Non, non. J'ai dit ça pour les magistrats, Simon. Je n'ai pas… Je ne reviendrai pas.

— Emma… »

La voix d'Edward s'élève derrière nous, calme et autoritaire. Je me retourne vers lui, reconnaissante. « Bravo, dit-il. Tu as été formidable. »

Il me prend dans ses bras et je vois l'horreur sur le visage de Simon quand il comprend ce que ça signifie.

« Nom de Dieu, murmure-t-il. Nom de Dieu, Emma. Non, tu ne peux pas faire ça.

— Quoi donc, Simon ? dis-je d'un ton de défi. Je ne peux pas choisir avec qui je sors ? »

Les deux policiers et l'avocat, conscients d'assister à un drame intime, baissent les yeux et dansent d'un pied sur l'autre. Comme toujours, Edward prend les choses en main.

« Viens avec moi », me dit-il.

Il passe son bras autour de ma taille et m'entraîne au loin. En me retournant, je vois Simon qui nous suit du regard, muet de désespoir et de colère.

Maintenant : JANE

Ce week-end, Edward m'emmène au British Museum où une assistante, après avoir ouvert une vitrine fermée à clé, nous laisse seuls pour examiner une petite sculpture préhistorique. Les formes ont été polies par le temps, mais on reconnaît les corps de deux amants enlacés.

« Elle date d'il y a onze mille ans. C'est la plus ancienne représentation de l'acte sexuel, explique Edward. On la doit à la civilisation des Natoufiens, premier peuple à avoir créé des communautés. »

J'ai du mal à me concentrer. Je songe qu'il a adressé les mêmes paroles à cette Emma. Je peux ne pas tenir compte de certaines autres accusations formulées par Carol, étant donné qu'elle n'a jamais rencontré Edward, mais les preuves contenues dans son carnet sont plus difficiles à ignorer.

Puis je me dis : *Nous sommes tous coupables de répéter les mêmes phrases, d'employer les mêmes raccourcis linguistiques. Nous racontons tous les mêmes anecdotes à des personnes différentes, parfois aux mêmes personnes, souvent avec les mêmes mots. Qui ne se répète pas de temps en temps ? « Compulsion de répétition ». N'est-ce pas un terme pédant pour dire que nous sommes des êtres d'habitude ?*

Edward me tend la sculpture pour que je la prenne dans mes mains et, aussitôt, toute mon attention se retrouve focalisée sur cette chose. Et je pense à ce phénomène incroyable : les gens font l'amour depuis des millénaires. Évidemment, ce n'est qu'une des constantes de l'histoire de l'humanité. Le même acte, répété de génération en génération.

Je demande à Edward si nous pouvons aller voir les frises du Parthénon, mais il refuse. « Les galeries ouvertes au public seront envahies de touristes. Et puis, je me suis fixé pour règle de ne regarder qu'un seul objet à chaque visite dans un musée. Il ne faut pas surcharger son cerveau. »

Sur ce, il rebrousse chemin.

Les paroles de Carol Younson me reviennent alors en mémoire. *Emma jugeait le comportement d'Edward raisonnable aussi longtemps qu'elle a joué le jeu, c'est-à-dire aussi longtemps qu'elle s'est laissé contrôler.*

Je me fige.

« Edward, j'ai vraiment envie de les voir. »

Il me regarde, perplexe.

« Entendu. Mais pas maintenant. J'arrangerai ça avec le directeur. Nous reviendrons quand le musée sera fermé…

— Non, maintenant, dis-je. Je veux les voir maintenant. »

J'ai l'impression d'être une enfant capricieuse. Une assistante assise à son bureau lève la tête et fronce les sourcils.

« Soit », dit Edward.

Il m'entraîne vers la partie publique du musée en franchissant une autre porte. Les gens grouillent autour des œuvres exposées, tels des poissons sur un banc de corail. Edward se fraie un passage au milieu de la foule, en regardant droit devant lui.

« C'est ici », dit-il.

Cette autre salle est encore plus bondée que la précédente, pleine d'écoliers armés de blocs-notes qui bavardent en français. Il y a également les zombies de la culture qui avancent au rythme de leurs audioguides, les couples qui se tiennent par la main et arpentent la salle de long en large, les pousseurs de poussettes, les porteurs de sacs à dos, les adeptes des selfies. Et enfin, au-delà de cette foule, derrière un rail métallique, sur des socles, quelques fragments d'une sculpture brisée et la célèbre frise.

C'est fichu. J'essaie de l'admirer comme il convient, sans parvenir à retrouver la magie que j'ai éprouvée en tenant entre mes mains cette petite sculpture vieille de plusieurs siècles.

« Tu avais raison, dis-je, piteusement. C'est horrible. »

Il sourit. « Ces marbres n'ont aucun intérêt, de toute façon. S'il n'y avait pas toute cette histoire autour de leur revendication, personne n'y ferait attention. D'ailleurs, même l'édifice dont ils proviennent, le Parthénon, est totalement insipide. Le plus drôle, c'est qu'il a été construit pour symboliser la puissance de l'empire grec. Logique, donc, qu'un autre empire cupide en ait volé des morceaux. On y va ? »

Nous passons à son bureau pour prendre un petit sac de voyage en cuir, puis nous nous arrêtons dans une poissonnerie où Edward a commandé de quoi préparer une soupe de poissons. L'homme est confus. Sur la liste figurait du colin, mais il a été obligé de le remplacer par de la lotte. « Au même prix, évidemment, monsieur. Alors que, normalement, la lotte coûte plus cher. »

Edward secoue la tête.

« Pour la recette il faut du colin.

— Je n'y suis pour rien, monsieur. Si on ne pêche pas de colin, je ne peux pas en vendre.

— Vous êtes en train de me dire qu'il n'y avait *pas du tout* de colin aux halles ce matin ?

— À des prix exorbitants.

— Pourquoi vous ne l'avez pas acheté alors ? »

Le sourire du poissonnier se lézarde.

« La lotte, c'est meilleur, monsieur.

— J'ai commandé du colin. Vous m'avez déçu. Je ne reviendrai plus. »

Il tourne les talons et sort de la boutique à grands pas. Le poissonnier hausse les épaules et se remet à lever des filets, non sans m'avoir lancé un regard intrigué. Je me sens rougir.

Edward m'attend dans la rue. « Allons-y », dit-il en levant le bras pour faire signe à un taxi.

Aussitôt, un taxi exécute un demi-tour pour s'arrêter à notre hauteur. C'est un don qu'il a, ai-je remarqué. On dirait que les chauffeurs de taxi le guettent.

Je ne l'avais jamais vu en colère et je ne sais pas combien de temps cela va durer. Mais il se met à parler d'autre chose, sur un ton calme, à croire que cette querelle n'a jamais eu lieu.

Si Carol avait raison, si Edward était un sociopathe, ne serait-il pas en train d'éructer et de fulminer ? Preuve supplémentaire qu'elle se trompe à son sujet.

Il se tourne vers moi. « J'ai l'impression que tu ne m'écoutes pas, Jane. Quelque chose ne va pas ?

— Oh… désolée. J'avais la tête ailleurs. »

Il ne faut pas que je laisse ma conversation avec la psychothérapeute gâcher le moment présent, me dis-je. Je montre le sac de voyage. « Où vas-tu ?

— J'ai pensé que je pouvais m'installer chez toi. »

Tout d'abord, je me dis que j'ai mal entendu.

« T'installer ?

— Si tu veux bien de moi, évidemment. »

Je suis abasourdie. « Edward…

— C'est trop tôt ?

— Je n'ai jamais vécu avec quelqu'un.

— Parce que tu n'as jamais rencontré la bonne personne. Mais je te comprends, Jane, je sens que nous sommes pareils, à certains égards. Tu es secrète, indépendante et même un peu froide. C'est une des nombreuses choses que j'aime chez toi.

— Ah bon ? dis-je, alors qu'en réalité, je pense : *Suis-je un peu froide ? Vient-il de prononcer le mot* aimer *?*

— Tu ne vois donc pas que nous sommes faits l'un pour l'autre ? »

Il pose sa main sur la mienne.

« Tu me rends heureux. Et je crois que je peux te rendre heureuse toi aussi.

— Je suis heureuse. Tu me rends déjà heureuse, Edward. »

Et je lui souris, car c'est la vérité.

Avant : EMMA

Edward a débarqué avec un petit sac de voyage en cuir et des poissons pour faire une soupe.

« Tout est dans la rouille, me confie-t-il en disposant les ingrédients sur le plan de travail. Trop de gens lésinent sur le safran. »

Je ne sais même pas ce qu'est la rouille, ni le safran.

« Tu vas quelque part ? je demande en regardant le sac.

— Oui. En un sens. Ou plutôt, j'arrive quelque part. Si tu veux bien de moi, évidemment.

— Tu veux laisser quelques affaires ici ? dis-je, surprise.

— Non, répond-il, amusé. C'est tout ce que j'ai. »

Le sac est magnifique, comme tout ce qu'il possède, le cuir est souple et lustré comme une selle de cheval. Sous les anses, une étiquette discrète, estampée, indique : SWAINE ADENEY, FABRICANT DE BAGAGES. FOURNISSEUR DE LA FAMILLE ROYALE. Je l'ouvre. À l'intérieur, tout est aussi bien rangé que sous le capot d'une voiture. Je sors les affaires une par une.

Une demi-douzaine de chemises Comme des Garçons, blanches, impeccablement repassées et pliées, pourrais-je ajouter. Deux cravates en soie de chez Charvet. Un MacBook Air. Un carnet en cuir Fiorentina. Un porte-mine en acier. Un appareil photo numérique Hasselblad. Et une pochette en coton, roulée, renfermant… voyons voir… trois couteaux japonais.

« N'y touche pas, dit Edward. Ils sont tranchants. »

Je replie la pochette et mets les couteaux de côté. Une trousse de toilette. Deux pulls en cachemire noirs. Deux pantalons noirs. Huit paires de chaussettes noires. Huit caleçons noirs. « C'est vraiment tout ? je m'étonne.

— J'ai quelques affaires au bureau également. Un costume, ce genre de choses.

— Comment fais-tu pour vivre avec si peu de choses ?

— De quoi aurais-je besoin, à part ça ? Mais tu n'as pas répondu à ma question, Emma.

— C'est tellement soudain, dis-je, même si, intérieurement, je fais des bonds de joie.

— Tu pourras me flanquer dehors quand tu voudras.

— Pourquoi voudrais-je te flanquer dehors ? C'est toi qui vas te lasser de moi.

— Jamais je ne me lasserai de toi, Emma, répond-il avec le plus grand sérieux. Je pense avoir enfin trouvé la femme parfaite.

— Mais pourquoi ? » je demande.

Je ne comprends pas. Je croyais qu'entre lui et moi, c'était juste une relation sans entraves, comme il disait.

« Parce que tu ne poses jamais de questions », plaisante-t-il.

Il reporte son attention sur les poissons.

« Passe-moi les couteaux, s'il te plaît.

— Edward ? »

Il pousse un soupir exagéré.

« Bon, d'accord. Parce qu'il y a quelque chose en toi, quelque chose de vivant, qui me fait me sentir vivant moi aussi. Parce que tu es impulsive, extravertie, et toutes ces choses que je ne suis pas. Parce que tu es différente de toutes les autres femmes que j'ai connues. Parce que tu as ravivé mon envie de vivre. Parce que tu es tout ce dont j'ai besoin. Ça te suffit, comme explication ?

— Ça ira pour le moment », réponds-je, sans pouvoir m'empêcher de sourire.

7. *Une amie vous montre une œuvre qu'elle a réalisée. Elle semble en être fière, mais c'est un travail médiocre. Que faites-vous ?*

- ❍ *Vous lui donnez votre avis, honnêtement, froidement*
- ❍ *Vous suggérez une petite amélioration pour voir sa réaction*
- ❍ *Vous changez de sujet*
- ❍ *Vous marmonnez de vagues encouragements*
- ❍ *Vous la félicitez*

Maintenant : JANE

« J'ai le sentiment que ce que vous désirez réellement, ce sont des excuses », déclare la médiatrice de l'hôpital. C'est une femme d'un certain âge, vêtue d'un cardigan gris, aux manières affables et au ton compatissant. « C'est bien cela, Jane ? Est-ce que la reconnaissance par la direction de ce que vous avez subi vous aiderait à mieux accepter le deuil qui vous a frappée ? »

Face à moi, de l'autre côté de la table, est assis le docteur Gifford, hagard, flanqué d'un administrateur de l'hôpital et d'un avocat. La médiatrice, Linda, trône en bout de table, pour bien souligner sa neutralité. Tessa est assise à mon côté.

Je parviens à comprendre, confusément, que Linda a réussi en une seule phrase à transformer d'éventuelles excuses en une simple reconnaissance de mes souffrances. Un peu comme ces politiciens sournois qui se disent désolés s'ils ont contrarié certaines personnes.

Tessa pose sa main sur mon bras pour m'indiquer qu'elle va répondre à ma place. « L'*aveu*, dit-elle en insistant sur ce mot, de la part de l'hôpital que des erreurs qui auraient pu être évitées ont été commises, et que ces erreurs ont contribué au décès d'Isabel, serait le bienvenu, évidemment. Pour commencer. »

Linda soupire. Est-ce par empathie purement professionnelle ou parce qu'elle s'aperçoit qu'elle a une affaire délicate sur les bras ? Difficile à dire.

« La position de l'hôpital…, dit-elle, corrigez-moi si je me trompe, Derek… est qu'il vaut mieux dépenser les fonds publics, précieux, pour soigner des patients que pour régler des litiges et payer des avocats. »

Elle se tourne vers l'administrateur, qui acquiesce d'un signe de tête.

« Certainement, concède Tessa. Mais si vous aviez prescrit des dopplers à toutes les femmes enceintes venues consulter, nous ne serions pas ici aujourd'hui. Au lieu de cela, quelqu'un a examiné les chiffres et estimé qu'il reviendrait moins cher de payer des honoraires d'avocat et de verser des dommages et intérêts dans tous les cas, peu nombreux mais non négligeables, où cet examen aurait changé la donne. Et tant que des organisations telles que Nouvel Espoir n'auront pas réussi à rendre ce calcul cynique et inhumain assez coûteux, en argent et en temps, pour qu'il ne soit plus rentable, cette situation perdurera. »

Premier round pour Tessa, me dis-je.

Derek, l'administrateur, prend la parole. « Si nous devons suspendre M. Gifford, ce que nous serons contraints de faire en cas de procès, il sera remplacé par un intérimaire, et d'autres patients seront privés de l'expérience d'un spécialiste respecté. »

Cette réunion a été organisée à la demande de l'hôpital, dès que Tessa leur a adressé une demande formelle pour obtenir mon dossier médical. De toute évidence, ils attendaient de voir si leur lettre rassurante allait porter ses fruits. Rien que le fait qu'ils aient essayé de se débarrasser de moi d'un revers de la main, et l'idée que, sans Tessa, ils auraient réussi, me rendent presque aussi furieuse que la disparition injustifiée d'Isabel.

« Si l'affaire se termine devant un tribunal, m'a expliqué Tessa en venant ici, cela pourrait leur coûter très cher en vérité.

— Comment ça ? »

Je sais que les dédommagements pour les décès anormaux de bébés sont ridiculement faibles.

« Les dommages et intérêts ne seront peut-être pas très élevés, mais il y a aussi le manque à gagner. Tu avais un travail bien payé. Si Isabel n'était pas morte, tu aurais repris après ton congé maternité, non ?

— Oui, sans doute. Mais…

— Et maintenant, tu travailles pour une association caritative, au smic. Si on calcule la différence par rapport à ton salaire d'avant, ça fait une coquette somme.

— C'était un choix de ma part.

— Un choix que tu n'aurais pas fait dans d'autres circonstances. Ne leur fais pas de cadeaux, Jane. Plus tu leur coûteras cher, plus ils seront enclins à changer de méthodes. »

Je la trouve magnifique. C'est étrange : on pense connaître les gens et en réalité, on ne les connaît pas du tout. Chez Nouvel Espoir, je croyais partager mon bureau avec une femme drôle et pleine d'entrain, toujours prête à rire et à échanger des potins. Ici, dans cette salle de réunion défraîchie, je découvre une battante aguerrie qui pare les attaques des représentants de l'hôpital avec habileté.

« Il me semble, reprend Tessa, que vous essayez d'exercer un chantage moral sur Mme Cavendish en lui laissant croire que d'autres bébés mourront si elle ne renonce pas à ses poursuites. J'en prends bonne note. Il serait bien plus judicieux d'augmenter le nombre de médecins, au lieu de le réduire. Au moins jusqu'à ce que les résultats de l'enquête soient connus. »

Face à nous, les visages sont fermés.

Finalement, le docteur Gifford prend la parole : « Mademoiselle Cavendish… Jane. Je tiens à vous dire, tout d'abord, que je suis sincèrement navré de ce qui s'est passé. Ensuite, je veux m'excuser pour les erreurs qui ont été commises. Il aurait fallu intervenir, assurément, et cela n'a pas été fait. Je ne peux pas vous affirmer qu'Isabel serait vivante aujourd'hui si nous avions décelé le problème plus tôt. Mais sans doute aurait-elle eu davantage de chances de vivre. »

Il s'adresse à la table, en choisissant ses mots avec soin, mais soudain, il lève la tête et croise mon regard. Ses yeux sont rougis par la fatigue. « J'étais le médecin-chef de garde. J'assume l'entière responsabilité de ce qui s'est passé. »

S'ensuit un long silence. Derek, l'administrateur, grimace et lève les mains au ciel, comme pour dire : *Cette fois, on est foutus*. Linda intervient : « Je pense que nous avons tous besoin d'un peu de temps pour réfléchir à tout ça. Et aux progrès qui ont été réalisés aujourd'hui. »

« C'était éprouvant, dis-je à Edward un peu plus tard. Mais pas pour la raison que je croyais. J'ai pris conscience, soudain, qu'en allant jusqu'au bout, je détruirais la carrière de cet homme. Alors qu'il n'est pas directement responsable de ce qui s'est passé. Je pense que, fondamentalement, c'est quelqu'un de gentil.

— Peut-être que s'il était moins gentil, et si son personnel le craignait davantage, la sage-femme aurait revérifié les résultats de l'examen.

— Je ne peux pas le détruire sous prétexte que c'est un patron gentil.

— Et pourquoi pas ? Si c'est un médecin médiocre, il le mérite. »

Je sais bien, évidemment, que pour créer des bâtiments aussi parfaits que ceux d'Edward, il faut faire preuve d'une certaine dureté. Il m'a raconté comment, à une époque, il avait bataillé pendant six mois contre les services de l'urbanisme pour ne pas être contraint de placer un détecteur de fumée au plafond d'une cuisine. Le fonctionnaire avait fini par faire une dépression nerveuse, et Edward avait eu gain de cause. Mais je crois que je n'ai jamais aimé m'attarder sur cet aspect de sa personnalité.

Soudain, j'entends la voix de Carol Younson : *Le comportement classique du sociopathe narcissique...*

« Parle-moi de Tessa », dit Edward en se servant du vin. J'ai remarqué qu'il ne dépasse jamais la moitié du verre. Il m'en propose, mais je secoue la tête.

« Elle m'a l'air passionnée, commente-t-il à la fin de mon portrait.

— Elle l'est. Elle ne se laisse pas marcher sur les pieds. Mais elle a aussi beaucoup d'humour.

— Et elle, que pense-t-elle de ton docteur Gifford ?

— Elle est certaine que son discours était écrit à l'avance », avoué-je.

C'est toute la différence entre la faute individuelle et la responsabilité pénale collective, Jane, m'a-t-elle expliqué ensuite devant des cafés latte et des cookies au Starbucks. *Entre l'erreur d'un médecin et les manquements d'une institution. Ils feront le maximum pour maintenir la direction de l'hôpital à l'écart de cette affaire.*

« À toi de décider, maintenant, si tu veux que ton enfant mort devienne un outil de la croisade personnelle que mène cette femme », dit Edward, songeur.

Je le regarde avec étonnement.

« Tu penses que je devrais laisser tomber ?

— C'est à toi de juger, évidemment. Mais ton amie semble déterminée à livrer cette bataille coûte que coûte. »

Je réfléchis. C'est vrai : je suis certaine d'avoir trouvé une amie en la personne de Tessa. J'aime sa compagnie, mais surtout, j'admire son côté coriace. J'ai envie qu'elle m'apprécie tout autant ; et bien entendu, si je renonce à ce combat, je risque de la perdre elle aussi.

Il a séparé Emma de ses amis et de sa famille...

« Ça ne te pose pas de problème, si ? je demande.

— Bien sûr que non, répond-il en toute décontraction. Je veux juste que tu sois heureuse. Ah, au fait, je vais changer le canapé.

— Pourquoi ? »

J'aime bien ce long meuble bas en lin épais couleur crème.

« Maintenant que je vis ici, explique-t-il, j'ai remarqué qu'on pouvait améliorer certaines choses. Les couverts, par exemple. Je ne sais pas où j'avais la tête quand j'ai choisi les Jean Nouvel. Et je trouve que ce canapé est une invitation à la paresse. Franchement, deux fauteuils, ce serait mieux. Le LC3 de Le Corbusier, peut-être. Ou le fauteuil Ghost de Philippe Starck. Je vais y réfléchir. »

Edward n'a pas emménagé depuis longtemps, mais déjà j'ai remarqué une différence, non pas dans mes rapports avec lui, mais dans mes rapports avec le One Folgate Street. Ce sentiment d'être en représentation devant un public invisible a été remplacé par la conscience, la présence omnisciente, du regard pénétrant d'Edward, et l'impression que cette maison et moi faisons désormais partie d'une mise en scène unique et indivisible. Je sens que ma vie est l'objet de plus d'attention, plus *belle* également, car je sais qu'il l'observe. Mais pour cette même raison, j'ai de plus en plus de mal à m'investir dans le monde extérieur, au-delà de ces murs, ce monde où règnent le chaos et la laideur. Alors qu'il est si difficile de choisir des couverts, comment puis-je décider si je dois, oui ou non, intenter un procès à un hôpital ?

« Autre chose ? » je demande.

Edward réfléchit. « Tu dois faire plus attention quand tu ranges tes affaires de toilette. Ce matin, j'ai remarqué que tu avais laissé traîner ton shampooing.

— Je sais. J'ai oublié.

— Ne sois pas trop dure avec toi-même. Vivre de cette façon exige de la discipline. Mais tu as bien compris, je crois, que la récompense était à la hauteur des sacrifices. »

Avant : EMMA

Je redoutais la séance d'identification. Je m'imaginais face à face avec Deon Nelson, tandis que je défilais devant des hommes alignés dans une petite pièce violemment éclairée, comme dans les films. Mais évidemment, ça ne se passe plus de cette façon de nos jours.

« Je vous présente VIPER, m'annonce l'inspecteur Clarke en déposant deux tasses de café à côté de son ordinateur portable. L'abréviation de *Video Identification Parade Electronic Recording*, semble-t-il, mais si vous voulez mon avis, quelqu'un au ministère de l'Intérieur a estimé qu'un acronyme sexy l'aiderait à se faire adopter plus vite. En gros, on filme le suspect, puis l'ordinateur utilise le logiciel de reconnaissance faciale pour choisir dans sa banque de données huit autres personnes qui lui ressemblent. Dans le temps, cela prenait des semaines pour organiser une identification. On attaque ? »

Il sort des documents d'une pochette en plastique.

« Avant que l'on commence, dit-il en s'excusant, vous devez signer un formulaire stipulant que vous avez vu l'accusé uniquement lors de l'agression présumée.

— Bien sûr, dis-je, joyeusement. Vous avez un stylo ?

— En fait, Emma, ajoute-t-il, un peu mal à l'aise, vous devez être absolument certaine de ne pas l'avoir entrevu au tribunal.

— Pas que je sache », réponds-je, et je regrette immédiatement ces paroles. Si j'affirme que je me souviens suffisamment bien de Nelson pour l'identifier formellement, je devrais bien savoir si je l'ai vu ailleurs. Mais l'inspecteur Clarke n'a pas remarqué ma bourde, visiblement.

« Je vous crois, dit-il. Mais il faut que vous sachiez, car cela risque de ressortir pendant le procès, que l'accusé affirme que vous avez échangé un regard à la fin de l'audience.

— N'importe quoi, dis-je.

— De plus, son avocate prétend qu'il lui en a fait la remarque. Elle a tourné la tête et vous a vue passer à moins de cinq mètres de son client. »

Je fronce les sourcils.

« Ça m'étonnerait, dis-je.

— Bien. En tout cas, cela a mis son avocate dans tous ses états. Une plainte formelle, plus une notification relative à… la véracité de la déposition du témoin, cela risque de poser problème lors du procès.

— "La véracité de la déposition" ? Elle m'accuse de mentir ?

— Je le crains. Elle peut essayer de rattacher ça à cette histoire d'amnésie. Je vais être franc avec vous, Emma. Quand un avocat de la défense habile essaie de trouver des trous dans votre récit, ce n'est jamais une expérience très agréable. Mais elle fait son métier. Et une personne avertie en vaut deux, n'est-ce pas ? Tenez-vous-en strictement aux faits et tout ira bien. »

Je signe le formulaire, j'identifie formellement Nelson et rentre chez moi à pied en fulminant. J'allais être attaquée dans un tribunal par une avocate décidée à discréditer mon témoignage. J'ai l'horrible impression qu'en essayant de rattraper les erreurs de la police, j'ai peut-être aggravé la situation.

Perdue dans mes pensées, je ne remarque pas tout de suite le gamin sur son vélo BMX qui a ralenti pour avancer à ma hauteur. Quand je prends conscience de sa présence, je découvre un adolescent de quatorze ou quinze ans. Instinctivement, je m'écarte et me colle contre le mur.

Il monte sur le trottoir avec son vélo, sans peine. J'essaie de rebrousser chemin, mais il est légèrement derrière moi et me bloque le passage. Il se penche en avant. Je me raidis dans l'attente de l'agression. Mais au lieu de cela, il montre les dents. « Salut, sale tepu mytho. C'est un message pour toi, pouffiasse. Tu sais d'où ça vient. »

Presque nonchalamment, il redescend du trottoir, exécute un demi-tour et repart en pédalant. Non sans avoir mimé un coup de poignard dans ma direction. « Salope ! » crie-t-il pour faire bonne mesure.

Edward me trouve recroquevillée sur le lit, en pleurs. Sans rien dire, il me prend dans ses bras et me tient contre lui jusqu'à ce que j'aie suffisamment cessé de trembler pour lui raconter ce qui s'est passé.

« Il voulait juste te faire peur, c'est tout, murmure-t-il. Tu as prévenu la police ? »

Je hoche la tête, sans cesser de sangloter. J'ai appelé l'inspecteur Clarke dès mon retour, en omettant de préciser qu'il m'avait traitée de menteuse. Il me montrerait des photos de complices de Nelson, mais celui-ci avait sans doute envoyé un messager qui n'était pas connu des services de police.

« En attendant, Emma, a-t-il dit, je vous donne mon numéro de portable. Prévenez-moi si vous vous sentez menacée. Nous enverrons quelqu'un immédiatement. »

Je rapporte ces propos à Edward. « La police pense que c'était juste une tentative pour t'intimider ? dit-il. Et donc, tout s'arrêterait si tu renonçais à témoigner ? »

Je le regarde d'un air hébété.

« Tu veux dire… si je laisse Nelson s'en tirer ?

— Ce n'est pas nécessairement ce que je te conseille de faire. C'est une option, voilà tout. Si tu veux te libérer de toute cette pression. Tu peux tirer un trait sur tout ça, et tu ne seras plus obligée de penser à Deon Nelson. »

Il me caresse les cheveux tendrement et coince une mèche derrière mon oreille.

« Je vais nous préparer quelque chose à manger », dit-il.

Maintenant : JANE

Je reste assise sans bouger, tournée vers la fenêtre qui déverse sa lumière.

Le seul bruit est le léger grattement du crayon d'Edward sur le papier pendant qu'il me croque dans le carnet de cuir relié qui ne le quitte jamais, comme son porte-mine Rotring en acier, aussi lourd qu'une balle. Il dessine pour se détendre. Parfois, il me montre le résultat. Mais la plupart du temps, il arrache la feuille en soupirant et va la jeter dans la poubelle de recyclage encastrée sous le plan de travail de la cuisine.

« Qu'est-ce qui ne te plaisait pas dans ce dessin ? lui ai-je demandé un jour.

— Rien. C'est un bon exercice de jeter des choses qui te plaisent mais dont tu n'as pas nécessairement besoin. Et un dessin, n'importe lequel, devient invisible quelques minutes après avoir été exposé. »

Avant, j'aurais trouvé cette remarque étrange, voire légèrement risible. Mais je comprends mieux Edward, maintenant. Et dans une certaine mesure, je suis d'accord. Tant de choses qui me paraissaient pénibles autrefois dans cette façon de vivre sont devenues habituelles. Désormais, j'ôte mes chaussures dès que je pénètre dans le petit vestibule du One Folgate Street, sans même y penser. Je range mes épices par ordre alphabétique, comme il aime, et je les remets à leur place quand je les utilise, facilement. Je plie mes chemisiers et mes pantalons en suivant la méthode précise d'une gourou japonaise qui a écrit plusieurs livres sur le sujet. Sachant qu'Edward a du mal à trouver le sommeil si j'utilise la salle de bains après lui, au cas où une serviette traînerait négligemment sur le sol, je les étends après chaque douche et reviens m'en occuper quand elles sont sèches. Tasses et assiettes sont lavées, essuyées et rangées immédiatement après usage. Chaque chose a une place définie et celles qui n'en trouvent pas sont certainement superflues et méritent donc d'être jetées. Notre vie commune a acquis une sérénité marquée par l'efficacité, une série de rituels domestiques apaisants.

Edward aussi fait des compromis. Il n'y a aucune étagère dans la maison, mais il tolère la présence d'une pile de livres dans la chambre, du moment que ce sont des ouvrages grand format, parfaitement alignés. Quand la pile commence à pencher, je le vois froncer les sourcils pendant qu'il s'habille.

« Elle est trop haute ?

— Un peu, peut-être. »

Je ne peux me résoudre à jeter des livres, même pour les recycler, mais la boutique de livres d'occasion de Hendon High Street est bien contente de récupérer ces cadeaux impeccables, à peine ouverts.

Edward lit rarement pour le plaisir. Un jour, je lui ai demandé pourquoi, et il m'a répondu qu'il avait du mal à lire des livres parce que les mots n'étaient pas imprimés de manière symétrique sur les deux pages.

« C'est une plaisanterie ? Je ne sais jamais quand tu plaisantes.

— Disons qu'il y a dix pour cent de plaisanterie. »

Parfois, il parle pendant qu'il dessine, ou plutôt il réfléchit à voix haute, et ce sont les moments les plus précieux. Il n'aime pas quand on l'interroge sur son passé, mais il n'esquive pas le sujet lorsque celui-ci surgit dans la conversation. Sa mère, ai-je appris, était une femme à l'esprit désordonné et chaotique ; pas véritablement alcoolique, ni véritablement accro aux médicaments, et un autre enfant ayant vécu la même jeunesse qu'Edward aurait pu s'en sortir sans séquelles, mais une sensibilité particulière ou une tendance opposée l'avait entraîné sur une autre voie. À mon tour, je lui parle de mes parents, de leurs exigences infinies, de ce père difficile à impressionner, qui m'exhortait à redoubler mes efforts, à mieux faire et à remporter plus de prix, de ces habitudes, faites d'application et d'assiduité, qui m'ont accompagnée toute ma vie. J'ai décrété que nous étions complémentaires, lui et moi. Aucun de nous deux ne pourrait se satisfaire d'un partenaire se complaisant dans la médiocrité.

Il a achevé son dessin. Il l'examine pendant quelques instants, puis tourne la page sans la déchirer.

« Je mérite d'être gardée cette fois ?

— Pour le moment.

— Edward…

— Oui, Jane ?

— Certaines des choses qu'on a faites au lit la nuit dernière me mettent mal à l'aise. »

Il attaque un autre dessin. Les yeux plissés, il observe mes jambes par-dessus la pointe de son crayon.

« Tu semblais aimer ça, dit-il.

— Dans le feu de l'action, oui. Mais ensuite… Je n'aimerais pas que ça devienne une habitude, c'est tout. »

Il se met à dessiner, le crayon glisse avec aisance sur le papier.

« Pourquoi t'interdire une chose qui te donne du plaisir ?

— On peut détester une chose même si elle nous offre un petit plaisir passager. Quand ça nous semble mal. Tu devrais comprendre ça, mieux que n'importe qui. »

Les mouvements de va-et-vient du crayon sont francs ; on dirait l'aiguille d'un sismographe un jour de calme plat.

« Il faut que tu sois plus précise, Jane.

— La brutalité.

— Continue.

— En gros, tout ce qui fait mal. La force, la contrainte, les gestes qui laissent des marques sur la peau, qu'on me tire les cheveux, etc. Et puisqu'on parle de ça, sache que je n'aime pas le goût du sperme et que la sodomie est totalement exclue. »

Le crayon s'immobilise sur la feuille.

« Tu es en train de me fixer des *règles* ?

— Oui, en quelque sorte. Des limites, du moins. Mais ça marche dans les deux sens, évidemment. Si tu as quelque chose à me dire, vas-y.

— Je veux juste dire que tu es une femme absolument remarquable. »

Il reporte son attention sur son dessin.

« Même si tu as une oreille un peu plus grande que l'autre.

— Est-ce qu'elle était d'accord ?

— Qui ça ?

— Emma. »

J'ai conscience d'avancer en terrain miné, mais c'est plus fort que moi.

« Est-ce qu'elle était d'accord ? répète-t-il. C'est une façon intéressante de présenter les choses. Mais je ne parle jamais de mes anciennes maîtresses. Tu le sais.

— Je considère cette réponse comme un oui.

— Tu peux penser ce que tu veux. Du moment que tu cesses de remuer le pied comme ça. »

Dans mon cours d'histoire de l'art, nous avons eu une leçon sur les palimpsestes, ces feuilles de parchemin de l'époque médiévale, si coûteuses qu'elles étaient frottées pour effacer le texte une fois qu'il avait été lu puis réutilisées, si bien que l'on distinguait encore des traces du texte précédent sous le nouveau. Plus tard, les artistes de la Renaissance ont employé le mot *pentimenti*, repentirs, pour parler de ces erreurs ou modifications qui étaient recouvertes par une couche de peinture, et réapparaissaient des années ou des siècles plus tard, avec l'usure, laissant voir les différentes versions du tableau.

Parfois, j'ai l'impression que cette maison – et notre relation à l'intérieur de cette maison, notre relation avec elle – est comme un palimpseste ou un *pentimento*, et que nous avons beau essayer de peindre par-dessus Emma Matthews, elle ne cesse de réapparaître, à pas feutrés : une image floue, un sourire énigmatique, qui se faufile dans un coin du cadre.

Avant : EMMA

Oh mon Dieu.

Des éclats de verre jonchent le sol. Mes vêtements sont déchirés. Les draps ont été arrachés du lit. J'ai du sang sur la cuisse, je ne sais pas d'où il vient. Dans un coin de la pièce, il y a une bouteille brisée et des aliments piétinés.

J'ai mal à des parties du corps auxquelles je ne veux même pas penser.

Nous nous regardons tels deux survivants d'un tremblement de terre ou d'une explosion, comme si nous venions de reprendre connaissance.

Ses yeux me dévisagent. Il semble atterré. Il dit : « Emma, je… » Sa phrase meurt. « J'ai perdu le contrôle », murmure-t-il.

« Ce n'est rien, dis-je. Ce n'est rien. » Je répète ces mots, comme on le ferait pour calmer un cheval fougueux.

Et j'ajoute : « Tu n'étais pas tout seul. »

Tout ça est parti de presque rien. Depuis qu'Edward a emménagé, je fais en sorte que tout soit bien rangé, mais parfois, cela m'oblige à fourrer des trucs dans les placards juste avant qu'il arrive. Ce soir, il a ouvert un tiroir et l'a découvert rempli d'assiettes sales ou je ne sais quoi. Je lui ai dit que ce n'était pas grave, j'ai essayé de l'attirer au lit, au lieu de faire la vaisselle.

Et là… Bang.

Il s'est mis en colère.

Je n'avais jamais éprouvé autant de plaisir en faisant l'amour.

Je me glisse dans cet espace chaud entre son bras et son torse, et je répète les paroles que j'ai hurlées peu de temps avant.

« Oui, papa. Oui. »

8. *J'essaie de faire les choses le mieux possible, même quand personne ne me voit.*

Oui ❍ ❍ ❍ ❍ ❍ *Non*

Maintenant : JANE

« Il faut que je parte.

— Déjà ? »

Edward a emménagé depuis quelques semaines seulement. Nous sommes heureux ensemble. Je le sais dans mon cœur, mais aussi grâce aux évaluations qu'il a faites en même temps que moi. Son total est de cinquante-huit, le mien est un peu plus élevé – soixante-cinq –, mais c'est une sacrée amélioration par rapport au début.

« On a besoin de moi sur un chantier. Les promoteurs font des histoires. Apparemment, ils refusent de comprendre qu'on ne va pas leur livrer les constructions dès qu'elles seront terminées pour qu'ils en fassent ce qu'ils veulent. Ce n'est jamais une simple question de briques et de mortier. Il s'agit de construire un nouveau type de communauté. Dans laquelle les gens auront autant de responsabilités que de droits. »

Il fait allusion à la ville écologique que l'Association est en train de construire en Cornouailles. Edward parle rarement de son travail, mais d'après ce que j'ai entendu, New Austell est un combat titanesque, pas uniquement à cause de l'ampleur du chantier, mais aussi de toutes les manipulations et pressions venant des promoteurs, depuis le début. Edward les soupçonne de l'avoir choisi pour que son nom donne du lustre à un projet controversé, et d'orchestrer une campagne médiatique contre lui pour le mettre sous pression et le contraindre à ajouter des logements, à assouplir les règles, pour plus de rentabilité. Dans la presse, l'emploi du terme « Monktowns[1] » pour désigner des communautés austères, d'une simplicité toute monastique, est devenu une plaisanterie récurrente.

« Tu te souviens de ce que tu m'as dit quand tu m'as reçue pour l'entretien ? Que je devrais m'adresser à tes clients, pour leur parler de mon expérience dans cette maison. Eh bien, je serais ravie de le faire, si ça peut t'aider.

— Merci. Mais j'ai déjà tous tes résultats. »

Il brandit une liasse de feuilles.

« D'ailleurs, à ce sujet, Jane. Housekeeper indique que tu as cherché des informations sur Emma Matthews.

— Oh. Une ou deux fois peut-être, oui. »

En vérité, j'ai effectué la plupart de mes recherches au travail, ou en utilisant le Wi-Fi des voisins, mais parfois, tard le soir, j'ai manqué de prudence et ai utilisé la connexion Internet du One Folgate Street.

« Ça t'embête ?

— Je pense que ça ne peut déboucher sur rien de bon, voilà tout. Le passé, c'est terminé. Oublie tout ça, d'accord ?

1. Jeu de mot sur le nom de Monkford, *monk* signifiant « moine ».

— Si tu veux.

— Promets-le-moi. »

Son ton est doux, mais son regard pénétrant.

« Je te le promets.

— Merci. »

Il dépose un baiser sur mon front. « Je serai absent quelques semaines, peut-être un peu plus. Mais je saurai me faire pardonner à mon retour. »

Avant : EMMA

Au travail, je lance une recherche sur « Elizabeth Monkford » et stocke les images sur le bureau de mon ordinateur. Je ne suis pas étonnée de découvrir que l'épouse d'Edward me ressemblait un peu. Les hommes choisissent souvent le même type de femmes. Et réciproquement, bien sûr. Mais les femmes s'intéressent généralement moins à la ressemblance physique qu'à la personnalité.

Simon était une aberration, je m'en aperçois désormais. Les hommes qui m'attirent véritablement, ce sont les hommes comme Edward. Des mâles alpha.

J'examine attentivement les photos. Elizabeth Monkford avait les cheveux plus courts que moi. Cela lui donne un petit côté français, garçon manqué.

Je me rends aux toilettes et, plantée devant la glace, je relève ma frange d'une main et, de l'autre, je cache mes cheveux dans mon cou. J'aime bien. Ça fait un peu Audrey Hepburn. Et ça mettra le collier en valeur.

Je sens mes genoux flageoler en me demandant si ça plaira à Edward également.

S'il déteste, s'il se met en colère, j'aurai au moins provoqué une réaction.

Et s'il se met vraiment *en colère ?* murmure une voix en moi.

Oui, s'il te plaît, papa.

Je tourne la tête à droite et à gauche. Mon cou paraît plus délicat et ça me plaît bien. Edward pourra l'enserrer dans sa main. Je distingue encore les marques laissées par ses doigts, l'autre soir.

Je suis en train de m'admirer devant la glace quand Amanda entre dans les toilettes. Elle m'adresse un sourire, mais semble fatiguée, tendue. Je laisse retomber mes cheveux. « Ça va ? je demande.

— Non, pas trop », dit-elle.

Elle s'asperge le visage d'eau.

« Le problème quand on travaille dans la même boîte que son mari, soupire-t-elle, c'est qu'il n'y a aucune échappatoire quand ça merde de tous les côtés.

— Que s'est-il passé ?

— Oh, toujours pareil. Il me trompe. Une fois de plus. »

Elle se met à pleurer et arrache plusieurs serviettes en papier du distributeur pour se tamponner les yeux.

« Il te l'a dit ?

— Je n'ai pas besoin qu'il me le dise. La première fois où j'ai couché avec lui, il était encore marié avec Paule. J'aurais dû me douter qu'il ne serait jamais fidèle. »

Elle se regarde dans la glace et tente de réparer les dégâts.

« Il sort en boîte avec Simon, dit-elle. Mais je suppose que tu le savais déjà. Depuis que vous vous êtes séparés, Saul rêve de retrouver sa liberté de célibataire. Le plus ironique, dans tout ça, c'est que Simon, lui, ne pense qu'à une seule chose : revenir avec toi. »

Elle croise mon regard dans la glace. « J'imagine que ça n'arrivera pas, hein ? »

Je fais non de la tête.

« Dommage. Il t'adore, tu sais.

— Le problème, dis-je, c'est que j'en avais marre d'être adorée. Par une lavette comme Simon, en tout cas. Que vas-tu faire, pour Saul ? »

Elle hausse les épaules d'un air abattu.

« Rien, je suppose. Pas dans l'immédiat en tout cas. Ce n'est pas comme s'il avait une liaison. Je suis sûre que ce sont uniquement des coups d'un soir, quand il a trop bu. Sans doute pour prouver à Simon qu'il peut encore se taper des filles, lui aussi. »

À l'idée que Simon puisse coucher avec d'autres femmes, je sens tout à coup un pincement de jalousie. Je repousse ce sentiment. Il n'était pas fait pour moi.

« Quand va-t-on enfin rencontrer Edward ? demande Amanda. Je suis impatient de voir s'il est aussi formidable que tu le dis.

— Pas tout de suite. Il part demain. Pour s'occuper de l'énorme projet qu'il a lancé dans les Cornouailles. C'est notre dernière soirée avant son départ.

— Vous avez prévu quelque chose de spécial ?

— Oui, en quelque sorte, dis-je. Je vais me faire couper les cheveux. »

Maintenant : JANE

En l'absence d'Edward, ce devrait être différent. Mais en réalité, il y a tellement de lui dans cette maison que je sens sa présence même quand il n'est pas là.

Néanmoins, c'est agréable de pouvoir poser un livre quelque part pendant que je cuisine, puis le reprendre ensuite pour lire en mangeant. De pouvoir piocher dans une corbeille de fruits posée sur le comptoir du « réfectoire ». Agréable également de traîner en tee-shirt, sans soutien-gorge, libérée de la nécessité de veiller à ce que moi-même ou le One Folgate Street soyons impeccables, en permanence.

Il m'a laissé trois sets de couverts pour que je les essaie : le Piano 98, dessiné par Renzo Piano, le Citterio 98, signé Antonio Citterio, et le Caccia de Luigi Caccia Dominioni et des frères Castiglioni. Je suis flattée qu'il m'invite à participer de cette manière, mais je devine que c'est également une sorte de test, pour voir si mon jugement coïncide avec le sien.

Peu à peu, je prends conscience qu'une chose me tracasse. De même qu'Edward ne peut faire abstraction d'une petite cuillère qui traîne ou d'une pile de livres qui n'est pas parfaitement droite, mon esprit conscient, ordonné, refuse d'ignorer le mystère de la mort d'Emma Matthews.

Je fais de mon mieux pour résister. J'ai promis. Mais la démangeaison mentale devient de plus en plus insistante. En outre, cette promesse qu'il m'a arrachée ignore le fait que ce mystère est un obstacle à notre intimité, à la perfection paisible de notre existence commune. Franchement, à quoi bon choisir la fourchette parfaite – et pour le moment, je penche en faveur des courbes sensuelles, lourdes, des couverts de Piano – si cette ombre monstrueuse, désordonnée, venue du passé plane au-dessus de nous ?

La maison veut que je sache, me dis-je, mais secrètement. Et une fois que j'aurai enterré ces fantômes, je ne les réveillerai plus jamais. Je ne parlerai même pas à Edward de ce que j'ai découvert.

Carol Younson a qualifié Edward de sociopathe narcissique. Je commence donc par rechercher ce que cela signifie réellement. D'après les différents sites de psychologie que je consulte, un sociopathe se caractérise par :

- *Un charme superficiel*
- *Le sentiment que tout lui est dû*
- *Des mensonges pathologiques*

Il :

- *S'ennuie vite*
- *Se montre manipulateur*
- *N'éprouve pas de remords*
- *Possède une palette d'émotions réduite*

Les individus souffrant de troubles narcissiques :

- *Se croient supérieurs aux autres*
- *Insistent pour toujours avoir ce qu'il y a de mieux*
- *Sont égocentriques et vantards*
- *Tombent amoureux facilement, placent l'être aimé sur un piédestal, puis le critiquent tout aussi facilement*

Tout cela est faux, me dis-je. Certes, Edward est différent, mais parce qu'il poursuit un but, pas parce qu'il se sent supérieur aux autres. Sa confiance en lui ne l'amène pas à se vanter ou à essayer d'attirer l'attention. Et je ne pense pas qu'il mente. L'intégrité est une chose très, très importante à ses yeux.

La première liste est plus proche de la réalité, mais là encore ça ne colle pas. Le côté réservé d'Edward, son manque de disponibilité, seraient la preuve d'une absence de sentiments. En réalité, je ne le crois pas. Ayant vécu avec lui, même peu de temps, je dirais qu'il est plutôt…

Je cherche les mots qui conviennent le mieux.

On dirait qu'il est renfermé. Qu'il a souffert autrefois et a réagi en se réfugiant derrière des barrières, dans un monde parfait, ordonné, qu'il a lui-même créé.

Est-ce que ça vient de son enfance ?

De la mort de sa femme et de son fils ?

Ou même de la mort d'Emma Matthews ?

Ou s'agit-il de tout autre chose, que je n'ai pas encore deviné ?

Quelle que soit la raison, je suis surprise que Carol puisse se tromper à ce point au sujet d'Edward. Mais évidemment, elle ne l'a jamais rencontré. Elle se fie à ce que lui a raconté Emma.

Ce qui signifie qu'Emma se trompait, elle aussi, au sujet d'Edward. Ou que, l'idée me vient subitement, Emma a délibérément trompé sa psy. Mais dans quel but ?

Je prends mon téléphone et cherche un numéro.

« Hampstead Immobilier, j'écoute, dit la voix de Camilla.

— Camilla, c'est Jane Cavendish. »

Un court silence, le temps qu'elle me remette.

« Oh, bonjour, Jane. Tout va bien ?

— Très bien. Mais je viens de découvrir dans le grenier de la maison des affaires qui ont peut-être appartenu à Emma Matthews. Auriez-vous, par hasard, les coordonnées de l'homme avec qui elle avait emménagé ici, Simon Wakefield ?

— Ah. (Camilla semble circonspecte.) Je vois que vous êtes au courant de… l'accident d'Emma. En fait, nous avons récupéré le One Folgate Street juste après. L'agence qui s'en occupait a perdu le contrat après l'enquête. Je n'ai donc aucune information sur les locataires précédents.

— Qui était l'agent à cette époque ?

— Mark Howarth, de l'agence Howarth & Stubbs. Je peux vous envoyer son numéro par SMS.

— Merci. » Quelque chose me pousse à ajouter : « Camilla… Vous dites que votre agence a repris le One Folgate Street il y a trois ans. Combien de locataires ont vécu ici depuis ce temps-là ?

— À part vous ? Deux.

— Pourtant, vous disiez que la maison était restée vide pendant presque un an.

— C'est exact. La première locataire était une infirmière : elle a tenu quinze jours. La deuxième, trois mois. Un matin, en arrivant à l'agence, j'ai découvert le chèque du loyer sous la porte, accompagné d'un mot disant que si elle restait un jour de plus, elle allait devenir folle.

— C'étaient deux femmes ?

— Oui. Pourquoi ?

— Vous ne trouvez pas ça bizarre ?

— Non, pas vraiment. Enfin, pas plus que tout le reste dans cette maison. Mais je suis contente que *vous* alliez bien… »

Elle laisse sa phrase en suspens comme si elle m'invitait à contredire cette affirmation. Je ne dis rien.

« Bon, eh bien, au revoir, Jane. »

Avant : EMMA

Il part à contrecœur. Le sac de voyage Swaine Adeney attend sur la table de pierre pendant qu'il prend un dernier petit déjeuner.

« Ce ne sera pas long, dit-il. Et je reviendrai passer une nuit ou deux ici dès que je le pourrai. »

Il balaie du regard une dernière fois les espaces nus et pâles de la maison. « Je penserai à toi », dit-il. Il pointe le doigt sur moi. « Habillée de cette façon. Vivant de cette façon. Conformément à l'esprit dans lequel cette maison a été conçue. »

Je porte une de ses chemises Comme des Garçons et un de ses boxer-shorts noirs. Et je trouve que ça me va bien. Maison minimaliste, vêtements minimalistes.

« Je deviens un peu obsédé par toi, Emma, ajoute-t-il.

— Un peu seulement ?

— Cette séparation nous fera peut-être du bien.

— Pourquoi ? Tu ne veux pas être obsédé par moi ? »

Ses yeux se posent dans mon cou, sur ma nouvelle coupe de cheveux courte, presque trop courte pour qu'il puisse les attraper quand il me baise.

« Mes obsessions ne sont jamais saines », dit-il tout bas.

Après son départ, j'allume mon ordinateur.

Il est temps d'en savoir davantage sur le mystérieux M. Monkford.

En fait, la façon dont il a réagi la veille au soir, en découvrant ma coupe de cheveux, m'a donné une idée. Une idée tellement folle que j'ai du mal à y croire moi-même.

« Monsieur Ellis ? Tom Ellis ? »

En entendant ma voix, un homme se tourne vers moi. Il porte un costume, un casque jaune et affiche un air désapprobateur.

« Vous êtes sur un chantier, dit-il. Vous n'avez pas le droit d'entrer.

— Je m'appelle Emma Matthews. J'ai appelé votre bureau, on m'a dit que je pourrais vous trouver ici. Je veux juste vous dire un mot.

— À quel sujet ? Barry, je vous rejoins tout de suite », dit-il à l'homme avec qui il parlait. Celui-ci hoche la tête et retourne à l'intérieur d'un des bâtiments inachevés.

« Edward Monkford », dis-je.

Il se raidit.

« Eh bien, quoi ?

— J'essaie de découvrir ce qui est arrivé à sa femme. Car je crois qu'il pourrait m'arriver la même chose. »

J'ai réussi à attirer son attention. Il m'entraîne dans un café situé près du chantier, un vieux boui-boui où des ouvriers portant des gilets fluorescents avalent des assiettes d'œufs sur le plat et de haricots.

Retrouver la trace du quatrième membre fondateur de l'Association Monkford n'a pas été facile. J'ai fini par dénicher sur Internet un vieil article d'*Architect's Journal* qui annonçait la naissance de l'Association. Quatre jeunes diplômés posaient avec assurance sur une vieille photo en noir et blanc au grain épais. Déjà à l'époque, il était évident qu'Edward s'imposait comme le leader naturel. Les bras croisés, impassible, il était flanqué d'Elizabeth et d'un David Thiel beaucoup plus mince, reconnaissable à sa queue-de-cheval. Tom Ellis était à droite, un peu à l'écart des trois autres ; lui seul souriait à l'objectif.

Il est allé nous chercher des tasses de thé au comptoir et a versé deux cuillerées de sucre dans la sienne. Je sais que la photo d'*Architect's Journal* a été prise il y a moins de dix ans. Pourtant, il a énormément changé. Il est plus massif, plus gros, dégarni.

« En temps normal, je ne parle jamais d'Edward Monkford, déclare-t-il. Ni d'aucun membre de l'Association, d'ailleurs.

— Je sais, dis-je. Je n'ai pratiquement rien trouvé sur Internet. C'est pour ça que j'ai appelé votre bureau. Mais j'avoue que je ne m'attendais pas à découvrir que vous travailliez pour Townside Construction. »

L'actuel employeur de Tom Ellis est une gigantesque entreprise de bâtiment qui construit des lotissements de maisons presque toutes identiques destinées aux banlieusards.

« Je vois qu'Edward vous a bien dressée, répond-il sèchement.

— Que voulez-vous dire ?

— Townside construit des maisons abordables pour les gens qui veulent fonder une famille. Sur des terrains proches des moyens de transport, des écoles, des cabinets médicaux et des pubs. Avec des jardins pour les enfants et une bonne isolation pour réduire les factures de fioul. Elles ne remportent peut-être pas des prix d'architecture, mais les gens y sont heureux. Où est le mal ?

— Vous aviez des divergences de vues avec Edward, dis-je. C'est pour cette raison que vous avez quitté l'Association ? »

Après un moment d'hésitation, Tom Ellis secoue la tête.

« Il m'a obligé à partir.

— Comment ?

— De mille manières. En critiquant tout ce que je proposais. En ridiculisant mes idées. C'était déjà pénible avant le décès d'Elizabeth, mais quand il est revenu de son congé sabbatique, alors qu'elle n'était plus là pour le refréner, il s'est transformé en monstre.

— Il avait le cœur brisé, dis-je.

— Le cœur brisé, répète Ellis. Oui, bien sûr. C'est le grand mythe qu'Edward Monkford a savamment tissé, n'est-ce pas ? Le génie tourmenté qui a perdu l'amour de sa vie et qui est devenu, à cause de cela, un architecte minimaliste.

— Vous pensez que ce n'est pas vrai ?

— Je *sais* que ce n'est pas vrai. »

Tom Ellis m'observe comme s'il se demandait s'il devait continuer. Finalement, il dit :

« Edward aurait conçu ses petites cellules vides dès le début si nous l'avions laissé faire. C'est Elizabeth qui le retenait, et comme je la soutenais, il était en minorité. David, lui, ne s'intéressait qu'au côté technique. Nous étions proches l'un de l'autre, Elizabeth et moi. Nous voyions les choses de la même manière. Les premiers projets de l'Association reflétaient cette approche.

— Qu'entendez-vous par "proches" ?

— Très proches. Cela veut dire, je suppose, que j'étais amoureux d'elle. »

Tom Ellis m'observe.

« Vous lui ressemblez un peu, d'ailleurs. Mais j'imagine que vous le savez déjà ? »

Je hoche la tête.

« Je n'ai jamais avoué à Elizabeth ce que j'éprouvais pour elle, ajoute-t-il. Jusqu'à ce qu'il soit trop tard, du moins. Je pensais que la situation deviendrait compliquée si elle ne partageait pas les mêmes sentiments, étant donné que nous collaborions étroitement. Bien entendu, ce n'est pas ça qui a découragé Edward.

— Si Edward la désirait, il le lui aura fait savoir, dis-je.

— S'il a séduit Elizabeth, c'était uniquement pour me la voler, déclare Ellis d'un ton cassant. C'était une question de pouvoir et de contrôle. Comme toujours avec lui. En l'incitant à tomber amoureuse de lui, il a gagné une alliée et j'en ai perdu une. »

Je fronce les sourcils.

« Vous croyez que c'était pour des raisons *architecturales* ? Il l'aurait épousée pour être sûr que l'Association réalise le genre de bâtiments qu'il souhaitait ?

— Je sais que ça peut sembler fou, répond-il. Mais Edward *est* fou, en un sens.

— Vous êtes impitoyable. »

Ellis émet un rire qui sonne faux.

« Vous ne savez pas la moitié de l'histoire.

— Mais la première maison construite par l'Association, One Folgate Street, devait être très différente au départ, fais-je remarquer.

— En effet. Parce que Elizabeth s'est retrouvée enceinte. Cela ne faisait absolument pas partie des plans d'Edward. Soudain, voilà qu'elle voulait une vraie maison familiale, avec deux chambres et un jardin. Des portes pour ménager un peu d'intimité, et non pas de grands espaces ouverts. Ils se sont disputés… c'est rien de le dire ! Quand on voyait Elizabeth, on croyait avoir affaire à une femme adorable et douce, mais elle était aussi entêtée qu'Edward, à sa manière. C'était une femme hors du commun. »

Il hésite de nouveau. Puis :

« Un soir, avant la naissance de Max, je l'ai trouvée en larmes à l'agence. Elle m'a avoué qu'elle n'avait pas le courage de rentrer et de le retrouver, ils étaient très malheureux ensemble. Edward était incapable d'accepter le moindre compromis, disait-elle. »

Le regard de Tom Ellis se perd dans le vague.

« Je l'ai serrée dans mes bras, ajoute-t-il. Je l'ai embrassée. Elle m'a arrêté. C'était une femme honnête, jamais elle n'aurait agi dans le dos d'Edward. Mais elle avait une décision à prendre, m'a-t-elle dit.

— Devait-elle le quitter ou pas, c'est ça ?

— Le lendemain, elle m'a demandé d'oublier ce qui s'était passé ; c'étaient les hormones qui la mettaient dans cet état, disait-elle. Certes, Edward pouvait se montrer difficile, mais elle était bien décidée à sauver son mariage. Et sans doute l'avait-elle convaincu de faire des concessions, car les derniers plans de la maison étaient parfaits. Plus que parfaits même. La maison était magnifique. Elle utilisait à merveille tout l'espace. Elle n'aurait pas remporté de prix, sans doute même n'était-elle pas susceptible de faire connaître mondialement l'Association. Les réalisations architecturales confortables et bien conçues ne sont jamais récompensées. Pourtant, ils y auraient été heureux tous les trois. »

Il s'interrompt. Puis lâche :

« Mais Edward avait d'autres idées.

— C'est-à-dire ?

— Savez-vous comment est morte Elizabeth ? »

Je secoue la tête.

« Max et elle ont été tués à cause d'une pelleteuse à l'arrêt qui a percuté une colonne de blocs de béton, près de l'endroit où ils se trouvaient. Au cours de l'enquête, il a été suggéré que les blocs étaient en équilibre précaire et que la pelleteuse était garée en pente, sans frein à main. J'ai parlé au contremaître. Il m'a assuré que les blocs de béton étaient stables et que la pelleteuse était garée correctement quand il avait quitté le chantier le vendredi après-midi. L'accident a eu lieu le lendemain.

— Où était Edward ?

— À l'autre extrémité du chantier, en train de vérifier l'avancement des travaux. Du moins, c'est ce qu'il a dit lors de l'enquête.

— Et le contremaître ? Il a témoigné ?

— Il a mis de l'eau dans son vin. Il a expliqué que des squatteurs dormaient sur le chantier et qu'ils avaient peut-être déplacé la pelleteuse. Il ne faut pas oublier qu'il travaillait toujours pour Edward.

— Vous vous souvenez de son nom ?

— John Watts, de chez Watts and Sons. Une entreprise familiale.

— Soyons clairs, dis-je. Vous pensez qu'Edward a tué sa femme et son fils pour la simple raison qu'ils l'empêchaient de construire la maison de ses rêves ? »

Je dis cela comme si je prenais Tom Ellis pour un fou, comme si c'était une idée tellement grotesque que personne ne pouvait y croire. Pourtant, j'y crois. En tout cas, je sais qu'Edward est capable de tout quand il décide de faire quelque chose.

« Vous avez dit *la simple raison*, souligne Ellis. Pour Edward Monkford, il n'y a pas de *simple raison*. Pour lui, rien n'est plus important que de suivre son idée. Oh, je suis sûr qu'il aimait Elizabeth, à sa manière. Mais je ne pense pas qu'il tenait à elle, si vous voyez ce que je veux dire. Savez-vous qu'il existe une variété de requins si cruels que les embryons s'entredévorent dans l'utérus ? Dès qu'ils ont leurs premières dents, ils se battent entre eux jusqu'à ce que seul le plus fort réussisse à naître. Edward est comme ça. Il ne peut pas s'en empêcher. Celui qui le défie sera détruit par lui.

— Avez-vous raconté tout ça à la police ? »

Tom Ellis a le regard d'un homme hanté. « Non, avoue-t-il.

— Pourquoi ?

— Après l'enquête, Edward a disparu. Plus tard, on a appris qu'il vivait au Japon. Il n'exerçait même pas son métier d'architecte, il vivait de petits boulots. David et moi pensions ne jamais le revoir.

— Mais il est revenu, dis-je.

— Oui. Un jour, il a débarqué à l'agence comme si de rien n'était, et il nous a annoncé que, dorénavant, l'Association allait suivre une nouvelle voie. Il a habilement présenté la chose à David comme un grand projet de fusion entre la simplicité visuelle et les nouvelles technologies, et il l'a convaincu que je constituais un obstacle. C'était sa façon de se venger parce que j'avais pris le parti d'Elizabeth contre lui.

— Donc, pendant son absence, dis-je, vous n'avez pas voulu provoquer de scandale parce que vous pensiez que l'Association vous appartenait désormais. Voilà pourquoi vous n'avez rien dit. »

Tom Ellis hausse les épaules.

« C'est une interprétation.

— J'ai l'impression que vous essayiez de tirer profit du talent d'Edward.

— Pensez ce que vous voulez. J'ai accepté de vous parler parce que vous disiez avoir peur.

— Je n'ai pas dit que j'avais peur. Je suis curieuse, c'est tout.

— Bon sang. Vous êtes amoureuse de lui vous aussi, hein ? dit Ellis d'un ton acerbe en me foudroyant du regard. Comment fait-il ? Comment s'y prend-il pour hypnotiser des femmes telles que vous ? Je vous apprends qu'il a tué son épouse et son fils, et vous n'êtes même pas dégoûtée. On dirait presque que ça vous excite, que ça en fait une sorte de génie à vos yeux. Alors qu'en réalité c'est un bébé requin dans le ventre de sa mère. »

Maintenant : JANE

Je dois poursuivre mon travail de détective pour retrouver Simon Wakefield. Je parviens à m'entretenir avec Mark, l'agent immobilier qui gérait le One Folgate Street avant Camilla ; hélas, lui non plus ne sait pas comment joindre l'ex-petit ami d'Emma.

« Mais si jamais vous avez l'occasion de lui parler, saluez-le de ma part, dit-il. C'est moche, ce qui lui est arrivé.

— La mort d'Emma, vous voulez dire ?

— Oui. Bien sûr. Mais même avant cela, le cambriolage dans leur appartement précédent, et tout le reste.

— Ils ont été cambriolés ? Je ne le savais pas.

— C'est pour ça qu'ils voulaient emménager au One Folgate Street au départ, pour une question de sécurité. »

Après un court silence, il ajoute :

« C'est ironique, quand on y pense. Mais Simon aurait fait n'importe quoi pour Emma. Il n'était pas très chaud pour vivre dans cette maison, mais dès qu'Emma a eu dit que ça lui plaisait, c'était décidé. La police m'a demandé si j'avais repéré des signes suggérant qu'il pouvait se montrer violent envers elle. Impossible, je leur ai répondu. Il l'adorait. »

Il me faut un petit moment pour comprendre ce qu'il est en train de dire. « Attendez… La police pensait que Simon aurait pu tuer Emma ?

— Ils ne l'ont pas formulé aussi clairement. Mais ils m'ont contacté après le décès, il a fallu que je laisse entrer les gens de la police scientifique, et ainsi de suite, et à force, j'ai lié connaissance avec l'inspecteur chargé de l'enquête. C'est lui qui m'a interrogé au sujet de Simon. Apparemment, Emma affirmait qu'il l'avait frappée. »

Il baisse la voix.

« De vous à moi, je me suis toujours méfié de cette fille. Il n'y en avait que pour elle, si vous voyez ce que je veux dire. Elle faisait son cinéma. J'ai l'impression que Simon n'avait pas voix au chapitre. »

Mark n'avait pas ses coordonnées, mais il se souvenait d'où travaillait Simon, et cela m'a suffi pour retrouver sa trace sur LinkedIn. Le magazine qui l'employait a cessé de paraître, mais comme la plupart des journalistes free-lance, il prend soin de diffuser son profil et son CV. Néanmoins, j'hésite à le contacter. Certes, il a déposé des fleurs pour Emma devant la porte du One Folgate Street, mais d'après ce que m'a raconté Mark, on l'a également suspecté de l'avoir tuée. Est-ce vraiment raisonnable de le questionner au sujet de ce qui s'est passé ?

Je me promets d'être prudente. Je ferai attention à ne pas trop le presser, à ce qu'il ne se sente menacé en aucune façon. Je lui ferai croire que je cherche seulement à m'excuser d'avoir cru que ses hommages floraux m'étaient destinés.

Je lui envoie un e-mail banal, afin de savoir s'il accepterait de bavarder avec moi. Je reçois une réponse presque aussitôt : il en serait ravi et me suggère le Costa Café à Hendon.

Je suis en avance, lui aussi. Il est habillé à peu près de la même manière que le jour où je l'ai vu devant le One Folgate Street : polo, pantalon de toile et chaussures à la mode, la panoplie chic-décontractée du Londonien travaillant dans les médias. Il a un visage agréable, franc, mais son regard est inquiet lorsqu'il s'assoit face à moi, comme s'il savait que ça allait être difficile.

« Alors, vous êtes devenue curieuse, dit-il, une fois les véritables présentations faites. Ça ne m'étonne pas.

— Perplexe, plus exactement. Toutes les personnes que j'interroge semblent avoir une thèse différente concernant la mort d'Emma. Sa psy, par exemple, pense qu'Emma s'est suicidée parce qu'elle souffrait de dépression. »

Je décide de jouer cartes sur table.

« Et j'ai entendu dire que la police vous avait interrogé, vous aussi, suite à certaines accusations formulées par Emma. C'était quoi, cette histoire ?

— Je ne sais pas. Ou plutôt, je ne sais pas pourquoi elle a dit ça, ni même si elle l'a vraiment dit. »

Il me regarde droit dans les yeux et ajoute, en insistant sur chaque mot :

« Je vénérais le sol sur lequel elle marchait. »

En venant ici, je me suis juré d'être prudente, de ne pas prendre pour argent comptant tout ce que me dirait cet homme ; malgré cela, je le crois.

« Parlez-moi d'elle. »

Simon soupire lentement.

« Que dire de la personne qu'on aime ? J'avais de la chance de l'avoir, je l'ai toujours su. Elle a fait ses études dans une école privée, puis dans une bonne fac. Et elle était belle, très belle. Des dénicheurs de mannequins l'abordaient sans cesse. »

Il me jette un petit regard honteux.

« Vous lui ressemblez un peu, d'ailleurs.

— Oui, on me l'a déjà dit.

— Mais vous n'avez pas son… »

Il fronce les sourcils, à la recherche du mot qui convient, et je sens qu'il a peur de me froisser.

« … Son éclat. Ce qui lui valait toutes sortes d'ennuis, soit dit en passant. Elle était toujours très chaleureuse, et les hommes pensaient qu'ils pouvaient l'aborder sans se faire envoyer sur les roses. Comme je l'ai dit à la police : les seules fois où Emma m'a vu être menaçant, c'est quand un crétin refusait de lui foutre la paix. Dans ces moments-là, elle m'adressait un regard pour me faire signe d'intervenir.

— Alors, pourquoi aurait-elle déclaré que vous l'aviez frappée ?

— Aucune idée. À l'époque, j'ai cru que la police avait inventé ça pour me déstabiliser, en me faisant croire qu'ils savaient un tas de choses sur moi. Mais pour être honnête, ils se sont excusés et m'ont relâché rapidement. Je pense qu'ils agissaient machinalement. La plupart des meurtres sont commis par une personne proche de la victime, n'est-ce pas ? Alors, ils embarquent l'ex-petit ami systématiquement. »

Il reste muet un instant. Puis :

« Sauf qu'ils se sont trompés d'ex. Je n'ai pas arrêté de leur répéter qu'ils devraient plutôt interroger Edward Monkford. »

Je sens des picotements dans la nuque.

« Pourquoi donc ?

— Comme par hasard, Monkford était absent pendant la période qui a suivi la mort d'Emma, il se trouvait à l'étranger, pour s'occuper d'une grosse commande. Mais je resterai toujours persuadé que c'est lui qui l'a tuée.

— Pourquoi aurait-il fait ça ?

— Parce qu'elle avait rompu avec lui. »

Simon se penche vers moi, son regard est intense.

« Une semaine avant sa mort environ, elle m'a avoué qu'elle avait commis une terrible erreur ; elle avait découvert qu'Edward Monkford était un tyran manipulateur qui voulait tout contrôler. Elle m'a dit également, et je trouve ça ironique, étant donné qu'il lui interdisait de posséder quoi que ce soit, qu'il la traitait comme un accessoire, un objet destiné à embellir sa maison. Il ne supportait pas qu'elle puisse penser par elle-même ou faire preuve d'indépendance.

— Mais on ne tue pas une personne parce qu'elle pense par elle-même.

— Emma disait qu'il avait totalement changé avec le temps. Et quand elle a rompu, il est devenu comme fou. »

J'essaie d'imaginer Edward devenant fou. En effet, il m'est arrivé, plusieurs fois, de sentir la passion bouillonner sous ce calme extraordinaire, un maelström d'émotions solidement contenu. Sa colère contre le poissonnier, par exemple. Mais ça ne dure jamais très longtemps. Je ne reconnais pas le tableau que brosse Simon.

« Et puis, il y a autre chose, dit-il. Une autre raison qui a pu le pousser à tuer Emma. »

J'essaie de me reconcentrer.

« Je vous écoute.

— Emma a découvert qu'il avait assassiné sa femme et leur jeune fils.

— Hein ? Quoi ?

— Sa femme lui tenait tête, elle l'avait obligé à revoir ses plans pour le One Folgate Street. Défi et indépendance, là encore. Edward Monkford est pathologiquement incapable de supporter l'un ou l'autre, j'ignore pourquoi.

— Avez-vous raconté tout ça à la police ?

— Évidemment. Ils m'ont répondu que ce n'était pas suffisant pour reprendre le dossier. Et ils m'ont déconseillé de réitérer les accusations que j'avais formulées lors de l'enquête, je risquais d'être condamné pour diffamation. Bref, ils ont préféré fermer les yeux. »

Il passe sa main dans ses cheveux.

« Depuis, j'ai mené quelques recherches de mon côté, pour rassembler des preuves. Mais même pour un journaliste, pas facile d'aller très loin quand on ne possède pas les moyens de la police. »

L'espace d'un instant, je ressens une vague de compassion pour Simon. Un garçon gentil, solide, insipide, qui n'en revient pas d'avoir décroché une fille trop bien pour lui. Et puis, par une succession d'événements imprévus, elle a été obligée de choisir entre lui et Edward Monkford. Il n'y avait pas photo. Pas étonnant qu'il ait du mal à tirer un trait. Pas étonnant qu'il se soit convaincu qu'un complot ou un secret se cachait derrière la mort d'Emma.

« Si elle n'était pas morte, nous nous serions remis ensemble, ajoute-t-il. J'en suis persuadé. Même si notre séparation a été compliquée. Je me souviens encore de la fois où elle voulait me faire signer des papiers. J'y suis allé pour essayer de la récupérer, mais j'avais un peu bu et j'ai mal géré la situation. Je crois que j'étais déjà jaloux de Monkford. Je savais que j'avais du pain sur la planche pour me racheter. Avant toute chose, je devais la convaincre de quitter cette horrible maison. Et elle était d'accord, sur le principe du moins, mais il y avait des problèmes avec le bail, des sortes de pénalités d'annulation. Si elle avait pu partir, sans doute serait-elle encore vivante aujourd'hui.

— Cette maison n'est pas horrible. Je suis navrée que vous ayez perdu Emma, mais vous ne pouvez pas accuser le One Folgate Street.

— Un jour, vous verrez que j'ai raison. »

Simon me regarde droit dans les yeux et demande :

« Il est passé à l'attaque ?

— Que voulez-vous dire ?

— Monkford. Tôt ou tard, il va vous faire des avances. Si ce n'est pas déjà fait. Et ensuite, il vous lavera le cerveau à vous aussi. C'est sa façon de faire. »

Quelque chose, peut-être le fait de savoir que si j'avoue que nous sommes amants, cela renforcera Simon dans son idée que toutes les femmes craquent pour Edward, m'incite à demander :

« Qu'est-ce qui vous fait croire que je dirai oui ?

— Tant mieux. Si en parlant d'Emma je peux arracher une seule personne aux griffes de ce salopard, ça en vaut la peine. »

Le café se remplit. Un homme vient s'asseoir à la table voisine, avec un sandwich toasté à la saucisse et aux oignons. Une désagréable odeur de pâte mal cuite et d'oignons brûlés flotte vers nous.

« Ce sandwich empeste, dis-je.

— Je ne sens rien, dit Simon. Alors, qu'allez-vous faire maintenant ?

— Pensez-vous qu'Emma ait pu exagérer ? Je continue à trouver bizarre qu'elle vous ait raconté toutes ces choses au sujet d'Edward Monkford, et tout aussi bizarre qu'elle vous ait dénoncé à la police. »

J'hésite.

« Quelqu'un m'a dit à propos d'Emma qu'elle aimait être au centre de l'attention. Parfois, ces gens-là éprouvent le besoin de se sentir importants. Quitte à inventer des choses. »

Il secoue la tête.

« Emma aimait se sentir à part, c'est vrai. Mais elle l'était. Je pense que c'est une des raisons pour lesquelles le One Folgate Street lui plaisait tant, d'ailleurs. Il n'y avait pas que le sentiment de sécurité, c'était un endroit très différent. Mais si vous pensez que cela faisait d'elle une sorte de fabulatrice… vous avez tort. »

Il paraît agacé.

« OK, dis-je. Oubliez ça.

— Vous permettez ? »

Une femme tenant un gros sandwich à la main montre la chaise vide à côté de nous. Simon hoche la tête, à contrecœur. J'ai l'impression qu'il aimerait continuer à parler d'Emma toute la journée. Lorsque la femme s'assoit, je perçois l'odeur écœurante des champignons frits. Ça sent le chien mouillé et les draps sales.

« La nourriture est vraiment dégoûtante ici, dis-je, tout bas. Je ne sais pas comment on peut manger ça. »

Simon me lance un regard noir.

« Vous auriez préféré qu'on se retrouve dans un endroit plus chic, je suppose. Plus dans votre genre.

— Non, ce n'est pas ça. »

Je note mentalement que Simon fait un complexe.

« J'aime bien les Costa, d'habitude. Mais je trouve que celui-ci pue, c'est tout.

— Moi, ça ne me gêne pas. »

Je me lève, nauséeuse, impatiente de prendre l'air.

« Merci d'avoir accepté de me rencontrer, Simon. »

Il se lève à son tour.

« Pas de problème. Tenez, prenez ma carte. Vous me contacterez si vous découvrez autre chose ? Et donnez-moi votre numéro, s'il vous plaît. Au cas où ?

— Au cas où ?

— Si je trouve enfin la preuve qu'Edward Monkford est réellement un meurtrier. Dans ce cas, j'aimerais bien pouvoir vous prévenir. »

De retour au One Folgate Street, je monte directement dans la salle de bains et me déshabille devant la glace. Quand je palpe mes seins, ils sont gonflés et sensibles. Mes mamelons ont légèrement bruni, et il y a de petites bosses autour des aréoles, comme si j'avais la chair de poule.

Mes règles ne doivent arriver que dans une semaine, un test ne sera donc pas fiable. De toute façon, je n'en ai pas vraiment besoin. L'hypersensibilité aux odeurs, les mamelons plus foncés, les petites bosses, dont j'avais appris, grâce à la sage-femme qui me suivait, qu'on appelait ça des tubercules de Montgomery… J'avais déjà connu tout ça quand j'étais enceinte.

9. *Je suis contrarié(e) quand les choses ne se passent pas comme je l'avais prévu.*

Oui ❍ ❍ ❍ ❍ ❍ *Non*

Avant : EMMA

« Cela fait bien longtemps que je ne vous ai pas vue, Emma, dit Carol.

— Oui, j'étais occupée, réponds-je en repliant mes jambes sous moi sur son canapé.

— La dernière fois que nous nous sommes parlé, vous veniez de demander à Simon de quitter la maison où vous habitiez. Et nous avons discuté du fait que les personnes ayant subi un traumatisme sexuel considéraient souvent que les grands bouleversements faisaient partie du processus de guérison. Eh bien, ces bouleversements ont-ils porté leurs fruits ? »

Évidemment, elle veut dire : *Avez-vous changé d'avis au sujet de Simon ?* Et je commence à m'apercevoir que, même si elle jure que son métier ne consiste pas à porter des jugements, ni à orienter nos séances vers telle ou telle conclusion, elle ne s'en prive pas.

« Je me suis lancée dans une nouvelle relation », dis-je.

Un silence.

« Et ça se passe bien ?

— C'est l'homme qui a dessiné la maison, le One Folgate Street. Franchement, après Simon, c'est un vrai bol d'air. »

Carol hausse les sourcils.

« Pourquoi dites-vous cela ?

— Simon est un garçon. Edward est un homme.

— Vous ne rencontrez plus les problèmes d'ordre sexuel que vous avez connus avec Simon ?

— Plus du tout. »

Je ne sais ce qui me pousse à ajouter :

« Toutefois, j'aimerais vous parler de quelque chose. Une chose très particulière.

— Bien sûr », dit-elle.

Je dois hésiter, car elle ajoute :

« Quoi que vous puissiez me dire, sachez que je l'ai déjà entendu de nombreuses fois, Emma.

— Je me surprends à avoir envie d'être dominée, dis-je.

— Je vois, dit-elle. Et ça vous excite ?

— Oui, je crois.

— Mais ça vous trouble également ?

— Je trouve ça… bizarre. Après ce qui s'est passé. Ça ne devrait pas être le contraire ?

— Tout d'abord, dites-vous bien qu'il n'y a pas de "devrait" ni de "ne devrait pas". Et cela n'a rien d'inhabituel. Dans l'ensemble de la population, un tiers des femmes environ avouent imaginer régulièrement des scénarios de domination. Sans oublier l'aspect purement physique, ajoute-t-elle. Ce que l'on appelle parfois le "transfert d'excitation". À partir du moment où vous avez connu une poussée d'adrénaline dans un contexte sexuel, il se peut que votre cerveau en réclame encore, inconsciemment. Ce que je veux dire, c'est qu'il n'y a aucune raison d'avoir honte. Ça ne signifie pas que vous aimeriez ça dans la vraie vie. Loin de là.

— Je n'ai pas honte, dis-je. Et j'aime ça dans la vraie vie. »

Carol ouvre de grands yeux.

« Vous avez concrétisé ces fantasmes ? »

Je hoche la tête.

« Avec Edward ? »

Même réponse.

« Vous avez envie de m'en parler ? »

Carol a beau affirmer qu'elle ne juge pas ses patients, elle paraît si mal à l'aise que je me surprends à en rajouter, uniquement pour la choquer.

« C'est curieux, conclus-je, mais quand je le mets en colère, je me sens plus puissante, d'une certaine façon.

— En tout cas, vous semblez beaucoup plus sûre de vous, Emma. Plus confiante dans vos choix. Mais je me demande si ces choix sont salutaires pour vous, à ce stade. »

Je fais semblant d'y réfléchir. « Je pense que oui », dis-je.

À l'évidence, ce n'est pas ce que Carol attendait en réponse à sa question si prudemment formulée.

« Le choix d'un partenaire quand on fait l'expérience de quelque chose de nouveau est très important, ajoute-t-elle.

— Je n'emploierais pas le terme "expérience", dis-je. C'est plutôt une découverte.

— Mais alors, si tout est si merveilleux, dit-elle calmement, pourquoi êtes-vous ici, Emma ? »

Bonne question.

« Nous en avons déjà parlé, reprend-elle. Les victimes de viol rejettent parfois la faute sur elles-mêmes, à tort. Elles ont le sentiment que ce sont elles qui méritent d'être punies, ou elles se dévalorisent. Je ne peux m'empêcher de me demander si ce n'est pas le cas ici. »

Elle a dit cela avec une telle sincérité que, l'espace d'un instant, je manque de m'effondrer.

« Et si je n'avais pas été violée ? dis-je. Si c'était une sorte de fantasme ? »

Elle fronce les sourcils.

« Je ne vous suis pas, Emma.

— Oubliez. Mais supposons que j'aie découvert quelque chose au sujet d'une certaine personne… et d'un crime qu'elle a commis ? Si je vous confiais ce que je sais, vous seriez obligée de le répéter à la police ?

— Si ce crime n'a pas encore été signalé, ou si votre preuve peut influer sur l'enquête, ça devient complexe. Comme vous le savez, les psychothérapeutes respectent le secret professionnel. Mais nous devons également respecter la loi. Dans le cas d'un conflit entre les deux, la loi l'emporte. »

Je reste muette. Je songe aux implications.

« Qu'est-ce qui vous tracasse, Emma ? » demande Carol avec douceur.

« Rien du tout », réponds-je et je lui adresse un grand sourire.

Maintenant : JANE

Un examen sanguin m'apporte la confirmation. Je ne le dis qu'à Mia, Beth et Tessa. Évidemment, Mia me demande aussitôt : « C'était prévu ? »

Je secoue la tête.

« Edward s'est un peu… emporté un soir.

– Monsieur Je-Contrôle-Tout s'est laissé emporter ? Je ne sais pas si je dois me sentir soulagée ou m'inquiéter : il est humain, finalement.

— C'était exceptionnel. D'ailleurs, on en a parlé ensuite. »

Mia doit penser que je fais allusion à l'absence de moyen de contraception. Je n'entre pas dans les détails.

« Il est au courant ?

— Pas encore. »

En vérité, je ne sais pas trop comment Edward va réagir.

Mia m'a devancée : « Corrige-moi si je me trompe : est-ce que parmi toutes les règles il n'y avait pas "aucun enfant" ?

— Les règles du bail, oui. Mais là, ça n'a rien à voir.

— Ah bon ? »

Elle hausse un sourcil.

« Toutes les femmes savent que les hommes adorent les grossesses non programmées. »

Je ne relève pas.

« Et toi ? insiste-t-elle. Qu'est-ce que tu ressens, Jane ?

— J'ai peur. Je suis terrorisée. »

Car en dépit du manège des émotions – incrédulité, joie, angoisse, euphorie, stupéfaction, chagrin ravivé en pensant à Isabel, bonheur –, quand ça s'arrête, il ne reste que la peur pure.

« Si jamais il arrivait quelque chose à cet enfant… Je ne pourrais pas revivre tout ça… cette souffrance. Ça me détruirait.

— Ils t'ont dit à l'époque qu'il n'y avait aucune raison pour qu'un futur bébé ne soit pas en parfaite santé, me rappelle-t-elle.

— La première fois non plus, il n'y avait aucune raison. Et pourtant, c'est arrivé.

— Mais tu vas le garder, hein ? »

Peu de gens peuvent me poser cette question, et ceux à qui je donnerais une réponse honnête sont encore moins nombreux : une partie de moi-même répète *: Ne fais pas ça. Tu as retrouvé la lumière après avoir vécu pendant si longtemps dans l'obscurité et la solitude. Pourquoi tenter le diable ?* C'est cette même partie de mon cerveau qui regarde le décor du One Folgate

Street et pense : *À quoi bon mettre tout cela en danger ?*

Mais il y a une autre partie de moi-même, celle qui a tenu un bébé mort dans ses bras, qui a contemplé son visage parfait et a ressenti, malgré tout, la joie extatique de la maternité, qui ne pourra jamais envisager de détruire un fœtus bien portant, par simple lâcheté.

« Oui, je vais le garder, dis-je. J'aurai cet enfant. L'enfant d'Edward. Je sais que cette idée ne lui plaira pas sur le coup, mais j'espère qu'il s'y habituera. »

Avant : EMMA

Sans nouvelles d'Edward depuis quinze jours, je lui envoie un selfie. Et ce message :

Je me suis fait tatouer, papa. Tu aimes ?

La réaction est immédiate. QU'EST-CE QUE TU AS FAIT ?

Je sais que j'aurais dû te demander la permission. Mais je voulais voir ce qui se passait si j'étais vraiment, vraiment vilaine…

En vérité, le tatouage est minuscule, très joli, et invisible quand je suis habillée : des ailes de mouette stylisées, juste au-dessus du renflement de la fesse droite. Mais Edward déteste les tatouages.

PS : c'est douloureux.

La réponse me parvient quelques minutes plus tard.

Et ça va l'être encore plus. Dès ce soir. Je rentre à Londres. En colère.

Jamais il ne m'a envoyé un SMS aussi long. Je souris et réponds :

J'ai intérêt à me préparer, dans ce cas.

En fin de journée, je prends une douche, m'essuie soigneusement et dépose quelques infimes gouttes de parfum sur ma peau. Je porte la robe et le collier de perles, mais je reste pieds nus. Je sens déjà des picotements dans tout le corps. L'attente est un délice, mêlée d'excitation nerveuse. Suis-je allée trop loin ? Pourrai-je supporter ce qu'il va me faire subir ?

Je prends la pose sur le canapé. Je n'ai pas à attendre très longtemps. J'entends le léger bip émis par Housekeeper quand il capte une présence à la porte, puis le *ding* lorsqu'il laisse entrer le visiteur. Edward s'avance vers moi à grands pas, la mine sombre.

« Montre », grogne-t-il.

J'ai à peine le temps de me retourner. Il m'a saisi les poignets, d'une main, et me plaque sur le canapé ; il arrache presque la robe en la soulevant avec son autre main.

Il se fige.

« Qu'est-ce que… ? »

Je suis prise d'un fou rire.

Il me secoue les poignets, rageusement.

« À quoi tu joues, nom de Dieu ?

— C'est Amanda, parvins-je à articuler. Elle s'est fait tatouer pour fêter sa séparation avec son mari. Je l'ai accompagnée.

— Tu m'as envoyé la photo du cul d'une autre ? »

Je hoche la tête, en riant toujours.

« J'ai annulé un dîner avec le maire et la commission régionale de l'urbanisme pour revenir ici, maugrée-t-il.

— Qu'est-ce qui sera le plus amusant ? » je demande en agitant les fesses devant lui.

Il ne lâche pas mes poignets. « Je suis furieux, dit-il, avec une pointe d'étonnement. Tu as fait exprès de me mettre en colère. Tu mérites amplement ce qui t'attend. »

Je tente de me libérer pour tester sa détermination : il me tient solidement.

« Bienvenue à la maison, papa. »

Plus tard, beaucoup plus tard, je lui remets une lettre.

« Ne la lis pas maintenant, dis-je. Attends d'être seul. Penses-y pendant tes réunions d'urbanisme assommantes. Tu n'es pas obligé de répondre. Mais je tenais absolument à m'expliquer. »

Maintenant : JANE

Mon premier rendez-vous avec l'obstétricien. Face à moi, derrière un horrible bureau de l'hôpital public, est assis le docteur Gifford.

Quelques jours plus tôt, j'ai reçu un courrier informatisé m'expliquant que, bien que je n'aie aucune raison de m'inquiéter, du fait de mes antécédents médicaux, ma grossesse avait été automatiquement considérée comme « à risques ». Par conséquent, je serais suivie par un spécialiste, le docteur Gifford.

Quelqu'un avait dû se rendre compte de la gaffe, car le même jour, j'ai reçu un coup de téléphone pour m'annoncer qu'ils comprendraient parfaitement que je souhaite voir un autre médecin. Quoi qu'il en soit, je devais savoir que le docteur Gifford avait présenté sa démission.

On dit qu'une grossesse embrouille vos pensées. Pour l'instant, c'est l'inverse. Ou peut-être que certaines décisions sont devenues plus faciles à prendre. Je sais enfin quelle ligne de conduite je dois suivre.

« En fait, lui dis-je, j'estime que vous n'avez pas à démissionner pour une faute dont vous n'êtes pas responsable. Et nous savons bien, vous et moi, que votre remplaçant sera tout aussi débordé que vous l'êtes. »

Il acquiesce d'un air las.

« Alors, voici ce que je vous propose : je suggère que nous collaborions pour faire pression sur l'hôpital. Je vais leur écrire pour leur annoncer que je ne souhaite pas porter plainte pour la mort d'Isabel ; en revanche, j'exige qu'ils s'engagent à augmenter le personnel et à prescrire plus de dopplers. Si vous posez les mêmes conditions pour revenir sur votre démission, je parie qu'ils sauteront sur l'occasion pour conclure un arrangement. Qu'en dites-vous ? »

Tessa n'est pas emballée par cette idée, elle aurait préféré demander une enquête et aller jusqu'au procès. Mais j'ai tenu bon, et elle a fini par céder.

« Elle est toujours comme ça ? a-t-elle demandé à Mia en soupirant.

— Avant Isabel, oui, a répondu Mia en m'adressant un sourire. Jane est la personne la plus organisée, la plus entêtée et la plus réfléchie que je connaisse. Je crois que nous avons enfin retrouvé la Jane d'autrefois. »

Le docteur Gifford ne semble pas convaincu, lui non plus, tout d'abord.

« Dans une période d'austérité budgétaire… »

Je le coupe :

« Il est d'autant plus important de défendre ses intérêts. Vous savez aussi bien que moi que des scanners et des médecins supplémentaires sauveront plus de vies que de coûteux médicaments contre le cancer. Je veux juste aider votre service à se faire entendre. »

Finalement, il hoche la tête.

« Merci.

— Maintenant, vous feriez bien de m'examiner, dis-je. Puisque c'est vous qui allez me suivre, autant que j'en profite au maximum. »

L'examen est complet, beaucoup plus que celui que j'avais subi au même stade de ma première grossesse. Je sais que je bénéficie d'un traitement de faveur, compte tenu de ce que le docteur Gifford et moi avons vécu ensemble, et c'est très bien. Je ne me considère plus comme faisant partie du troupeau, comme une personne ordinaire.

La taille et la position de l'utérus sont bonnes. Je subis un frottis pour dépister d'éventuelles lésions précancéreuses et une biopsie pour déceler les MST. Je ne suis pas inquiète. Il n'y a absolument aucun risque qu'Edward, d'une maniaquerie forcenée, soit porteur d'une MST non traitée. Ma tension est bonne. Tout est en ordre. Le docteur Gifford s'en réjouit.

« J'ai toujours réussi aux examens », dis-je pour plaisanter.

Pendant que je suis allongée sur la table d'examen, je lui parle de la naissance que j'avais souhaitée pour Isabel : dans une petite piscine, avec des bougies Diptyque et de la musique. Il me répond que rien ne devrait s'y opposer cette fois. Puis nous abordons le thème des compléments alimentaires. L'acide folique, assurément ; il suggère 800 microgrammes. La vitamine D est conseillée également. Éviter les multivitamines qui peuvent contenir de la vitamine A, mais ne pas négliger la vitamine C, le calcium et le fer.

Je prendrai tout ça, évidemment. Je ne suis pas du genre à ignorer des indications et à ne pas faire tout ce qui peut être utile, même si ça semble anecdotique. J'achète toutes ces pilules sur le chemin du retour et examine attentivement les étiquettes pour m'assurer que de la vitamine A n'a pas été introduite par erreur. La première chose que je fais, après avoir suspendu mon manteau, c'est allumer mon ordinateur pour voir quels autres changements de régime je devrais envisager.

Jane, veuillez noter de 1 à 5 les affirmations suivantes, 1 correspondant à « Entièrement d'accord » et 5 à « Absolument pas d'accord ».

Certaines fonctionnalités de la maison ont été déconnectées jusqu'à achèvement de l'évaluation.

Je me fige. J'ai l'impression que ces tests sont plus fréquents depuis le départ d'Edward. Comme s'il me surveillait. Pour s'assurer que je suis toujours calme et sereine, et que je vis conformément aux règles, depuis son bureau lointain.

Mais surtout, si Housekeeper n'avait pas été déconnecté, j'aurais tapé sans réfléchir « régime recommandé pendant la grossesse ». Il faut que je pense à utiliser le Wi-Fi des voisins, désormais. Du moins, jusqu'à ce que j'aie annoncé la nouvelle à Edward.

Et aussi, me dis-je, jusqu'à ce que je sache ce qui est réellement arrivé à Emma. Car les deux choses – dévoiler mon secret à Edward et forcer la porte qui protège les siens – sont liées maintenant, et c'est devenu beaucoup plus urgent. Dans l'intérêt de mon bébé, je dois connaître la vérité.

Avant : EMMA

L'inspecteur m'a convoquée au poste de police pour un nouvel entretien. Visiblement, le cours de la justice s'accélère, car au lieu de me recevoir dans l'espace cloisonné qui lui sert de bureau, il me conduit dans une grande salle bien éclairée. Quatre personnes se trouvent déjà là, alignées devant une table, toutes du même côté. Un homme porte un uniforme, et je devine qu'il occupe un poste élevé. À côté de lui est assise une femme menue, vêtue d'un tailleur-pantalon de couleur sombre. Vient ensuite John Broome, l'avocat du ministère public lors de l'audience de mise en liberté sous caution. Puis le sergent Willan, mon officier de proximité, qui a laissé une chaise entre elle et les autres, comme pour indiquer qu'elle n'est pas assez gradée pour participer réellement à tout ça.

L'inspecteur Clarke, qui s'est montré aussi enjoué qu'à son habitude jusqu'à présent, me fait signe de prendre place face à la petite femme, et lui-même va rejoindre le sergent Willan à l'écart. Un pichet d'eau et un verre sont posés devant moi, mais pas de biscuits ni de café. Pas de tasse Garfield, aujourd'hui.

« Merci d'être venue, Emma, dit la femme. Je suis le procureur spécial Patricia Shapton, et voici le superintendant-chef Peter Robertson. »

La grosse artillerie. « Bonjour, dis-je en leur adressant un petit signe de la main. Moi, c'est Emma. »

Patricia Shapton sourit poliment et enchaîne.

« Nous sommes ici pour évoquer la défense de Deon Nelson face à vos accusations de viol et de cambriolage aggravé. Comme vous le savez sans doute, l'accusation et la défense doivent désormais partager leurs informations avant le procès, pour éviter que des affaires échouent inutilement au tribunal. »

Je ne le savais pas, mais je hoche la tête malgré tout.

« Deon Nelson plaide un vice d'identification », annonce le procureur Shapton. Elle prend un document dans la pile qui se trouve devant elle et chausse ses lunettes. Puis elle m'observe par-dessus la monture, comme si elle attendait que je réagisse.

« Je ne l'ai pas vu lors de l'audience, dis-je aussitôt.

— Plusieurs témoins affirment le contraire. Mais ce n'est pas le problème dont nous voulons discuter aujourd'hui. »

Je ne me sens pas rassurée pour autant. Quelque chose dans le ton de sa voix, dans le silence et les visages attentifs des autres, me met mal à l'aise. L'atmosphère est devenue grave, agressive même.

« Deon Nelson a fourni des documents médicaux – des documents *intimes* – indiquant qu'il ne peut pas être l'homme qui s'est filmé pendant que vous pratiquiez une fellation, déclare Shapton. La preuve est convaincante. J'irais même jusqu'à dire irréfutable. »

Je suis prise de vertiges, qui se transforment rapidement en nausée. « Je ne comprends pas, dis-je.

— Sur un plan juridique, évidemment, cela suffit amplement à son avocate pour obtenir un acquittement », poursuit-elle comme si je n'avais rien dit. Elle prend d'autres documents. « Mais ils sont allés beaucoup plus loin. J'ai là des dépositions sous serment de certains de vos collègues chez Flow Water Supplies. Le témoignage qui nous concerne le plus directement est celui de Saul Aksoy, qui affirme avoir eu une relation sexuelle récente avec vous. Relation durant laquelle vous avez réalisé une vidéo correspondant à celle que l'inspecteur Clarke a trouvée sur votre téléphone. »

On emploie parfois l'expression : « J'aurais voulu que le sol s'ouvre sous mes pieds. » Elle ne suffit pas à décrire ce qui se produit quand votre monde tout entier explose, quand tous vos mensonges s'écrasent soudain autour de vous. S'ensuit un long et effroyable silence. Des larmes me piquent les yeux. Je les repousse. Je sais que Patricia Shapton y verra une ruse pour provoquer la compassion.

Je parviens à demander : « Et les autres téléphones que vous avez découverts ? Vous disiez que Deon Nelson avait déjà fait ce genre de choses. Il n'est pas vraiment innocent. »

C'est le superintendant-chef Robertson qui répond. « Nous pensions jusqu'alors qu'il existait un lien entre le fait de commettre un cambriolage et de visionner de la pornographie, dit-il. Parce que les cambrioleurs détenaient souvent d'importantes quantités de DVD de ce type. Et puis, quelqu'un a remarqué que les cambrioleurs se contentaient de garder le matériel pornographique qu'ils trouvaient chez les gens. Nelson faisait de même avec les téléphones. Il conservait ceux qui contenaient des images sexuelles. C'est tout. »

Patricia Shapton ôte ses lunettes et les replie. « Deon Nelson vous a-t-il obligée à lui administrer une fellation, Emma ? »

Nouveau long, long silence.

« Non, dis-je dans un murmure.

— Pourquoi avoir dit cela à la police, alors ?

— Vous m'avez interrogée devant Simon ! »

Les larmes jaillissent maintenant, des larmes d'autoapitoiement et de colère, mais je continue à parler, car je veux absolument leur faire comprendre, leur montrer qu'ils sont fautifs tout autant que moi. Je pointe le doigt sur le sergent Willan et l'inspecteur Clarke.

« Ils disaient qu'ils avaient retrouvé la vidéo dans laquelle il apparaissait que Nelson me violait. Ils disaient qu'on ne voyait pas son visage ni le couteau. Qu'est-ce que je pouvais faire ? Avouer à Simon que j'avais couché avec un autre ?

— Vous avez accusé un homme de vous avoir violée sous la menace d'un couteau. Et d'avoir menacé d'envoyer les images obscènes de cette agression à votre famille et à vos amis. Et vous avez continué à mentir quand votre récit a été mis en cause. Vous avez même lu une déclaration de victime devant le tribunal.

— C'est l'inspecteur Clarke qui m'y a poussée. J'ai essayé de me défiler, mais il ne m'a pas laissée faire. De toute façon, Nelson l'a bien cherché. C'est un voleur. Il m'a pris mes affaires. »

Mes paroles, pathétiques et mesquines, restent suspendues dans l'air. J'entrevois le visage de l'inspecteur Clarke. Je peux y lire toute une gamme d'émotions : le mépris, la pitié. Et la colère. Parce qu'il s'est laissé berner par moi, parce que j'ai exploité son envie de me protéger en empilant consciencieusement les mensonges.

Le silence devient effroyable. Patricia Shapton jette un regard au superintendant-chef. Il s'agit manifestement d'un signal convenu, car il demande : « Avez-vous un avocat, Emma ? »

Je fais non de la tête. Il y a bien celui qui a rédigé l'avenant au bail quand Simon a déménagé, mais je ne pense pas qu'il serait très utile dans cette situation.

« Emma, je vais vous placer en état d'arrestation. Cela signifie que vous pourrez bénéficier de l'assistance d'un avocat commis d'office lors des interrogatoires officiels. »

Je le regarde d'un air hébété.

« Que voulez-vous dire ?

— Nous prenons les affaires de viol très au sérieux. En partant du principe que chaque femme qui affirme avoir été violée dit la vérité. Le revers de la médaille, c'est que nous prenons également très au sérieux les fausses accusations de viol. Sur la base de ce que nous avons entendu aujourd'hui, nous possédons assez d'éléments pour vous soupçonner d'avoir fait perdre du temps à la police et tenté d'entraver l'exercice de la justice.

— Vous allez m'arrêter ? je m'exclame, incrédule. Et Nelson, alors ? C'est lui, le criminel.

— Nous sommes obligés d'abandonner les poursuites contre Deon Nelson, dit Patricia Shapton. Toutes les poursuites. Votre témoignage est totalement discrédité.

— Mais il m'a cambriolée ! Personne n'ose dire le contraire, si ?

— En fait, si, répond Robertson. Deon Nelson affirme avoir acheté ces téléphones à un homme dans un pub. Nous ne le croyons pas forcément, mais en termes de preuves, il n'y a absolument rien qui le relie à vous.

— Vous n'allez quand même pas croire…

— Emma Matthews, je vous arrête pour tentative d'entrave à l'exercice de la justice, conformément à l'article 5.2 du *Criminal Law Act* de 1967. Vous avez le droit de garder le silence, mais sachez que le fait de dissimuler au cours d'un interrogatoire un élément que vous comptez utiliser plus tard devant la cour peut nuire à votre défense. Tout ce que vous direz pourra être utilisé comme preuve. Vous comprenez ? »

Je suis incapable de dire un mot.

« Emma, il me faut une réponse. Comprenez-vous la nature des accusations qui sont portées contre vous ?

— Oui », réponds-je tout bas.

J'éprouve une sensation d'engourdissement, comme si j'étais passée de l'autre côté du miroir. Brusquement, je ne suis plus une victime, que l'on traite avec précaution et compassion, à qui on apporte des tasses de café. Brusquement, je me retrouve dans une autre partie du poste de police, là où les lumières sont protégées par des grillages, où les sols empestent le vomi et le détergent. Un agent me toise de derrière son bureau surélevé et me récite mes droits. Je vide mes poches. On me tend un exemplaire du *Code de conduite en détention* et on me promet un repas chaud si je suis encore là à l'heure du dîner. On me prend mes chaussures et on m'escorte jusqu'à une cellule. Il y a un lit encastré dans un des murs et une petite étagère en face. Rien d'autre. Les murs sont blancs, le sol gris, la lumière filtre à travers le plafond. Je songe qu'Edward se sentirait chez lui dans ce décor, mais bien sûr que non. C'est un endroit crasseux, malodorant, inconfortable et minable.

J'attends pendant trois heures l'arrivée de l'avocat commis d'office. L'agent de l'accueil m'a apporté un double de mon acte d'accusation. Noir sur blanc, c'est encore moins réjouissant que ça l'était là-haut.

J'essaie de ne pas penser à l'expression de l'inspecteur Clarke quand je suis sortie de cette salle. Sa colère avait disparu, ne restait que le dégoût. Il avait cru en moi et je l'avais trahi.

Finalement, on fait entrer dans ma cellule un jeune type grassouillet, avec du gel dans les cheveux et un nœud de cravate trop large. Il s'arrête devant moi et me tend la main par-dessus une brassée de dossiers.

« Euh… Graham Keating, dit-il. Je crains que toutes les salles destinées aux entretiens soient occupées. On va devoir discuter ici. »

Nous nous asseyons côte à côte sur le lit dur, tels deux étudiants timides qui n'osent pas s'envoyer en l'air, et il me demande de raconter, avec mes propres mots, ce qui s'est passé. Même moi, je ne me trouve pas très convaincante.

« Qu'est-ce qui va m'arriver ? je demande, après avoir terminé mon récit.

— En fait, dit-il, tout dépend s'ils choisissent l'angle "temps perdu pour la police", ou l'angle "entrave à l'exercice de la justice". Dans le premier cas, si vous plaidez coupable, vous risquez une peine de travail d'intérêt général ou une condamnation avec sursis. Dans le second cas… il n'existe aucune limite à la sentence que peut prononcer le juge. Le maximum étant la prison à perpétuité. Mais uniquement dans les cas extrêmes. Néanmoins, il est de mon devoir de vous prévenir : c'est un crime que les juges prennent très au sérieux. »

Je me remets à pleurer. Graham fouille dans son attaché-case et en sort un paquet de mouchoirs en papier. Ce geste me fait penser à Carol, ce qui, par association, me fait penser à un autre problème.

« Ils ne pourront pas interroger ma thérapeute, si ?

— De quel genre de thérapeute parlons-nous ?

— J'ai commencé à consulter une psy après le cambriolage. Sur les conseils de la police.

— Et vous avez dit la vérité à cette psy ?

— Non, dis-je, pitoyablement.

— Je vois, dit-il, visiblement déconcerté. Tant que nous n'évoquons pas votre santé mentale, ils n'ont aucune raison de la solliciter. »

Il reste muet un moment. Puis :

« Ce qui nous conduit à évoquer notre stratégie de défense. Ou plutôt notre mesure de mitigation. Vous avez raconté à la police ce qui s'est passé. Mais vous ne leur avez pas expliqué pourquoi.

— Que voulez-vous dire ?

— Dans les affaires de viol et d'agression sexuelle, le contexte est primordial. Et comme votre arrestation découle d'une accusation de viol, votre cas continuera à être traité dans cette optique. Il m'est arrivé de défendre des femmes qui avaient porté ou retiré des accusations sous la pression ou la menace, par exemple. Ça aide énormément.

— Je n'ai pas… (Je m'arrête.) Vous voulez dire que si j'avais peur de quelqu'un, je pourrais être disculpée ?

— Pas totalement. Mais ça pourrait réduire considérablement votre peine.

— J’avais peur, oui, dis-je. Peur de le dire à Simon. Il est violent parfois.

— Bien », dit Graham.

Il n’ajoute pas : *On va pouvoir passer aux choses sérieuses*, mais c’est ce que sous-entend son langage corporel quand il ouvre son carnet pour prendre des notes. « Quel genre de violence, Emma ? »

Maintenant : JANE

« Inspecteur Clarke ? »

L'homme vêtu d'un coupe-vent marron détache les yeux de son demi.

« C'est moi. Mais je ne suis plus inspecteur. Alors, vous pouvez m'appeler simplement monsieur. James, si vous préférez. »

Il se lève pour me serrer la main. À ses pieds est posé un sac de courses rempli de fruits et de légumes. Il désigne le bar.

« Je peux vous offrir un verre ?

— Je vais aller commander. Merci d'avoir accepté de me rencontrer.

— Pas de problème. Le mercredi, c'est le jour où je viens en ville, pour le marché. »

Je vais me chercher une ginger ale et retourne auprès de lui. Je suis stupéfaite de la facilité avec laquelle on peut retrouver les gens de nos jours. Un coup de téléphone à Scotland Yard m'a permis d'apprendre que l'inspecteur Clarke avait pris sa retraite. Cela ressemblait à un revers, mais en tapant « Comment retrouver un policier à la retraite ? » dans un moteur de recherches – autre que Housekeeper, évidemment – j'ai découvert l'existence de l'ANOPR, l'Association nationale des officiers de police à la retraite. J'ai envoyé ma demande par le biais d'un formulaire. La réponse m'est parvenue le jour même : ils ne pouvaient pas me fournir de renseignements sur leurs membres, mais ils transmettraient ma question à qui de droit.

L'homme assis face à moi ne me paraît pas avoir l'âge de la retraite. Sans doute a-t-il lu dans mes pensées, car il précise :

« Je suis resté vingt-cinq ans dans la police. C'est suffisant pour partir à la retraite. Mais je n'ai pas totalement arrêté de travailler. Avec un autre ancien inspecteur, on a monté une petite entreprise qui installe des systèmes d'alarme. De quoi mettre du beurre dans les épinards. J'ai cru comprendre que vous vouliez me parler d'Emma Matthews ?

— Oui. S'il vous plaît.

— Vous êtes une parente ? »

Manifestement, il a remarqué la ressemblance.

« Pas véritablement. En fait, j'habite au One Folgate Street, là où elle est morte.

— Hmmm. »

De prime abord, James Clarke a tout du type ordinaire et fiable, le travailleur qui a bien gagné sa vie et possède une petite maison au Portugal à côté d'un golf. Mais je découvre dans ses yeux une lueur de perspicacité et d'assurance.

« Que voulez-vous savoir, au juste ?

— J'ai appris qu'Emma avait porté une accusation contre son ex-petit ami, Simon. Peu de temps après, elle est morte. J'ai entendu des explications contradictoires concernant les causes de sa mort : la dépression, Simon et même l'homme avec lequel elle avait eu une relation. »

Je m'abstiens de mentionner le nom d'Edward, de peur que Clarke ne devine que je m'intéresse à lui.

« J'essaie seulement de découvrir ce qui s'est réellement passé. Vivant dans cette maison, il m'est difficile de ne pas éprouver une certaine curiosité.

— Emma Matthews m'a mené par le bout du nez, dit l'ex-inspecteur d'un ton cassant. Cela ne m'était jamais arrivé. Presque jamais, disons. Mais je me suis retrouvé face à cette jeune femme qui affirmait, de manière plausible, qu'elle avait eu peur de déclarer une agression sexuelle sordide parce que son agresseur avait filmé la scène avec son portable et menaçait d'envoyer les images à tous ses contacts. Je voulais faire quelque chose pour elle. Sans compter que nous subissions une forte pression à l'époque pour augmenter le nombre de condamnations pour viol. Compte tenu des preuves dont nous disposions, je pensais que je pourrais, une fois n'est pas coutume, faire plaisir à mes supérieurs, obtenir justice pour Emma et envoyer derrière les barreaux une sale petite ordure du nom de Deon Nelson par-dessus le marché. D'une pierre trois coups. Il s'est avéré que j'avais faux sur tous les tableaux. Elle nous racontait des bobards depuis le début.

— C'était une bonne menteuse, alors ?

— Ou bien j'étais un vieil imbécile. »

Il hausse les épaules tristement.

« Ma Sue était morte un an plus tôt. Et cette jeune femme, qui aurait pu être ma fille… Peut-être ai-je été trop confiant. En tout cas, c'est ce qui est apparu à l'issue de l'enquête interne, par la suite ; un inspecteur proche de la retraite, une jolie jeune femme, il a perdu la boule. Et ce n'est pas entièrement faux. De quoi m'inciter à prendre une retraite légèrement anticipée, quand ils me l'ont demandé. »

Il boit une longue gorgée de bière. Je sirote ma ginger ale. Ce soda semble hurler : *Je suis enceinte !* mais, s'il l'a remarqué, Clarke n'y fait aucune allusion.

« Rétrospectivement, reprend-il, j'aurais dû remarquer certaines choses. Elle avait identifié Nelson de manière beaucoup trop catégorique sur le fichier VIPER, d'autant qu'il portait un passe-montagne lors de l'agression, disait-elle. Quant à l'accusation visant son ancien compagnon… »

Il hausse les épaules.

« Ça non plus, vous n'y croyez pas, avec le recul ?

— Déjà à l'époque nous n'y croyions pas. C'était une idée de son avocat pour la dédouaner : "J'avais peur, monsieur le juge, je ne peux pas être tenue pour responsable de ce que j'ai dit." Et ça a marché. De plus, le bureau du procureur de la reine n'avait pas trop envie d'avouer au monde entier, devant un tribunal, que cette fille nous avait menés en bateau. Finalement, elle s'en est tirée avec un simple rappel à l'ordre, une petite tape sur la main, autrement dit.

— Pourtant, vous avez arrêté Simon Wakefield après son décès.

— Oui. Mais on voulait surtout se couvrir. Soudain, il apparaissait qu'on s'était peut-être fourré le doigt dans l'œil. Une jeune femme déclare un viol, puis elle reconnaît avoir menti, mais elle affirme que son petit ami est une sorte de docteur Jekyll et Mister Hyde, qui se montrait violent avec elle. Et peu de temps après, on la retrouve morte. S'il s'avérait qu'il l'avait réellement tuée, on était dans le pétrin. Même si c'était bien un suicide, la police aurait donné l'impression de ne pas l'avoir très bien traitée, n'est-ce pas ? Dans un cas comme dans l'autre, il était préférable qu'on arrête quelqu'un.

— Autrement dit, vous avez agi machinalement.

— Oh, ne vous méprenez pas. Ma hiérarchie avait peut-être des raisons de réclamer une arrestation, mais mon équipe a bien fait son travail quand on a interrogé Simon Wakefield. Aucun élément ne permettait d'affirmer qu'il était lié, de près ou de loin, à la mort d'Emma. Sa seule erreur a été de s'installer avec elle, au départ. Et je ne peux pas le lui reprocher. Comme je vous le disais, des hommes plus âgés et plus avisés que lui avaient succombé à ses charmes. »

Il fronce les sourcils.

« Mais je vais vous dire ce qu'il y avait d'inhabituel dans cette histoire. La plupart des gens, quand ils sont pris en train de mentir à la police, se dégonflent aussitôt. Emma, elle, a répondu par un nouveau mensonge. Certes, il lui a sans doute été suggéré par son avocat, mais quand même, ce n'est pas une réaction courante.

— Comment est-elle morte, d'après *vous* ?

— Deux possibilités. La première : elle s'est suicidée.

— Parce qu'elle était dépressive ? »

Il secoue la tête.

« Peu probable. Je pense plutôt que ses mensonges ont fini par la rattraper.

— Et l'autre possibilité ?

— C'est la plus évidente. »

Je fronce les sourcils à mon tour.

« C'est-à-dire ?

— Vous n'avez même pas envisagé que Deon Nelson ait pu la tuer, apparemment. »

Il a raison. Obnubilée par Edward et Simon, je n'avais même pas pensé que quelqu'un d'autre avait pu la tuer.

« Nelson était, et est toujours autant que je sache, un sale pervers, ajoute Clarke. Il a été jugé pour des actes de violence dès l'âge de douze ans. Emma a failli le faire condamner à cause d'une histoire inventée, et sans doute avait-il envie de se venger. »

Après un silence, il ajoute :

« D'ailleurs, Emma affirmait que Nelson proférait des menaces à son encontre.

— Vous avez enquêté ?

— Nous avons enregistré sa plainte.

— C'est la même chose ?

— Elle avait été arrêtée pour avoir nui au travail de la police. Alors, vous croyez qu'on allait se mettre en quatre pour vérifier toutes ses assertions ? Déjà, on donnait l'impression d'être allés trop loin en accusant

Nelson de viol. Avec son avocate qui nous accusait de harcèlement racial, plus question de nous en prendre à lui sans preuves solides. »

Je réfléchis.

« Parlez-moi de cette vidéo, celle qui se trouvait sur le téléphone d'Emma. Comment avez-vous pu croire à une scène de viol, alors que ce n'était pas du tout ça ?

— Parce que c'était brutal. Je suis peut-être vieux jeu, en tout cas je ne comprends pas comment on peut prendre plaisir à ce genre de choses. Mais si j'ai appris une chose après vingt-cinq ans dans la police, c'est qu'on ne peut pas comprendre la sexualité des autres. Les jeunes d'aujourd'hui, ils voient toute cette pornographie dégoûtante et agressive sur Internet, et ils trouvent ça amusant de réaliser ce genre de vidéos avec leur téléphone portable. Des hommes qui traitent des femmes comme des objets, et des femmes qui acceptent ça. Pourquoi ? Ça me dépasse, franchement. Mais dans le cas d'Emma, c'est ce qui s'est produit. Et avec le meilleur ami de son petit ami, qui plus est.

— Qui ça ?

— Un certain Saul Aksoy, qui travaillait dans la même société qu'Emma. L'avocate de Nelson avait engagé un détective privé pour le retrouver et le persuader de rédiger une déposition. Évidemment, Aksoy n'avait commis aucun crime, mais n'empêche. Quel gâchis.

— Mais si c'est Deon Nelson qui a tué Emma… »

Mon esprit reste fixé sur la théorie de Clarke.

« … comment est-il entré dans la maison ?

— Ça, je l'ignore. »

L'ancien inspecteur pose son verre vide.

« Mon bus part dans dix minutes. Je dois vous laisser.

— Le One Folgate Street est doté d'un système de sécurité ultra-performant, dis-je. C'était d'ailleurs une des choses qu'Emma aimait dans cette maison.

— Ultra-performant ? ironise Clarke. Il y a quinze ans peut-être. De nos jours, aucun système qui soit connecté à Internet n'est plus considéré comme totalement inviolable. C'est trop facile à pirater. »

Soudain, j'entends la voix d'Edward dans ma tête : *La douche coulait quand ils l'ont découverte...*

« Pourquoi la douche coulait-elle ? » je demande.

Ma question semble dérouter Clarke.

« Pardon ?

— La douche. Elle est commandée par un bracelet. »

Je lui montre celui que je porte au poignet.

« Elle vous reconnaît quand vous entrez et elle règle la température de l'eau en fonction de vos préférences. Et quand vous ressortez, la douche s'arrête toute seule. »

Il hausse les épaules.

« Si vous le dites.

— Et les autres données enregistrées par le One Folgate Street ? La caméra de l'interphone et tout le reste ? Vous les avez examinées ? »

Il secoue la tête.

« Quand on a découvert Emma, quarante-huit heures s'étaient écoulées. Le disque dur s'était effacé automatiquement. Beaucoup de systèmes de sécurité fonctionnent de cette façon, pour gagner de l'espace de stockage. On peut le regretter, mais c'est comme ça.

— Il s'est passé un truc avec la maison. Elle a joué un rôle, j'en suis sûre.

— Peut-être. C'est un mystère qui ne sera jamais résolu, je suppose. »

Il se lève et prend son sac de courses. Je l'imite. Alors que je m'apprête à lui tendre la main, il me surprend en se penchant vers moi pour déposer un baiser sur ma joue. Ses vêtements sentent légèrement la bière.

« Ravi de vous avoir rencontrée, Jane. Et bonne chance. Franchement, je ne pense pas que vous trouverez une chose qui nous aurait échappé, mais si c'est le cas, vous me tiendrez au courant ? Ça continue à me tracasser, ce qui est arrivé à Emma. Je ne peux pas en dire autant de beaucoup d'affaires. »

Avant : EMMA

Fut un temps où le One Folgate Street ressemblait à un havre de paix. Plus maintenant. Cette maison dégage désormais une impression d'étouffement et d'agressivité. Comme si elle était en colère contre moi.

Mais évidemment, je ne fais que plaquer mes propres sentiments sur ces murs nus. Ce sont les gens qui sont en colère contre moi, pas la maison.

Cela me fait penser à Edward, et je me mets à paniquer à cause de la lettre que je lui ai remise. Je lui envoie un SMS. *S'il te plaît, ne la lis pas. Jette-la.* De quoi inciter la plupart des gens à lire, sans aucun doute, mais Edward ne ressemble pas à la plupart des gens.

Cela ne résout pas le problème pour autant. Tôt ou tard, il faudra bien que je lui parle de Simon, de Saul, de Nelson et de la police. Et impossible de le faire sans lui avouer que je lui ai menti. Rien que d'y penser, j'ai envie de pleurer.

J'entends la voix de ma mère, et cette phrase qu'elle me disait quand, enfant, j'étais prise en flagrant délit de mensonge.

Les menteurs n'ont pas le droit de pleurer.

Il y avait également cette comptine qu'elle me récitait, l'histoire d'une petite fille prénommée Matilda qui appelait si souvent les pompiers qu'ils ne l'ont pas crue le jour où il y a vraiment eu le feu.

Car chaque fois qu'elle criait : « Au feu ! »
Ils lui répondaient : « Petite menteuse ! »
Et ainsi, quand sa tante revint,
Matilda et la maison étaient parties en fumée.

Mais j'ai pris ma revanche. À quatorze ans, j'ai cessé de manger. Les médecins ont diagnostiqué une anorexie, mais moi, je savais que je n'avais jamais souffert de troubles alimentaires. Je voulais juste prouver à ma mère que j'avais plus de volonté qu'elle. Très vite, tout le monde dans la maison s'est inquiété pour *moi*, au sujet de *mon* régime, de *mon* poids, du nombre de calories que j'avalais. Avais-je passé une bonne ou une mauvaise journée, avais-je toujours mes règles, avais-je des vertiges ou un duvet clair qui poussait sur les bras et les joues ? Les repas traînaient en longueur ; mes parents utilisaient tour à tour les cajoleries, le chantage ou la menace pour me convaincre de manger juste une bouchée de plus. J'avais le droit d'inventer des régimes de plus en plus délirants, en partant du principe que si je trouvais quelque chose que j'aimais, je mangerais plus volontiers. Ainsi, pendant une semaine, je n'ai consommé que des tranches de pommes, frites, accompagnées de soupe d'avocat. Ou bien, une autre fois, de la salade de cresson et des poires, trois fois par jour. Mon père avait toujours été distant, indifférent, mais à partir du moment où je suis tombée malade, je suis devenue sa priorité numéro un. On m'a envoyée dans différentes cliniques privées où on me parlait de manque d'estime de soi et de la nécessité de réussir dans un domaine. Mais bien évidemment, je réussissais très bien dans un domaine : le refus de manger. J'ai appris à sourire d'un air angélique, en leur disant qu'ils avaient certainement raison, et qu'à partir de maintenant j'essaierais, vraiment, d'avoir une meilleure image de moi-même.

J'ai tout arrêté le jour où une psychologue perspicace m'a regardée droit dans les yeux et m'a dit a) qu'elle savait parfaitement que je manipulais les gens et b) que si je ne recommençais pas à m'alimenter très vite, ce serait trop tard. Apparemment, l'anorexie modifie le fonctionnement du cerveau. Vous adoptez des modes de pensée qui se manifestent au moment où vous vous y attendez le moins. Et si vous restez dans cet état trop longtemps, vous conservez ces modes de pensée toute votre vie. Comme dans ce conte de bonne femme, où le vent change chaque fois que vous froncez les sourcils.

J'ai cessé d'être anorexique, mais je suis restée très mince. J'ai découvert que les gens aimaient ça. Les hommes, en particulier, avaient envie de me protéger. Ils me croyaient fragile, alors qu'en réalité je possède une volonté de fer.

Mais parfois, quand la situation m'échappe, comme maintenant, je me souviens du sentiment délicieux, satisfaisant, que me procurait le fait de ne pas manger. De savoir que je contrôlais mon destin, finalement.

Pour le moment, je parviens à résister à la tentation. Mais je ressens un vide au creux de l'estomac et une impression de nausée chaque fois que je repense à ce qui s'est passé. *J'ai là des dépositions sous serment de vos collègues*... Combien ? Qui d'autre, à part Saul ? Je suppose que ça n'a plus d'importance désormais. La nouvelle va faire le tour de l'immeuble.

Et Amanda, une de mes meilleures amies, saura que son mari a couché avec moi.

J'envoie un e-mail au bureau du personnel pour dire que je suis malade. Je dois éviter d'aller au travail tant que je n'ai pas adopté de stratégie.

Pour m'occuper, j'offre à la maison une séance de ménage dont elle a bien besoin. Sans réfléchir, je laisse la porte d'entrée ouverte pendant que je sors la poubelle. Lorsque j'entends un bruit derrière moi, je me retourne vivement, le cœur au bord des lèvres.

Un tout petit visage, squelettique, lève vers moi des yeux écarquillés, comme ceux d'un bébé singe. C'est un chaton, un siamois. En me voyant, il s'assoit sur le sol de pierre de la maison, avec l'air d'attendre, comme s'il me faisait comprendre que c'est à moi de trouver son propriétaire maintenant.

« Tu es qui, toi ? » je demande. Il se contente de miauler. Nullement apeuré, il se laisse faire quand je le soulève de terre. Il n'a que la peau sur les os, mais son poil est doux, comme du daim. À peine dans mes bras, il se met à ronronner bruyamment.

« Que vais-je faire de toi ? »

Je vais frapper aux portes, avec le chaton. Je n'ai rencontré aucun voisin jusqu'à présent. Je salue parfois une famille d'Indiens qui tient l'épicerie au coin de la rue et une jeune Polonaise qui travaille au Starbucks, près de la station de métro, mais c'est à peu près tout.

Je sonne en vain. C'est le genre de quartier où les deux dans le couple doivent travailler pour payer le crédit ou le loyer. Mais au numéro 3, une femme aux cheveux roux bouclés, avec des taches de rousseur, vient m'ouvrir, en essuyant ses mains pleines de farine sur son tablier. Derrière elle, j'aperçois une cuisine et deux enfants, roux également, un garçon et une fille, portant eux aussi des tabliers.

« Bonjour », dis-je.

Elle voit le chaton qui continue à ronronner voluptueusement dans mes bras.

« Oh, tu es adorable, toi, lui dit-elle.

— Vous ne sauriez pas à qui il est, par hasard ? Il est entré chez moi. »

Elle secoue la tête.

« Je n'ai pas entendu dire que quelqu'un avait un chaton par ici. Vous habitez où ?

— Au 1, dis-je en montrant la porte voisine.

— Le bunker du Führer ? Bah, il faut bien que quelqu'un y vive, j'imagine. Au fait, je m'appelle Maggie Evans. Vous voulez entrer ? Je vais appeler les autres mères. »

Déjà les enfants se pressent autour de moi en braillant. Ils demandent s'ils peuvent caresser le chaton. Leur mère les envoie se laver les mains d'abord. J'attends pendant qu'elle téléphone à quelques voisins. Soudain, trois ouvriers coiffés de casques émergent d'un sous-sol et traversent la cuisine en file indienne pour déposer leurs tasses vides dans l'évier. « Bienvenue à l'asile de fous », dit Maggie Evans après avoir raccroché, alors qu'en réalité, les deux enfants, comme ces trois ouvriers, me semblent très bien élevés, au contraire.

« Chou blanc, annonce-t-elle après avoir raccroché. Chloé, Tim, vous voulez bien faire des affichettes "Trouvé chaton" ? »

Les enfants acceptent avec enthousiasme. Chloé veut savoir s'ils pourront le garder, au cas où personne ne le réclamerait. Maggie répond d'un ton ferme que ce chaton va bientôt devenir un gros chat énorme qui dévorera Hector. Qui est Hector ? je ne le saurai jamais. Pendant que les enfants dessinent des affichettes, Maggie fait du thé et me demande depuis quand j'habite au One Folgate Street.

« Au début, on n'était pas trop pour, me confie-t-elle. Ça tranche tellement avec les autres maisons du quartier. Et l'architecte était très désagréable. Une réunion a été organisée pour qu'on lui fasse part de nos inquiétudes. Il est resté planté là, sans dire un mot. Puis il est parti et il n'a rien changé. Rien ! Je parie que c'est un enfer de vivre là-dedans.

— En fait, c'est très agréable, dis-je.

— J'ai connu une des locataires précédentes, elle n'en pouvait plus. Elle a tenu quelques semaines seulement. Elle disait que cette maison s'était retournée contre elle. Il y a toutes sortes de règles bizarres, non ?

— Quelques-unes. Mais ce sont des règles sensées, dis-je.

— Moi, je pourrais pas. Timmy ! Ne prends pas les assiettes en porcelaine pour faire de la peinture. Qu'est-ce que vous faites dans la vie ? me demande-t-elle.

— Je travaille dans le marketing. Mais je suis en congé maladie.

— Oh. »

Elle m'observe, perplexe. Manifestement, je n'ai pas l'air malade. Puis elle jette un regard inquiet en direction des enfants.

« Ne vous en faites pas, ce n'est pas contagieux, dis-je. Je baisse la voix. C'est ma chimio. Ça m'épuise. »

Aussitôt, l'inquiétude cède la place à la compassion dans son regard.

« Oh, ma pauvre… Je suis désolée.

— Non, non, je vais très bien. Je suis en pleine forme », dis-je, courageusement.

Quand je repars, avec une pile d'affichettes faites maison « EST-CE VOTRE CHATON ? » et le chaton lui-même, Maggie et moi sommes devenues amies.

De retour au One Folgate Street, le chaton explore la maison en prenant de l'assurance. Il gravit l'escalier en faisant de petits bonds, tel un tigre, jusque dans la chambre. Quand je pars à sa recherche, je le trouve étendu sur mon lit, dormant comme une souche, une patte dressée en l'air.

Je m'aperçois que j'ai pris une décision concernant le travail. Je sors mon téléphone et compose le numéro du standard.

« Flow Water Supplies, j'écoute.

— Passez-moi Helen au bureau du personnel, je vous prie. »

Un silence. Puis j'entends la voix de la DRH :

« Allô ?

— Helen, c'est Emma Matthews. Je veux porter plainte contre Saul Aksoy. »

Maintenant : JANE

Si retrouver la trace de l'ex-inspecteur Clarke a été facile, obtenir l'adresse e-mail de Saul Aksoy l'est encore plus. En tapant son nom suivi de « Flow Water Supplies » dans Google, j'apprends qu'il a quitté cette société il y a trois ans. Il est désormais le fondateur et le P-DG de Volcayneau, une nouvelle marque d'eau minérale dont la source – m'indique un site Internet léché – se situe sous un volcan endormi aux îles Fidji. Une photo montre un bel homme à la peau mate et au crâne rasé, avec des dents très blanches et un diamant à l'oreille. Je lui envoie mon e-mail type, désormais : *Cher Saul, pardonnez-moi de vous écrire à l'improviste. Je fais des recherches sur une ancienne occupante de la maison où je vis actuellement, le One Folgate Street...*

Nous sommes tous connectés à présent, me dis-je en envoyant mon message dans le cyberespace. Néanmoins, pour la première fois depuis que je me suis lancée dans cette enquête, j'essuie une rebuffade. La réponse me parvient très vite, mais c'est un refus.

Merci pour votre mail. Je refuse de parler d'Emma Matthews. Avec qui que ce soit. Saul.

J'insiste.

Je serai près de votre bureau demain soir. Nous pourrions peut-être aller boire un verre rapidement ?

Cette fois, j'ajoute mes coordonnées Messenger. D'après le peu de choses que je sais sur Saul Aksoy, je suis prête à parier qu'il va aller consulter mon profil Facebook. Et j'ai la prétention de croire que, peut-être, il acceptera d'aller prendre un verre avec moi, finalement.

En effet, la seconde réponse est plus positive.

OK. Je vous accorde une demi-heure. Rendez-vous au Zebra Bar dans Dutton Street à 20 heures.

J'arrive en avance et commande un soda citron. Mes seins ont grossi et je vais aux toilettes plus souvent. À part ça, on ne peut pas deviner que je suis enceinte, même si Mia affirme que j'ai l'air étonnamment bien. Radieuse, dit-elle. Ce n'est pas l'impression que je ressens quand je vomis le matin.

Ce qui me frappe d'emblée chez Saul Aksoy, ce sont les bijoux. Outre le diamant à l'oreille, il porte autour du cou une fine chaîne en or glissée dans le V de sa chemise ouverte au col. Des boutons de manchettes dépassent de sa veste de costume et il porte une chevalière à la main droite, ainsi qu'une montre de prix au poignet gauche. Visiblement agacé de voir que j'ai déjà commandé un verre, sans alcool qui plus est, il insiste pour que je prenne une coupe de champagne, avant de renoncer et d'en commander une pour lui.

Saul est aussi différent de Simon Wakefield qu'il est possible de l'être. Et Edward Monkford est totalement différent de ces deux hommes. Difficile de croire qu'Emma a eu une histoire avec les trois. Alors que Simon est désireux de faire plaisir, mais susceptible et peu sûr de lui, alors qu'Edward est calme et plein d'assurance, Saul est autoritaire, impertinent et hâbleur. Il a la manie de conclure ses phrases par un « hein ? » agressif, comme pour me forcer à être d'accord avec lui.

« Merci d'avoir accepté de me rencontrer, dis-je après un échange de banalités. Je sais que ma démarche peut sembler curieuse, étant donné que je ne connaissais même pas Emma. Mais j'ai le sentiment que personne ne la connaissait vraiment. Tous ceux que j'ai interrogés m'ont brossé d'elle un portrait différent.

— Je ne suis pas vraiment venu ici pour ça, hein ? Je ne supporte pas de parler d'elle, aujourd'hui encore.

— Pourquoi ?

— Parce que c'était une cinglée, déclare-t-il froidement. Et elle m'a fait perdre mon boulot. Non pas que je le regrette, c'était un job merdique, mais elle a menti à mon sujet, et ça je ne peux pas l'accepter.

— Qu'a-t-elle fait ?

— Elle a déclaré à la DRH de la boîte que je l'avais fait boire et obligée à avoir des rapports sexuels. Elle a affirmé, entre autres choses, que j'avais promis de l'aider à entrer au service marketing si elle couchait avec moi. Elle a prétendu qu'elle avait refusé et que je ne l'avais pas supporté. Il se trouve que j'ai parlé d'elle au directeur du marketing, en effet, pour essayer de lui filer un coup de main, mais c'était *après* qu'on a couché ensemble. Hélas, elle a porté ces accusations avant qu'on découvre qu'elle avait été arrêtée pour fausse déclaration de viol, hein ? Et par-dessus le marché, il y avait dans la boîte plusieurs filles qui étaient remontées contre moi depuis qu'elles avaient découvert certaines choses. Sans parler de ma femme, mon ex-femme maintenant, qui voulait me faire la peau. Bref, j'étais foutu. En fait, c'est la meilleure chose qui me soit jamais arrivée, mais sur le coup, je ne pouvais pas le savoir, hein ?

— Alors, Emma et vous avez eu… une liaison ? »

Il y a un petit bol de cacahuètes salées sur le bar et j'ai du mal à me retenir de me jeter dessus pendant que Saul parle. Je les repousse.

« On a couché ensemble deux fois, c'est tout. Pendant un déplacement professionnel où nous devions passer une nuit à l'hôtel. On avait trop bu, et les choses ont dérapé. »

Il grimace.

« Écoutez, je ne suis pas très fier de cette histoire. Simon est mon ami ; ou plutôt il l'était, avant tout ça. Mais je n'ai jamais su dire non, et c'est elle qui n'arrêtait pas de m'aguicher, croyez-moi. En fait, elle voulait continuer ; je lui avais pourtant dit qu'on s'était bien amusés et qu'il fallait s'arrêter là. À mon avis, c'était surtout le risque qui lui plaisait. Elle aimait l'idée de faire ça dans le dos de Simon. Et d'Amanda. Vous voulez que je vous dise ? J'ai rendu service à Simon en définitive, même s'il n'a jamais vu les choses de cette façon.

— Vous êtes restés en contact, Simon et vous ? »

Saul secoue la tête.

« On ne s'est pas parlé depuis des années.

— Je suis obligée de vous poser la question… Quelqu'un qui a visionné la vidéo sur le téléphone d'Emma m'a dit que c'était brutal. »

Il ne semble pas gêné. « Oui. Elle aimait ça. Comme la plupart des femmes, d'ailleurs. » Il me regarde droit dans les yeux. « Et j'aime les femmes qui savent ce qu'elles veulent. »

Je suis parcourue de frissons, et m'efforce de ne rien laisser paraître.

« Mais pourquoi faire une vidéo ?

— Pour s'amuser. Tout le monde l'a déjà fait, hein ? Plus tard, elle m'a affirmé qu'elle l'avait effacée, mais il faut croire qu'elle l'avait gardée. C'était typique. Ça devait lui plaire de savoir qu'elle possédait un truc comme ça, un truc qui pouvait foutre en l'air toute sa putain de vie et la mienne si on le découvrait. Une petite forme de pouvoir. J'aurais dû vérifier. Mais j'étais déjà passé à autre chose.

— L'avez-vous surprise en train de mentir à d'autres sujets ? Plusieurs personnes m'ont confié qu'elle ne disait pas toujours la vérité.

— Comme tout le monde, non ? »

Il s'affaisse sur son tabouret de bar, il semble plus détendu.

« Mais j'avais remarqué qu'elle sortait des trucs stupides parfois. Simon m'avait raconté qu'elle avait failli devenir mannequin, une agence ultra-connue voulait absolument l'engager, mais Emma avait décidé que ce n'était pas un métier fait pour elle. Tu parles. Comme si elle préférait une carrière d'attachée de presse dans une société qui vend de l'eau minérale. À moi, elle m'avait raconté qu'un photographe l'avait abordée un jour dans la rue, mais elle trouvait qu'il avait un côté pervers, alors elle n'avait pas donné suite. Et ça m'a fait réfléchir : quelle version était la bonne ? Parfois, elle exagérait juste un peu pour faire son petit effet, et parfois elle allait jusqu'à se créer tout un monde imaginaire… Cela étant, ajoute-t-il, si vous m'écoutiez discuter avec les détaillants, vous pourriez croire que je fais déjà un million de livres de chiffre d'affaires. Ce qui compte, c'est de donner le change, hein ? »

Il finit sa coupe de champagne.

« Bon, arrêtons de parler d'elle, hein ? On va commander une bouteille et parler de vous. On vous a déjà dit que vous aviez de très beaux yeux ?

— Merci, dis-je en descendant déjà de mon tabouret. J'ai un rendez-vous, mais je vous suis reconnaissante d'avoir accepté de me rencontrer.

— Quoi ? s'exclame-t-il en faisant semblant d'être abasourdi. Vous partez déjà ? Qui allez-vous rejoindre ? Votre petit ami ? On vient juste de commencer. Asseyez-vous. On va commander des cocktails, hein ?

— Non merci, je…

— C'est le moins que vous puissiez faire. Je vous ai consacré du temps, vous avez une dette envers moi maintenant. Buvons un verre, un vrai. »

Il sourit, mais je perçois de la dureté et du désespoir dans ses yeux. Un Lothaire vieillissant qui tente de doper son estime de soi déclinante à coups de conquêtes féminines.

« Non merci », dis-je, plus fermement.

Alors que je sors du bar, il balaie déjà la salle du regard, à la recherche d'une autre cible.

Avant : EMMA

On dit à propos de l'alcoolisme que vient un moment où vous finissez par toucher le fond. Personne ne peut vous dire quand il est temps d'arrêter, personne ne peut vous convaincre. Vous devez atteindre ce cul-de-sac par vous-même, en prendre conscience, et alors, alors seulement, vous avez une chance de pouvoir faire demi-tour.

J'ai atteint le fond de cette impasse. Accuser Saul était au mieux une solution de dépannage. Nul doute qu'il l'a mérité : il court après les filles du bureau dans le dos d'Amanda depuis toujours ; tout le monde sait quel genre d'homme il est, quelqu'un doit mettre fin à ses agissements. Mais, d'un autre côté, je suis obligée de voir la réalité en face : je l'ai laissé me saouler et je l'ai laissé faire ce qu'il a fait. J'étais exaspérée par la demande affective de Simon, son adoration sans bornes ; c'était une bouffée d'air de se sentir désirée pour des raisons purement égoïstes et sexuelles. Mais cela ne change rien au fait que c'était stupide de ma part.

Il faut que je change. Je dois devenir quelqu'un qui voit les choses clairement, pas une victime.

Carol m'a dit un jour que la plupart des gens consacrent toute leur énergie à essayer de changer les autres, alors que la seule personne que l'on peut vraiment changer, c'est soi-même. Et encore, c'est incroyablement difficile. Je comprends maintenant ce qu'elle voulait dire. Je crois que je suis prête à être quelqu'un d'autre. Et non plus celle à qui il arrive toutes ces emmerdes.

Je cherche la carte de visite de Carol pour l'appeler, mais impossible de mettre la main dessus. Je ne comprends pas comment quoi que ce soit peut disparaître dans cette maison, et pourtant, ça arrive tout le temps, du linge ou une bouteille de parfum que j'étais certaine d'avoir laissée dans la salle de bains. Je n'ai plus la force de chercher tous ces objets.

Le chaton, en revanche, je ne peux pas l'ignorer. En dépit des affichettes réalisées par les enfants, personne n'a téléphoné pour le réclamer – j'ai décrété que c'était un mâle – et, de son côté, il va et vient dans la maison comme s'il était chez lui. Il faut lui trouver un nom. Évidemment, je songe à l'appeler Le Chat, comme dans *Diamants sur canapé*, puis j'ai une meilleure idée. *Je suis comme Le Chat ici, une souillon sans nom. Nous n'appartenons à personne et personne ne nous appartient*. Allons-y pour Souillon. Je vais acheter de la nourriture pour chat et d'autres provisions à l'épicerie du coin.

À mon retour, quelqu'un m'attend devant la maison. Un gamin sur un vélo. Tout d'abord, je crois qu'il est là pour Souillon. Puis je m'aperçois que c'est le gamin qui m'a insultée après l'audience au tribunal. En me voyant, il sourit et décroche un seau qui pend au guidon de son vélo. Non, ce n'est pas un seau, mais un pot de peinture, déjà ouvert. Campé sur ses deux pieds, à califourchon sur sa bicyclette, il balance le pot de peinture sur le mur de pierre beige, immaculé, de la maison. Une entaille rouge, semblable à une immense plaie sanglante, apparaît sur la façade du One Folgate Street. Le pot retombe bruyamment et roule sur le sol en laissant une traînée écarlate.

« Je sais où tu habites, pouffiasse ! » me crie-t-il en repartant sur son vélo.

J'ai les mains qui tremblent lorsque je sors mon portable pour appeler le numéro que m'a donné l'inspecteur Clarke. « C'est moi, Emma, je bafouille. Vous m'avez dit de vous appeler si ça recommençait… Il vient de jeter un pot de peinture sur la façade de la maison…

— Emma Matthews. » On dirait qu'il répète mon nom à l'intention des personnes présentes près de lui.

« Pourquoi appelez-vous ce numéro, Miss Matthews ?

— C'est vous qui me l'avez donné, vous vous souvenez ? Vous m'avez dit de vous appeler si on essayait encore de m'intimider…

— C'est mon numéro personnel. Si vous avez quelque chose à signaler, appelez le central. Je vais vous donner le numéro. Vous avez de quoi noter ?

— Vous aviez promis de me protéger.

— Les circonstances ont changé, à l'évidence. Je vous envoie le numéro par SMS. »

Fin de la communication.

« Salopard », dis-je. Je suis secouée de sanglots. Je verse des larmes d'impuissance et de honte. Je m'approche de l'immense tache rouge sur le mur. Je ne sais absolument pas comment l'enlever. Cela signifie que je vais devoir contacter Edward.

[illegible] constamment [illegible] l'évidence de
vous avez [illegible] par SMS. »
[illegible] de la communication
[illegible]
[illegible]
[illegible]
[illegible]
[illegible]

10. Une nouvelle amie vous avoue qu'elle a fait de la prison pour vol à l'étalage. C'était il y a longtemps, et depuis elle est rentrée dans le droit chemin. Est-ce que :

- ❍ *Vous estimez que ça n'a pas d'importance, tout le monde mérite une seconde chance*
- ❍ *Vous appréciez sa franchise*
- ❍ *À votre tour, vous lui confiez une erreur que vous avez commise*
- ❍ *Vous avez de la peine pour elle*
- ❍ *Vous décidez que ce n'est pas le genre de personne que vous voulez comme amie*

Maintenant : JANE

Je prends le métro pour rentrer chez moi après mon rendez-vous avec Saul Aksoy, en regrettant de ne pas pouvoir me payer un taxi ; j'ai de plus en plus de mal à supporter la crasse et l'odeur des corps humides et sales en fin de journée. Personne ne m'offre sa place, bien évidemment, mais quand une autre femme enceinte arborant un ventre de huit mois et un badge BÉBÉ À BORD monte à King's Cross, quelqu'un se lève. Elle se laisse tomber sur le siège en poussant un soupir audible. *Dans quelques mois,* me dis-je, *ce sera moi*.

Le One Folgate Street est mon havre, mon cocon. Une des raisons pour lesquelles je rechigne à annoncer la nouvelle à Edward, je l'ai découvert, c'est qu'une partie de moi craint que Mia ait raison et qu'il me flanque dehors. Je me répète qu'il réagira différemment avec son propre enfant, que notre relation est plus forte que ses précieuses règles, qu'il acceptera les babyphones, les poussettes, les frises sur les murs, les tapis de jeux et tout le bazar de la parentalité. Je suis allée jusqu'à consulter les étapes du développement de l'enfant sur Internet. Compte tenu des personnalités de type A, disciplinées, de ses parents, notre enfant pourrait faire ses nuits à trois mois, marcher à moins d'un an et être propre vers dix-huit mois. Par conséquent, Edward n'aura pas à supporter très longtemps ce léger chaos.

Malgré tout, je n'ai pas trouvé le courage de l'appeler.

Et bien entendu, malgré la sérénité de mon environnement, je dois encore faire face à mes propres angoisses. Isabel est née muette et immobile. Ce bébé, je l'espère, sera différent. Je ne cesse d'imaginer cet instant : l'attente, la première inspiration et ce vagissement triomphant. Que ressentirai-je, alors ? Un sentiment de triomphe ? Ou quelque chose de plus complexe ? Parfois, je me surprends à m'excuser auprès d'Isabel, dans ma tête. *Je te promets que je ne t'oublierai pas. Personne ne peut prendre ta place. Tu seras toujours mon premier bébé, ma petite fille adorée et si précieuse. Je te pleurerai toujours*. Mais bientôt, il y aura quelqu'un d'autre à aimer, et existe-t-il en moi une réserve d'amour inépuisable, pour que mes sentiments envers Isabel ne soient pas altérés ?

J'essaie de me concentrer sur un problème plus immédiat : Edward. Plus je me répète que je dois lui parler, plus une petite voix me rappelle que je ne connais pas vraiment cet homme, le père de mon enfant. Je sais juste qu'il est remarquable, ce qui est une autre façon de dire étrange et obsessionnel. Je ne sais toujours pas ce qui s'est réellement passé entre lui et Emma ; quelle responsabilité, morale ou autre, il porte dans sa mort, ou si Simon et Carol, chacun à leur manière, se trompent à ce sujet.

Méthodique et efficace comme toujours, j'achète trois paquets de Post-it fluo, de couleurs différentes, et transforme un des murs du réfectoire en une gigantesque carte mentale. Je colle un Post-it portant le mot ACCIDENT, puis, sur la même ligne : SUICIDE, ASSASSINÉE-SIMON WAKEFIELD, ASSASSINÉE-DEON NELSON et ASSASSINÉE-PERSONNE INCONNUE. Finalement, à contrecœur, je colle ASSASSINÉE-EDWARD MONKFORD. Sous chacun, je colle d'autres Post-it pour chaque indice qui corrobore cette hypothèse. Quand je n'ai aucune preuve, je mets des points d'interrogation.

Je constate avec plaisir qu'il n'y a que deux Post-it sous le nom d'Edward. Simon en a moins que les autres, lui aussi, même si après ma conversation avec Saul, je suis obligée d'en mettre un sur lequel est écrit : VENGEANCE POUR AVOIR COUCHÉ AVEC MEILLEUR AMI ???

Après réflexion, j'ajoute un Post-it à la première rangée : INSPECTEUR CLARKE. Car même lui avait un mobile. Le fait d'avoir été berné par Emma lui avait coûté sa place. Évidemment, je ne pense pas vraiment qu'il soit coupable, pas plus qu'Edward. Mais il en pinçait pour Emma, manifestement, et je ne veux exclure aucune possibilité prématurément.

En pensant à l'inspecteur Clarke, je m'aperçois que j'ai oublié de lui demander si la police connaissait l'existence de ce type qui harcelait Edward, Jorgen quelque chose. J'ajoute un autre Post-it :

ASSASSINÉE-HARCELEUR D'EDWARD. Huit possibilités au total.

En contemplant le mur, je comprends que cela ne m'a menée nulle part. Comme l'a dit l'inspecteur Clarke : bâtir des théories, c'est une chose, trouver des preuves, c'en est une autre. Je n'ai qu'une liste de suppositions. Pas étonnant que la justice n'ait pas pu trancher.

Les couleurs vives des Post-it forment une sorte d'œuvre d'art contemporain instable sur le mur de pierre immaculé. Je les décolle en soupirant et les jette dans la poubelle.

Comme elle est pleine, je vais la vider dans les grands conteneurs de recyclage situés sur le côté de la maison, près de la séparation d'avec le numéro 3. Les déchets dégringolent, d'abord les plus récents, évidemment, puis les plus anciens. Je vois passer des emballages alimentaires de la veille, le magazine du *Sunday Times* du week-end dernier, un flacon de shampoing vide datant de la semaine précédente. Et un dessin.

Je le récupère. C'est le croquis qu'Edward a fait de moi avant de partir, celui qu'il trouvait bien, mais ne voulait pas garder. On dirait qu'il m'a dessinée non pas une fois, mais deux. Sur un premier dessin, j'ai la tête tournée vers la droite. Il est si détaillé que l'on voit la tension des muscles du cou et le creux de ma clavicule. Mais par-dessus, ou dessous, il y a un deuxième dessin, à peine quelques traits de crayon rapides, suggestifs, tracés avec une énergie et une violence surprenantes. J'ai la tête tournée de l'autre côté, la bouche ouverte dans une sorte de grognement. Ces deux visages orientés dans des directions opposées confèrent à ce dessin une troublante impression de mouvement.

Lequel est le *pentimento*, lequel est le portrait achevé ? Et pourquoi Edward a-t-il dit qu'il ne lui voyait aucun défaut ? Avait-il une raison de ne pas me montrer cette double image de moi-même ?

« Hello ! »

Je sursaute. Une femme d'une quarantaine d'années est en train de vider sa poubelle elle aussi, au 3.

« Désolée. Vous m'avez fait peur, dis-je. Bonjour. »

Elle montre le One Folgate Street.

« Vous êtes la nouvelle locataire ? Je m'appelle Maggie. »

Je lui serre la main par-dessus le grillage. « Jane Cavendish.

— À vrai dire, vous m'avez fait un peu peur, vous aussi. J'ai cru tout d'abord que vous étiez l'autre fille. La pauvre. »

Un frisson me parcourt le dos.

« Vous connaissiez Emma ?

— On échangeait quelques mots, rien de plus. Mais elle était adorable. Si douce. Un jour, elle est venue avec un chaton qu'elle avait trouvé et on a bavardé.

— C'était quand ? »

Maggie grimace.

« Quelques semaines seulement avant qu'elle… Vous savez… »

Maggie Evans… Ça me revient, maintenant. Son nom était mentionné dans le journal local après la mort d'Emma ; elle expliquait que les voisins détestaient le One Folgate Street.

« J'avais beaucoup de peine pour elle, dit Maggie. Elle m'avait confié qu'elle était en congé maladie à cause de son cancer. Quand ils l'ont découverte, je me suis demandé s'il y avait un lien… Peut-être que la chimio n'avait pas marché alors elle s'était suicidée. Elle m'avait dit cela de façon confidentielle, bien sûr, mais j'estimais qu'il était de mon devoir de le répéter à la police. Ils m'ont expliqué qu'il y avait eu une autopsie et qu'elle n'avait pas de cancer. Je me souviens d'avoir pensé : c'est affreux d'avoir réussi à surmonter cette terrible maladie et de mourir quand même, de cette façon.

— Oui », dis-je. Mais en mon for intérieur, je pense : *Un cancer ? Encore un mensonge,* me dis-je, *mais pourquoi ?*

Maggie poursuit sur sa lancée :

« Je lui avais conseillé de cacher ce chaton pour que le proprio ne le voie pas. Quelqu'un qui est capable de bâtir une maison pareille… »

Elle essaie de laisser sa phrase en suspens, mais rester muette plus de quelques secondes est au-dessus de ses forces, et très vite elle embraie sur son sujet préféré : la maison. Quoi qu'elle en dise, il est évident qu'elle se réjouit d'habiter à côté d'une construction aussi prestigieuse.

« Bon, faut que j'y aille, conclut-elle. Je vais préparer le goûter des petits. »

Je me demande comment je gérerai cet aspect de la maternité : devoir mettre ma vie de côté pour préparer le goûter et échanger des ragots avec les voisines. Bah, il y a pire, me dis-je.

Je regarde le dessin que je tiens toujours dans la main. Une autre évocation, réminiscence de mes cours d'histoire de l'art, me vient à l'esprit : Janus, le dieu à deux têtes. Le dieu de la duplicité.

D'ailleurs, est-ce vraiment moi sur le deuxième dessin ? Ou bien s'agit-il… d'Emma Matthews ?

J'attends que Maggie soit repartie, puis, discrètement, je fouille parmi les déchets recyclables jusqu'à ce que je retrouve les Post-it. Ils sont tout collés les uns aux autres : un millefeuille vert, rose et jaune, éclatant. Je les remporte dans la maison. Ils peuvent encore me servir.

Avant : EMMA

Je retarde le plus possible le moment où je vais retourner au travail. Mais le vendredi, je me dis qu'il faut prendre le taureau par les cornes. Je laisse à manger à Souillon, lui prépare une litière, et je sors.

Au bureau, je sens les regards qui me suivent tandis que je me dirige vers ma place. Le seul qui m'adresse la parole est Brian.

« Oh, Emma, ça va mieux ? Parfait. Tu peux te joindre à nous pour la réunion mensuelle, à 10 heures. »

Je devine, à sa façon d'être, que personne ne lui a rien dit, mais les femmes, c'est une autre paire de manches. Elles fuient mon regard. Où que je tourne la tête, je n'aperçois que des visages penchés sur des claviers d'ordinateur.

Soudain, je vois Amanda marcher vers moi à grands pas. Aussitôt, je me lève et fonce vers les toilettes. Je sais qu'une confrontation va avoir lieu et mieux vaut qu'elle se déroule dans l'intimité, plutôt qu'au milieu des regards hébétés et des bouches bées. J'arrive de justesse. La porte n'a pas eu le temps de se refermer derrière moi qu'elle s'ouvre de nouveau, si violemment qu'elle rebondit contre la butée en caoutchouc.

« Nom de Dieu, c'est quoi, cette histoire ? rugit-elle.

— Amanda, écoute…

— Non, pas de ça ! Ne me dis pas que tu es désolée et toutes ces conneries. Tu étais mon amie et tu as baisé avec mon mari. Tu as même gardé sur ton téléphone une vidéo où tu lui tailles une pipe ! Et maintenant, tu as le culot de porter plainte contre *lui* ? Espèce de sale menteuse ! »

Elle agite les mains à quelques centimètres de mon visage, et pendant un instant, je crois qu'elle va me frapper.

« Et Simon ! reprend-elle. Tu lui as menti, tu m'as menti, tu as menti à la police…

— Je n'ai pas menti au sujet de Saul !

— Oh, je sais que ce n'est pas un ange, mais quand des femmes comme toi se jettent sur lui…

— C'est Saul qui m'a violée », dis-je.

Elle s'arrête net. « Quoi ? »

Je m'empresse d'ajouter : « Ça va te sembler bizarre, mais je te jure que cette fois, c'est la vérité. Et je sais que je suis en partie responsable. Saul m'a fait boire, à tel point que je tenais à peine debout. Je n'aurais pas dû le laisser faire, je savais où il voulait en venir, mais je n'imaginais pas que ça irait aussi loin. Je me demande même s'il n'a pas mis un truc dans mon verre. Il m'a dit qu'il m'accompagnait jusqu'à ma chambre. Et soudain, le temps que je comprenne ce qui se passait, il essayait de me prendre de force. J'ai protesté, mais il ne m'écoutait pas… »

Amanda me foudroie du regard.

« Tu mens.

— Non. J'ai menti, je le reconnais. Mais là, je te jure que je dis la vérité.

— Non, Saul ne ferait jamais une chose pareille. Il a été infidèle, mais ce n'est pas un violeur. »

Elle manque de conviction en disant cela.

« Pour lui, c'était pas un viol, dis-je. Après, il n'arrêtait pas de me répéter que ça avait été génial. J'étais tellement dans les vapes que je me demandais si ce n'était pas ma mémoire qui me jouait des tours. Mais ensuite, il m'a envoyé la vidéo. Je n'avais même pas remarqué qu'il nous filmait, pour te dire. Il me disait qu'il prenait beaucoup de plaisir à la regarder. Et moi, je me disais qu'il pouvait tout raconter à Simon, à n'importe quel moment. Je ne savais pas quoi faire. J'ai paniqué.

— Pourquoi tu n'en as pas parlé à quelqu'un ? demande-t-elle, méfiante.

— À qui ? Tu semblais si heureuse à cette époque-là, je ne voulais pas être celle qui briserait votre mariage. Et tu sais combien Simon admire Saul. Je n'étais pas certaine qu'il me croie, et surtout, je ne savais pas comment il réagirait en apprenant ce que m'avait fait son meilleur ami.

— Mais pourquoi as-tu conservé cette vidéo ?

— Pour servir de preuve. J'essayais de rassembler mon courage pour le dénoncer à la police. Ou à la DRH au moins. Mais plus j'attendais, plus ça devenait difficile. Et en regardant ces images, même moi je voyais bien que c'était ambigu. Et j'avais honte de la montrer. Je me disais que tout était peut-être ma faute. Quand les policiers ont découvert cette vidéo sur mon portable et supposé devant Simon que c'était Deon Nelson, tout est devenu trop compliqué.

— Nom de Dieu, dit-elle, incrédule. Tu inventes, Emma.

— Non, je te le jure ! »

Et j'ajoute :

« Saul est un salaud, Amanda. Je crois qu'au fond de toi, tu le sais. Tu sais qu'il y a eu d'autres filles… au bureau, dans des clubs, toutes celles qu'il a pu se taper. Si tu me soutiens, il aura le châtiment qu'il mérite. Peut-être pas totalement, mais au moins, il perdra son boulot.

— Et la police ? » demande-t-elle.

À cet instant, je sais qu'elle commence à me croire.

« La police ne s'en mêlera pas s'il n'y a pas de preuve concrète qu'un crime a été commis. Le but, c'est qu'il soit foutu à la porte, pas de l'envoyer en prison. Après ce qu'il t'a fait, tu ne trouves pas que ce serait justice ? »

Amanda se met à sangloter.

« Je sais qu'il a couché avec deux filles de la boîte au moins, dit-elle. Michelle, à la compta, et Leona au marketing. Je donnerai leurs noms à la DRH.

— Merci, dis-je.

— Tu as averti Simon ? »

Je secoue la tête.

« Tu devrais. »

En pensant à Simon – gentil, aimant, confiant – je sens se produire un phénomène étrange. Je n'éprouve plus le même mépris envers lui. Je lui en voulais à mort d'être l'ami de Saul, de me chanter ses louanges en permanence, alors qu'en réalité, Saul n'était qu'un connard égoïste et agressif. Mais plus maintenant. Une partie de moi se souvient combien c'est agréable de se sentir pardonnée.

Je me surprends à pleurer moi aussi. Je sèche mes larmes avec une serviette en papier arrachée au distributeur.

« Je ne peux pas revenir en arrière, dis-je. Avec Simon, c'est terminé. Quand une chose a été brisée à ce point, on ne peut pas la réparer. »

Maintenant : JANE

« C'est juste un peu de gel, ça risque d'être froid », prévient gentiment l'échographiste.

J'entends le bruit de succion d'un tube que l'on presse, puis la sonde étale la substance visqueuse sur mon ventre. Cette sensation me rappelle le premier examen d'Isabel ; ma peau était restée collante toute la journée, tel un secret caché sous mes vêtements ; le petit rouleau de papier d'imprimante dans mon sac, qui montrait les courbes d'un fœtus semblable à une fougère.

J'inspire à fond, assaillie par une vague d'émotion subite.

« Détendez-vous », murmure l'échographiste, qui se méprend sur la cause de cette réaction. Elle appuie la sonde plus fortement contre mon ventre, en l'orientant dans tous les sens. « Voilà. »

Je regarde l'écran. Une silhouette émerge des ténèbres et je ne peux retenir un petit cri. Cela la fait sourire. « Combien d'enfants avez-vous ? » demande-t-elle sur le ton de la conversation.

Je mets sans doute plus de temps à répondre à cette question que la plupart de ses patientes, car elle jette un coup d'œil à ses notes.

« Pardonnez-moi, dit-elle. Je vois que vous avez eu un enfant mort-né. »

Je me contente de hocher la tête. Il n'y a rien à ajouter, me semble-t-il.

« Voulez-vous connaître le sexe de l'enfant ?

— Oui, s'il vous plaît.

— Vous allez avoir un petit garçon. »

Vous allez avoir un petit garçon. L'assurance contenue dans cette affirmation, la conviction que tout se passera bien cette fois, me submergent. La joie et le chagrin se percutent en moi et j'éclate en sanglots.

« Tenez. » L'échographiste me tend la boîte de mouchoirs en papier qu'elle utilise pour enlever le gel. Je me mouche et renifle pendant qu'elle poursuit son travail. Après quelques minutes, elle dit :

« Je vais demander au médecin de venir voir.

— Pourquoi ? Il y a un problème ?

— Je veux juste qu'il commente les résultats avec vous », dit-elle d'un ton rassurant.

Puis elle disparaît. Je ne suis pas inquiète outre mesure. Ça se passe ainsi parce que je suis techniquement une patiente à risque. Étant donné que les problèmes d'Isabel n'ont commencé que lors de la dernière semaine de grossesse, il n'y a aucune raison de craindre des complications à ce stade.

Une éternité s'écoule avant qu'apparaisse enfin le visage du docteur Gifford.

« Bonjour, Jane.

— Bonjour. » Je l'accueille comme un vieil ami maintenant.

« Jane, je veux vous expliquer pourquoi nous effectuons cet examen vers la douzième semaine. Il s'agit de prévenir les anomalies fœtales les plus fréquentes. »

Oh, non. Ce n'est pas possible...

« L'échographie ne nous fournit pas une indication précise, mais elle met l'accent sur les endroits où il peut y avoir un risque accru. Dans votre cas, nous cherchons bien évidemment les problèmes liés au placenta ou au cordon ombilical, et je suis heureux de pouvoir vous annoncer que l'un et l'autre semblent parfaitement normaux. »

Je me jette sur ces paroles. *Merci, mon Dieu. Merci...*

« Mais nous mesurons également ce que nous appelons la clarté nucale. C'est-à-dire l'espace translucide entre les muscles et la peau du cou du fœtus. Dans votre cas, elle indique un risque de syndrome de Down légèrement augmenté. Dès que les probabilités dépassent 1 cas sur 150, nous parlons de risque élevé. En ce qui vous concerne, nous en sommes environ à 1 sur 100. Cela veut dire que sur cent mères présentant ce profil à risque, une seule donnera naissance à un bébé atteint du syndrome de Down. Vous comprenez ?

— Oui », dis-je.

Et je comprends... C'est-à-dire que je saisis la logique de ses propos. Je suis douée pour les chiffres. Ce que j'ai du mal à appréhender, en revanche, c'est ce que je ressens. Tant d'émotions, tellement écrasantes qu'elles s'annulent presque mutuellement ; je suis lucide, mais comme engourdie.

Tous mes plans, mes plans soigneusement élaborés, se sont écroulés.

« Le seul moyen d'être sûr, c'est d'effectuer un examen qui consiste à introduire une aiguille dans votre utérus pour prélever un peu de liquide, m'explique le docteur Gifford. Malheureusement, cela entraîne un petit risque de fausse couche.

— Petit comment ?

— Environ un sur cent. »

Il sourit, en ayant l'air de s'excuser ; il veut me montrer qu'il sait que je suis suffisamment intelligente pour percevoir toute l'ironie de la chose. Le risque de fausse couche à cause de ce test est exactement identique à celui de mettre au monde un enfant atteint du syndrome de Down si je ne le fais pas.

« Il existe un nouveau test, non intrusif, qui peut fournir un résultat assez précis, ajoute-t-il. Il mesure de minuscules fragments de l'ADN du bébé dans votre sang. Malheureusement, il n'est pas encore disponible au sein des hôpitaux publics. »

Je comprends où il veut en venir. « Vous voulez dire que je peux le faire dans le privé ? »

Il hoche la tête.

« Ça coûte environ quatre cents livres.

— Je veux le faire, dis-je aussitôt. Je trouverai un moyen pour payer.

— Je vais vous adresser à un spécialiste. Et nous vous donnerons des brochures à lire. De nos jours, de nombreux enfants atteints du syndrome de Down vivent relativement normalement, et longtemps. Mais il n'existe aucune garantie. C'est une décision que chaque parent doit prendre seul. »

Par décision, il entend : me faire avorter ou pas.

Je suis encore sonnée en sortant de l'hôpital. Je vais avoir un bébé. Un petit garçon. Une nouvelle chance d'être mère.

Ou pas.

Pourrai-je vraiment assumer un enfant handicapé ? Car je ne me fais aucune illusion à ce sujet : un enfant atteint du syndrome de Down est un handicapé. Certes, leurs perspectives sont peut-être meilleures qu'elles l'étaient autrefois, mais ce sont des enfants qui ont besoin de plus d'attention, d'aide, de dévouement, d'amour et de soutien. J'ai vu des mères d'enfants handicapés dans la rue, d'une patience infinie, visiblement épuisées, et je les ai trouvées formidables. Suis-je comme elles ?

C'est seulement en arrivant au One Folgate Street que je m'aperçois que je ne peux plus attendre pour parler à Edward. Choisir le bon moment pour lui annoncer qu'il va être père, c'est une chose, lui cacher cette situation, c'en est une autre. Toutes les brochures soulignent combien il est important de discuter de ce problème avec son partenaire.

Mais mon premier réflexe, inévitablement, c'est de chercher « syndrome de Down » sur Internet. Quelques minutes après, je suis prise de nausées.

... la trisomie 21, comme il convient d'appeler le syndrome de Down, s'accompagne de problèmes thyroïdiens, de troubles du sommeil, de complications gastro-intestinales, de problèmes de vue, de malformations cardiaques, d'instabilité de la colonne vertébrale et des hanches, d'hypotonie et de difficultés d'apprentissage...

... Quelles précautions prendre afin de limiter les fugues ? Installer de bons verrous sur toutes les portes à l'intérieur de la maison, placer des panneaux STOP sur les portes extérieures et songer à clôturer totalement votre jardin...

... Apprendre la propreté à un enfant frappé d'hypotonie constitue assurément un double défi ! Après trois ans de petits accidents, je suis heureux de dire que nous y sommes enfin parvenus !

... Nous mangions du yaourt devant un miroir pour que notre fille voie pourquoi elle renversait le sien... et ça a marché du tonnerre ! La coordination œil-main reste problématique...

Ensuite, habitée par un sentiment de culpabilité grandissant, je tape : « Down + avortement ».

Parmi tous les couples qui reçoivent un diagnostic prénatal de SD en Grande-Bretagne, 92 % choisissent l'avortement. Conformément à la loi, l'interruption de grossesse dans ce cas précis est autorisée jusqu'à terme.

... Nous avons compris, mon partenaire et moi, qu'il valait mieux supporter la culpabilité et le chagrin d'un avortement plutôt que de laisser notre fille souffrir toute sa vie...

Oh, mon Dieu. Mon Dieu. Mon Dieu.

Isabel ferait ses nuits aujourd'hui. Elle se tiendrait assise, prendrait des objets, les mettrait dans sa bouche. Elle avancerait à quatre pattes, peut-être même qu'elle marcherait. Elle serait intelligente, athlétique, dynamique, ambitieuse, comme sa mère. Au lieu de cela, je dois décider si je veux m'encombrer d'un...

Je m'interromps. Ce n'est pas la bonne façon d'aborder le problème. Le docteur Gifford m'a obtenu un rendez-vous au centre de dépistage demain matin à la première heure. Ils me communiqueront les résultats par téléphone moins de deux jours plus tard, m'a-t-il promis. En attendant, je ne dois pas me laisser accabler par la situation. Après tout, il y a de fortes chances pour que tout aille bien. Des milliers de femmes enceintes partagent la même angoisse, pour découvrir finalement que ce n'était rien d'autre : une angoisse.

Je téléphone à Mia et je pleure pendant des heures, me semble-t-il.

Avant : EMMA

Assise dans le train, je me demande ce que je vais lui dire. Les centrales électriques et les champs défilent. Les cités-dortoirs et les villages ruraux se succèdent.

Tous les discours que je me récite mentalement tombent à plat. Et je sais que plus je répète, plus ça sonnera faux. Mieux vaut improviser, avec le cœur, en espérant qu'il m'écoutera.

Je ne lui envoie un SMS qu'une fois descendue du train, pendant que j'attends un taxi. *Je viens te voir. Il faut qu'on parle.*

Le chauffeur de taxi ne veut même pas croire que ma destination existe – « Y a rien dans ce coin, m'selle. La maison la plus proche, ce serait à Tregerry, à huit kilomètres de là » –, jusqu'à ce que, au détour d'un chemin de campagne, nous découvrions un campement de cabanes en préfabriqué et de toilettes chimiques sur un terrain boueux. Nous sommes entourés de champs et de bois, mais de l'autre côté de la vallée, des camions passent sur une route lointaine, et je devine qu'une ville entière pourrait effectivement se dresser ici un jour.

Edward sort d'une des cabanes et se dirige vers moi d'un pas décidé, la mine sombre. « Emma, dit-il. Que se passe-t-il ? Que fais-tu ici ? »

J'inspire à fond. « Il faut que je t'explique quelque chose, dis-je. C'est très compliqué. Je voulais t'en parler en face. »

Les cabanes étant occupées par des topographes et des dessinateurs industriels, nous marchons le long du bois. Je lui répète ce que j'ai raconté à Amanda : un ami de Simon m'a droguée et obligée à avoir des rapports sexuels avec lui, puis il m'a envoyé une vidéo qu'il avait faite pour me menacer ; la police a pensé que c'était Deon Nelson et j'ai reçu un rappel à l'ordre de la part de la justice pour avoir fait perdre son temps à la police, mais en réalité, ce n'était pas ma faute. Edward m'écoute attentivement, sans laisser paraître la moindre émotion.

Puis, très calmement, il m'annonce que c'est fini entre nous.

Peu importe que je lui dise la vérité ou pas aujourd'hui, je lui ai menti par le passé.

Il fait remarquer que nous étions convenus de continuer tant que tout était parfait entre nous.

Une relation de ce type ressemble à un bâtiment, explique-t-il. Si les fondations ne sont pas solides, tout s'écroule. Il croyait que notre relation reposait sur l'honnêteté, alors qu'en réalité elle était construite sur la tromperie.

Il ajoute que tout *ça* – il montre les champs – a vu le jour parce que j'avais affirmé avoir été agressée par Deon Nelson à mon domicile. Désormais, dit-il, toute cette ville est bâtie sur un mensonge, elle aussi. Il avait cherché à construire une communauté dans laquelle les gens se respecteraient et veilleraient les uns sur les autres. Mais une telle communauté ne peut fonctionner que sur la confiance, et maintenant, cette idée est souillée à ses yeux.

Il me dit au revoir, d'une voix dénuée de toute émotion.

Mais je sais qu'il m'aime. Je sais qu'il a besoin de nos jeux, car ils répondent à un besoin profondément ancré en lui.

« J'ai eu tort, dis-je d'un ton désespéré. Mais pense à ce que tu as fait. C'est bien pire ! »

Il fronce les sourcils. « Que veux-tu dire ?

— Tu as tué ta femme. Et ton fils. Tu les as tués parce que tu ne voulais pas compromettre ton projet. »

Il me foudroie du regard. Il nie.

« J'ai parlé à Tom Ellis », dis-je.

Il fait un geste de dédain. « Cet homme est un raté rongé par l'amertume.

— Tu ne comprends pas ? dis-je. Je m'en fiche. Je me fiche de ce que tu as fait, de ce que tu es, Edward. Nous sommes faits l'un pour l'autre. Et nous le savons. Maintenant, je connais ton pire secret, et tu connais le mien. N'est-ce pas ce que tu as toujours voulu ? Une totale franchise entre nous ? »

Je sens qu'il est partagé ; il pèse cette décision mentalement, il ne veut pas perdre ce qui nous unit.

« Tu es folle, Emma, dit-il finalement. Tu fantasmes. Rien de tout cela n'est arrivé. Tu ferais mieux de retourner à Londres. »

Maintenant : JANE

Plusieurs raisons me poussent à retourner voir Carol Younson.

« Premièrement, lui dis-je, Simon et vous êtes les seules personnes à qui Emma, semble-t-il, a confié qu'elle avait peur d'Edward Monkford. Mais j'ai désormais la preuve qu'en une occasion, au moins, elle vous a raconté des mensonges, à vous, sa propre thérapeute. Deuxièmement, vous êtes la seule spécialiste en psychologie, parmi toutes les personnes à qui elle a parlé. Alors j'espérais que vous pourriez éclairer sa personnalité. »

Je ne lui confie pas encore la troisième raison.

Elle fronce les sourcils. « Quels mensonges ? »

Je lui rapporte ce que j'ai appris au sujet de Saul et de la fellation que lui a administrée Emma en état d'ivresse.

« Si vous reconnaissez qu'elle a pu mentir en affirmant avoir été violée par Deon Nelson, dis-je, reconnaissez-vous qu'elle ait pu mentir au sujet d'Edward également ? »

Carol réfléchit. « Les gens mentent parfois à leur thérapeute. Soit parce qu'ils sont dans le déni, soit parce qu'ils ont honte, tout simplement. Ça arrive. Mais si ce que vous dites est exact, Emma n'a pas juste proféré un mensonge, elle a construit tout un monde imaginaire, une réalité alternative.

— C'est-à-dire ?

— Ce n'est pas vraiment mon domaine. Mais le terme clinique pour décrire ce genre de mensonges pathologiques est la mythomanie. Elle est souvent associée à un déficit d'amour-propre, au besoin d'attirer l'attention et à un désir profond de se présenter sous un jour plus valorisant.

— Être violée n'a rien de valorisant.

— Non, mais ça vous rend différente. Les mythomanes de sexe masculin prétendent appartenir à la famille royale ou être d'anciens membres des forces spéciales. Il y a un exemple tristement célèbre d'une femme qui, voilà deux ou trois ans, affirmait être une survivante du 11-Septembre, de manière si convaincante qu'elle a fini par diriger le groupe de soutien aux véritables survivants de l'attentat. Finalement, on a découvert qu'elle ne se trouvait même pas à New York à ce moment-là. » Après un moment de réflexion, Carol ajoute : « Bizarrement, je me souviens qu'un jour Emma m'a dit quelque chose comme : *Comment réagiriez-vous si je vous disais que j'ai tout inventé ?* Comme si elle jouait avec l'idée de la confession.

— Est-il possible qu'elle se soit suicidée parce qu'elle était rattrapée par tous ses mensonges ?

— C'est possible. Si elle n'a pas réussi à bâtir une nouvelle histoire pour se présenter en victime, à ses yeux du moins, elle a peut-être subi ce que nous appelons une humiliation narcissique. En d'autres termes, elle se sentait tellement honteuse qu'elle a préféré mourir.

— Auquel cas, Edward est innocent, fais-je remarquer.

— Oui, peut-être, répond-elle avec prudence.

— Pourquoi "peut-être" ?

— Je ne peux pas cataloguer Emma comme mythomane, de manière posthume, uniquement pour que les faits s'accordent à une théorie opportune. Il est tout à fait possible qu'elle ait simplement raconté un mensonge parfaitement logique, puis un autre pour masquer le premier, puis encore un autre. *Idem* dans le cas d'Edward Monkford. D'après ce que vous me racontez, il semblerait qu'Emma soit la véritable personnalité narcissique dans cette histoire, mais nul doute qu'il est totalement habité par le besoin de tout contrôler. Et que se passe-t-il quand quelqu'un qui veut tout contrôler rencontre quelqu'un d'incontrôlable ? Le mélange peut se révéler explosif.

— Mais d'autres personnes avaient de meilleures raisons qu'Edward d'en vouloir à Emma. Deon Nelson a échappé de peu à la prison. Saul Aksoy a perdu son travail. Et l'inspecteur Clarke a été contraint de prendre sa retraite prématurément.

— Oui, possible, concède Carol, sans paraître totalement convaincue toutefois. Maintenant que j'y pense, je vois ce qui a pu pousser Emma à me mentir.

— Quoi ?

— Elle s'est peut-être servie de moi comme d'une table d'harmonie. Ou une répétition grandeur nature, si vous préférez, avant de raconter son histoire à quelqu'un d'autre.

— À qui ? je demande, mais je crois deviner la réponse.

— La seule autre personne à qui elle a raconté cette histoire au sujet d'Edward, c'est Simon.

— Mais pourquoi, si elle voulait réellement être avec Edward ?

— Parce que Edward l'avait rejetée. » J'éprouve un vif sentiment de satisfaction, pas uniquement parce que je pense avoir enfin compris ce qui se cachait derrière ces étranges accusations visant Edward, mais également parce que je sens que je me rapproche d'Emma, je suis sur ses talons, dans le sillage de ses revirements et de ses changements de direction. « C'est l'unique réponse logique. Simon était tout ce qui lui restait. Et, bien évidemment, elle lui a raconté que c'était elle qui avait rompu avec Edward, alors qu'en réalité c'était l'inverse. Je peux utiliser vos toilettes ? »

Carol semble surprise, mais elle m'indique la direction.

« C'est l'autre raison de ma présence ici aujourd'hui, dis-je en revenant dans le salon. Je suis enceinte. D'Edward. »

Elle me regarde d'un air hébété.

J'ajoute : « Et il y a un risque, très faible, que mon bébé soit atteint du syndrome de Down. J'attends les résultats d'un examen. »

Elle se ressaisit très vite. « Et que ressentez-vous, Jane ?

— Je suis perdue. D'un côté, je me réjouis d'être enceinte. De l'autre, je suis terrorisée. Parallèlement à cela, je ne sais pas ce que je dois dire à Edward, et à quel moment.

— Commençons par faire le tri dans tout ça. Êtes-vous uniquement heureuse d'être enceinte ? Ou cela a-t-il ravivé le chagrin de la disparition d'Isabel ?

— Les deux. Avoir un autre enfant me paraît tellement… définitif. J'ai l'impression d'abandonner Isabel, d'une certaine façon.

— Vous craignez que le nouveau bébé la remplace dans vos pensées, résume Carol. Et étant donné que vos pensées sont le seul endroit où vit encore Isabel, vous avez le sentiment de la tuer une seconde fois. »

Cette fois, c'est moi qui ne cache pas mon étonnement. « Oui. C'est exactement ça. »

Je prends conscience que Carol Younson est une excellente thérapeute.

« La dernière fois que nous nous sommes vues, nous avons parlé de la compulsion de répétition, de la façon dont certaines personnes restent bloquées dans le passé et rejouent sans cesse le même psychodrame. Mais nous avons la possibilité de briser ces cycles, et d'aller de l'avant. » Carol me sourit. « Les gens aiment employer l'expression "passer l'éponge". Mais cela ne suffit pas, il faut changer d'ardoise. L'ancienne conserve les traces de tout ce qui y a été écrit. Alors, c'est peut-être l'occasion pour vous, Jane, de choisir une toute nouvelle ardoise.

— J'ai peur de ne pas l'aimer autant qu'Isabel.

— Et c'est compréhensible. Les morts peuvent nous sembler absolument parfaits ; ils sont figés dans un idéal avec lequel nul ne peut rivaliser. S'en détacher n'est pas facile. Mais c'est faisable. »

Je réfléchis au sens de ces paroles. Elles ne s'appliquent pas uniquement à moi, elles concernent Edward également. Elizabeth était son Isabel : la première, perdue, parfaite, dont il ne parvient pas à se libérer.

Carol et moi parlons ainsi pendant une heure ; de la grossesse, du syndrome de Down, du terrible et difficile sujet de l'avortement. À la fin de notre discussion, tout est clair dans mon esprit, je sais ce que je vais faire.

Si le test est positif, je me ferai avorter. Ce n'est pas une décision facile et je vivrai avec ce sentiment de culpabilité toute ma vie, mais c'est ainsi.

Et je ne dirai rien à Edward. Il ne saura jamais que j'ai été enceinte. Certains pourraient y voir de la lâcheté morale. Mais je ne vois pas l'intérêt de lui parler d'un bébé qui a existé et n'existe plus.

En revanche, si le test est négatif et si le bébé se porte bien, ce qui est le plus probable, comme se tuent à me le répéter le docteur Gifford et Carol, je me rendrai immédiatement en Cornouailles pour annoncer à Edward qu'il va être père.

Au moment où je prends congé de Carol, mon portable sonne.

« Jane Cavendish ?

— Oui. Je vous écoute.

— Ici Karen Powers, du centre de tests sur les fœtus.

— Oui… » J'ai déjà la tête qui tourne.

« J'ai sous les yeux les résultats de votre examen prénatal. Vous êtes occupée ? »

Je ressens le besoin de m'asseoir. « Non, non. Allez-y.

— Pouvez-vous me confirmer votre adresse ? »

Je me conforme aux procédures de confidentialité avec une impatience grandissante. Carol a compris la nature de cet appel ; elle s'assoit elle aussi.

« Je suis ravie de vous annoncer… », commence Karen Powers, et mon cœur explose. *Une bonne nouvelle. C'est une bonne nouvelle.*

Je me mets à pleurer et elle doit répéter les résultats. Le test est négatif. Si seule l'amniocentèse offre un diagnostic sûr à cent pour cent, l'analyse de l'ADN libre fœtal dépasse les quatre-vingt-dix-neuf pour cent de fiabilité. Il n'y a aucune raison de penser que mon bébé ne sera pas en parfaite santé. Me voilà repartie. Maintenant, il ne me reste plus qu'à annoncer la nouvelle à Edward.

Avant : EMMA

J'ai l'impression que quelqu'un vient de mourir. Je suis sonnée, engourdie. Ce n'est pas simplement le fait de perdre Edward, c'est l'aspect presque clinique de cette séparation. Une semaine plus tôt, j'incarnais pour lui la femme parfaite, et désormais, c'est terminé. De l'adoration au mépris en un battement de paupières. Une partie de moi se dit qu'il refuse d'admettre à quel point il est attaché à moi ; il va m'appeler d'une minute à l'autre pour m'annoncer qu'il a commis une terrible erreur. Puis je me souviens qu'Edward n'est pas Simon. Je contemple les murs purs, immaculés, les surfaces intransigeantes du One Folgate Street, et j'y vois toute la force de sa volonté, sa détermination obstinée, dans chaque centimètre carré.

J'arrête de manger. Je me sens mieux ; la faim est comme une vieille amie que j'accueille avec joie, les vertiges sont des anesthésiants contre la sensation de perte.

Je prends Souillon dans mes bras et m'en sers comme d'un mouchoir, un nounours, un doudou.

Agacé par ces démonstrations d'affection, il se débat pour se libérer et grimpe à l'étage où je le récupère, couché sur mon lit, quand j'ai besoin de la chaleur de sa fourrure douce.

Le jour où il disparaît, je deviens folle d'inquiétude. Puis je remarque que la porte du placard de la femme de ménage est entrouverte. Bien entendu, je le trouve caché là, roulé en boule sur un bidon de cire, pour m'échapper.

Ce soir-là, alors que je prends une douche, toutes les lumières s'éteignent soudain et l'eau devient froide. Cela ne dure que quelques secondes, mais c'est suffisant pour que je pousse un cri de surprise et de peur. Tout d'abord, je pense que Souillon a débranché un des câbles à l'intérieur du placard. Puis je me dis que c'est la maison qui agit ainsi. Le One Folgate Street me bat froid, comme Edward, pour exprimer le mécontentement de son maître.

Puis l'eau redevient chaude. Ce n'était qu'une coupure de courant, un problème momentané. Pas de quoi s'alarmer.

J'appuie mon front contre le mur lisse de la douche ; mes larmes sont emportées par l'eau qui ruisselle vers le trou d'évacuation.

Maintenant : JANE

Je rentre de ma visite chez Carol revigorée et heureuse. Une page est tournée. L'avenir ne sera pas facile, mais, au moins, il m'apparaît clairement.

En entrant au One Folgate Street, je me fige. Au pied de l'escalier, je découvre le sac de voyage Swaine Adeney en cuir.

« Edward ? » dis-je, timidement.

Il est dans le réfectoire, et il observe ma carte mentale, l'explosion multicolore de Post-it collés sur le mur. Au centre, j'ai scotché le dessin, la double vision d'Emma et moi, récupéré dans la poubelle.

Il tourne la tête vers moi et je tressaille en voyant la colère glacée contenue dans son regard. « Je peux t'expliquer, dis-je précipitamment. Il fallait que je mette de l'ordre dans mes pensées…

— *Assassinée-Edward Monkford*, dit-il tout bas. Ravi de voir que je ne suis pas le seul suspect, Jane.

— Je sais que ce n'est pas toi. Je reviens de chez la thérapeute d'Emma. Elle lui a menti et je crois comprendre pourquoi maintenant. Et je pense savoir pourquoi Emma s'est suicidée. (Là, j'hésite.) Elle l'a fait pour te punir. Un geste ultime, théâtral, pour que tu t'en veuilles d'avoir rompu avec elle. Et j'imagine, compte tenu de ce que tu as subi, qu'elle a réussi.

— J'aimais Emma. » Ces mots, catégoriques, définitifs, fusent dans l'air. « Mais elle m'a menti. Je croyais que je pourrais peut-être avoir l'amour sans les mensonges. Avec toi, je veux dire. Tu te souviens de ta lettre de candidature ? Tu parlais d'intégrité, d'honnêteté et de confiance. C'est ce qui m'a fait croire que ça pouvait marcher, que ce serait peut-être mieux cette fois. Mais je ne t'ai jamais aimée autant qu'elle. »

Je le regarde, sonnée.

« Pourquoi es-tu ici ? » parviens-je à articuler.

Je sais que cette question n'a aucun sens, mais j'ai besoin de temps pour assimiler ce qu'il vient de dire.

« Il fallait que je rentre à Londres pour voir mes avocats. Les premiers habitants se sont installés à New Austell, mais ils posent des problèmes. Ils semblent croire qu'en se liguant ils pourront m'obliger à changer les règles. Je vais les faire expulser. Tous. » Il hausse les épaules. « J'ai apporté le dîner. »

Je vois sur le comptoir une demi-douzaine de sacs en papier provenant du genre d'épicerie à l'ancienne qu'affectionne Edward.

« En fait, c'est très bien que tu sois là, dis-je, encore sous le choc. Il faut qu'on parle.

— C'est évident. »

Son regard revient se poser sur les Post-it.

« Edward, je suis enceinte. »

Je dis cela d'un ton sec, à un homme qui vient de m'annoncer qu'il ne m'aime pas. Dans mes pires cauchemars, ce n'est pas ainsi que j'imaginais la scène. « Tu as le droit de savoir.

— Oui, répond-il après un long silence. Depuis quand tu me le caches ? »

Je suis tentée de mentir, mais je refuse de m'accorder ce faux-fuyant.

« Je viens de dépasser les douze semaines.

— Tu as l'intention de le garder ?

— Les médecins craignaient que l'enfant soit atteint du syndrome de Down. » En entendant cela, Edward passe sa main sur son visage. « Heureusement, ce n'est pas le cas. Alors, oui, je vais le garder. *Je vais le garder*. Je sais que tu ferais un autre choix, mais c'est comme ça. »

Il ferme les yeux, brièvement, comme s'il souffrait.

Je reprends : « Je suppose, compte tenu de ce que tu viens de dire, que tu n'as nullement l'intention d'être son père, d'une manière ou d'une autre. Soit. Je ne veux rien de toi, Edward. Si seulement tu m'avais avoué que tu étais toujours amoureux d'Emma…

— Tu ne comprends pas, me coupe-t-il. C'était comme une maladie. Je me haïssais à chaque seconde que je passais avec elle. »

Je ne sais pas comment réagir à cela.

« Cette thérapeute que j'ai vue aujourd'hui… Elle m'a expliqué qu'on peut parfois rester bloqué à l'intérieur d'une histoire, en essayant inlassablement de reproduire une relation passée. Je pense que, d'une certaine façon, tu es toujours coincé dans l'histoire d'Emma. Je ne peux pas t'aider à en sortir. Mais je refuse d'y rester coincée avec toi. »

Il contemple autour de lui les murs, les espaces parfaits et stériles qu'il a créés. Il semble y puiser de la force. Il se lève.

Et il dit : « Adieu, Jane. »

Il reprend son sac Swaine Adeney et s'en va.

11. *Que redoutez-vous le plus dans une relation ?*

- ❍ *De vous ennuyer*
- ❍ *De constater que vous pourriez trouver mieux*
- ❍ *L'éloignement progressif*
- ❍ *Que votre partenaire devienne dépendant(e) de vous*
- ❍ *D'être dupé(e)*

Avant : EMMA

Parfois, j'ai l'impression que je pourrais rétrécir jusqu'à disparaître. Je me sens aussi pure et parfaite qu'un fantôme. La faim, les migraines, les vertiges… ce sont les seules choses réelles.

Réussir à ne pas manger est la preuve que je reste puissante. Parfois, je suis moins forte et j'engloutis une miche de pain entière ou une barquette de coleslaw, mais ensuite, j'enfonce mes doigts au fond de ma gorge et je vomis tout. Je peux recommencer. Et effacer toutes les calories.

Je ne dors pas. La même chose s'est produite la dernière fois que mes troubles de l'alimentation se sont aggravés. Là, c'est encore pire. Je me réveille brusquement en pleine nuit, convaincue que les lumières de la maison se sont allumées, puis éteintes, ou que j'ai entendu quelque chose bouger. Après cela, impossible de retrouver le sommeil.

Je vais voir Carol et je lui dis qu'Edward est un égocentrique et un tyran qui régente tout. Je lui raconte qu'il me brutalise, veut tout contrôler, qu'il est obsessionnel, c'est pour ça que je l'ai quitté. Mais même si j'ai envie de croire ce que je lui raconte, le désir de le voir imprègne chaque cellule de mon corps.

En rentrant au One Folgate Street, j'aperçois quelque chose dans le jardin ; on dirait un chiffon, ou un jouet abandonné. Il faut plusieurs secondes à mon cerveau pour comprendre de quoi il s'agit, et je me précipite au-dehors, sur le rectangle de gravier impeccable.

Souillon. Il est couché sur le côté. Mort. Le flanc gauche est enfoncé, ce n'est plus qu'un tas de poils ensanglantés. On dirait qu'il s'est traîné jusqu'ici, loin de la maison, avant de s'écrouler. Je regarde aux alentours. Il n'y a rien qui explique comment il est mort. Écrasé par une voiture ? Piétiné, puis jeté par-dessus la clôture ? Ou bien acculé contre le mur de la maison et frappé avec une brique ?

« Mon pauvre », dis-je en m'accroupissant pour caresser le côté intact. Mes larmes tombent sur la fourrure soyeuse, inerte et insensible désormais. « Pauvre petite chose », lui dis-je, mais, en réalité, je parle de moi.

Et soudain, je comprends que, comme la peinture projetée sur le mur, c'est un message. *Tu es la prochaine.* Celui ou ceux qui font ça veulent m'effrayer… et me tuer. Et, maintenant, je suis seule, sans aucun moyen de les arrêter.

À part Simon. Je peux encore essayer avec Simon. Je n'ai personne d'autre.

Maintenant : JANE

Me voilà revenue au point de départ. Enceinte et sans homme. Mia ne fait pas remarquer : *Je te l'avais bien dit*. Mais je sais qu'elle le pense.

J'ai encore une dernière tâche à accomplir. Edward se fiche peut-être de savoir ce que j'ai découvert sur Emma, mais j'estime que Simon a le droit de savoir. J'invite Mia également, au cas où il réagirait mal.

Il arrive pile à l'heure, avec une bouteille de vin et un épais dossier bleu. « Je n'ai pas remis les pieds ici depuis ce qui s'est passé, dit-il en regardant d'un air mauvais l'intérieur du One Folgate Street. Je n'ai jamais aimé cet endroit. J'ai dit à Emma que ça me plaisait, mais c'était elle qui voulait vivre ici. Même les gadgets n'étaient pas aussi impressionnants qu'il y paraissait. Il y avait toujours un truc qui déconnait.

— Ah bon ? dis-je, étonnée. Je n'ai jamais eu de problèmes. »

Il dépose le dossier sur le comptoir.

« Je vous ai apporté ça. Le double de mes recherches sur Edward Monkford.

— Merci. Mais je n'en ai plus besoin. »

Il fronce les sourcils. « Je croyais que vous vouliez savoir comment était morte Emma.

— Simon… » J'adresse un regard discret à Mia qui, avec tact, s'éloigne en emportant la bouteille de vin pour l'ouvrir. « Emma a menti au sujet d'Edward. Je ne sais pas pourquoi au juste, de même que je n'ai aucune certitude concernant les circonstances de sa mort. Mais une chose est sûre : ce qu'elle vous a dit sur lui est faux. (Je marque une pause.) Et elle s'est retrouvée prise dans un autre mensonge, bien plus gros. Ce n'était pas le cambrioleur sur cette vidéo que la police a découverte dans son téléphone. C'était Saul Aksoy.

— Je sais, dit Simon avec hargne. Mais ça n'a rien à voir avec le reste. »

Tout d'abord, je ne comprends pas comment il peut savoir. « Oh… Amanda vous l'a dit. »

Il secoue la tête. « Non, c'est Emma qui me l'a dit. Après avoir rompu avec Edward, elle m'a tout raconté.

— Elle vous a aussi raconté comment ça s'était passé ?

— Oui. Saul l'a droguée et a abusé d'elle. » Il remarque mon expression. « Quoi ? Vous avez joué au détective et vous ne saviez pas ça ?

— J'ai parlé à Saul, dis-je. Il m'a assuré que c'est Emma qui voulait… »

Simon émet un petit ricanement de mépris. « Évidemment. Ça vous étonne ? J'aimais bien Saul, mais même avant qu'Emma me raconte ce qu'il lui avait fait, je savais qu'il avait une double personnalité. Quand je me suis séparé d'Em, on allait boire des coups ensemble. Il racontait à Amanda que j'avais besoin de compagnie, mais en vérité, il utilisait ce prétexte pour sortir et se taper des filles. Il utilisait toujours la même technique : "Fais-les boire jusqu'à ce qu'elles ne tiennent plus debout, disait-il. Pour ce que tu veux en faire, ce n'est pas grave, au contraire." »

Je dois paraître choquée, car il dit : « La classe, hein ? J'étais surpris de voir certaines filles complètement ivres après seulement deux verres. Il aimait jouer les grands seigneurs en leur offrant du champagne, mais j'ai lu quelque part que les bulles masquent le goût du Rohypnol, la drogue des violeurs. »

J'ouvre de grands yeux. Je me souviens que Saul Aksoy a insisté pour me faire boire une coupe de champagne. Je le considérais comme un pauvre type, et, malgré cela, j'avais pris pour argent comptant tout ce qu'il m'avait dit.

Alors même que je croyais avoir élucidé toute cette histoire, ou presque, la réalité m'échappait une fois de plus. Si Saul avait abusé d'Emma, ce n'était donc pas une fabulatrice. Certes, elle avait raconté un mensonge, plusieurs peut-être, mais son histoire était fondamentalement vraie. Elle avait simplement modifié les noms des acteurs, pour des raisons qu'il est facile de deviner.

Comme s'il lisait dans mes pensées, Simon dit : « Elle essayait de me protéger. Elle savait que je ne pourrais pas supporter de savoir que c'était mon meilleur ami qui lui avait fait ça. Mais même avant le cambriolage, je sentais que quelque chose n'allait pas :

elle se mettait en colère contre moi sans raison, elle explosait dès que j'essayais d'être gentil avec elle. Et ses problèmes d'anorexie avaient réapparu. Ils n'ont jamais vraiment cessé ensuite, même si elle n'aimait pas en parler.

— Vous lui avez parlé, ici ?

— Je vous le répète : elle avait compris qu'elle avait commis une terrible erreur et elle voulait tout réparer. Elle était dans un sale état. Elle avait recueilli un chaton perdu… et quelqu'un l'avait tué.

— Elle avait un chat ? » Je n'en reviens pas. « Ici ? Dans cette maison ? »

Maggie Evans m'avait parlé d'un chat errant, en effet, sans préciser qu'Emma avait eu l'intention de le garder.

« Oui, dit-il. Pourquoi ? »

Parce que c'est contraire aux règles. Pas d'animaux domestiques. Et pas d'enfants non plus.

Sans attendre ma réponse, Simon ouvre le dossier et en sort un document. « Un avocat lui avait remis ceci. D'après ces plans, Monkford a enterré son épouse et son fils ici, juste sous cette maison. Regardez… » Il me montre une croix et une annotation manuscrite. *Dernière demeure de Mrs. Elizabeth Georgina Monkford et Maximilian Monkford.* « Il faut être complètement malade pour faire ça, non ?

— Tu l'as échappé belle, J. »

Cette remarque émane de Mia, qui est revenue à pas feutrés, en tendant l'oreille. Simon me lance un regard interrogateur, mais je décide de ne fournir aucune explication.

« Emma pensait qu'il s'agissait d'une sorte de sacrifice rituel, reprend-il. Sur le coup, je n'y ai pas trop prêté attention, mais après sa mort, je me suis intéressé aux autres constructions réalisées par Monkford. Et il s'est avéré qu'Emma avait raison. Quelqu'un a trouvé la mort dans des circonstances suspectes à proximité d'un chantier de l'Association Monkford. »

Il dépose des coupures de presse sur la table. Chacune s'accompagne d'une carte sur laquelle figurent l'emplacement du bâtiment et celui du décès. En Écosse, une jeune femme a été tuée par un chauffard à moins de deux kilomètres de la maison construite par Edward Monkford près d'Inverness. À Majorque, un enfant a été enlevé à trois kilomètres d'une maison au bord de la plage conçue par Edward Monkford. À Bruges, une femme s'est jetée du haut d'un pont de chemin de fer, à quelques centaines de mètres seulement de la chapelle signée par le même Monkford. À Londres, lors des travaux d'équipement de La Ruche, un apprenti électricien a été retrouvé mort dans une cage d'escalier.

« Rien de tout cela ne prouve qu'Edward soit responsable de ces décès, dis-je calmement. Des milliers d'accidents mortels et de disparitions se produisent chaque jour. Que certains soient survenus à proximité de ces constructions ne signifie absolument rien. Vous voyez un lien là où il n'y en a pas.

— Ou alors il y a un lien, mais vous refusez de le voir. »

Le visage de Simon est fermé, sombre.

« Simon, la seule chose que ça prouve, c'est combien vous aimiez Emma. Et c'est admirable. Mais cela fausse votre jugement… »

Il me coupe. « Emma m'a été volée deux fois. Une première fois quand Edward s'est introduit de force dans notre relation, au moment où Emma était le plus vulnérable. Et la seconde fois quand on l'a assassinée. Je suis certain que c'était pour m'empêcher de la récupérer. Je veux que justice soit faite. Et j'irai jusqu'au bout. »

Il s'en va peu de temps après, nous laissant, à Mia et à moi, sa bouteille de vin.

« Il a l'air gentil, commente-t-elle.

— Un peu obsessionnel, non ?

— Il l'aimait. Il ne peut pas tirer un trait tant qu'il ne saura pas ce qui lui est arrivé. C'est presque héroïque, non ? »

Je songe. Tous ces hommes amoureux d'Emma. Malgré ses problèmes, les hommes faisaient une fixation sur elle. Quelqu'un éprouvera-t-il la même chose pour moi, un jour ?

« Remarque, ajoute Mia, tout cet amour ne lui aura pas porté chance en définitive. Si tu veux mon avis, tu serais bien mieux lotie avec un gars comme lui qu'avec ton architecte fou.

— Moi, avec Simon ? (Je ricane.) Ça ne risque pas.

— Il est solide, fiable et loyal. Ne jamais dire jamais… »

Je ne réponds pas. Mes sentiments envers Edward sont encore trop complexes pour que je puisse les résumer en une phrase ou deux à l'intention de Mia. J'ai ressenti de la honte face à sa colère froide parce que j'avais enquêté sur la mort d'Emma en cachette. Mais s'il trouvait un moyen de se libérer enfin d'elle, peut-être serait-il capable de voir la situation plus clairement ?

Je secoue la tête, autant pour exprimer mon désaccord avec moi-même que pour chasser ces pensées de mon esprit. *Je prends mes désirs pour des réalités.*

Avant : EMMA

« Bon, bah, salut, Em, dit-il.

— Salut, Simon », dis-je.

Malgré son au revoir, il s'attarde sur le seuil du One Folgate Street.

« Je suis vraiment content qu'on ait pu parler.

— Moi aussi », dis-je. Et je suis sincère. Il y a trop de choses que je ne lui ai jamais dites, trop de choses que j'ai gardées dans ma tête. Peut-être que si nous avions parlé davantage quand nous étions ensemble, nous ne nous serions pas séparés. Une partie de moi-même a toujours eu envie de lui botter les fesses ou de le flanquer dehors, mais je ne ressens plus cette animosité. Maintenant, je me réjouis d'avoir près de moi quelqu'un qui ne me juge pas.

« Je peux rester, si tu veux, propose-t-il tout bas. Pour te rassurer. Si ce salopard de Deon ou quelqu'un d'autre se pointe, je m'occuperai de lui.

— Je sais, dis-je. Mais sincèrement, c'est inutile. Cette maison est une forteresse. Et puis, chaque chose en son temps, d'accord ?

— OK », dit-il. Il se penche en avant et dépose un baiser, un peu solennel, sur ma joue. Puis il me serre dans ses bras. C'est bon.

Après son départ, la maison redevient silencieuse. Je lui ai promis de manger quelque chose. Je remplis une casserole d'eau pour faire cuire un œuf et passe la main au-dessus de la cuisinière.

Rien.

Je recommence. *Idem*. Je regarde sous le comptoir pour voir s'il n'y a pas un moyen de déconnecter le capteur de mouvements. Non.

Simon saurait réparer ça et je suis sur le point de prendre mon portable pour le rappeler. Mais je me retiens. Le rôle de la femme fragile qui a besoin des hommes pour régler ses problèmes, c'est, en partie, ce qui m'a mise dans ce pétrin.

Il y a des pommes dans le frigo, ça fera l'affaire. Au moment où je mords dedans, je sens l'odeur du gaz. Si la cuisinière n'a pas produit de flamme, l'arrivée de gaz fonctionne apparemment et diffuse du gaz dans la maison. Je cherche à l'arrêter, en agitant les bras frénétiquement au-dessus du comptoir. Soudain, j'entends un *clic* et une boule de feu, bleu et jaune, jaillit et enveloppe mon bras. Je lâche la pomme. Je suis sous le choc, je ne sens aucune douleur, mais je sais que ça va venir. Très vite, je place mon bras sous le robinet d'eau froide. Elle ne coule pas. Je monte dans la salle de bains en courant. Là-haut, Dieu soit loué, ça fonctionne. L'eau est glacée sur ma peau brûlante. Je la laisse couler plusieurs minutes. Puis j'examine mon bras. Il m'élance et ma peau est rougie, mais il n'y a pas de cloques.

Ce n'est pas un effet de mon imagination. Impossible. À croire que la maison n'a pas aimé la visite de Simon et me punit de cette façon.

C'est une forteresse, ai-je dit à Simon. Mais si la maison elle-même décide de ne pas me protéger ? Suis-je vraiment en sécurité ?

Soudain, je prends peur.

Je me réfugie dans le placard de la femme de ménage et tire la porte derrière moi. Je pourrais me barricader à l'intérieur si nécessaire, en coinçant les balais derrière la porte pour la maintenir fermée. De l'extérieur, personne ne verrait que je suis là. C'est un refuge exigu, envahi d'accessoires et de produits d'entretien, mais j'ai besoin d'un endroit sûr, et ce sera celui-ci.

12. *Dans toute société bien faite, ceux qui enfreignent les règles doivent en subir les conséquences.*

D'accord ❍ ❍ ❍ ❍ ❍ *Pas d'accord*

Maintenant : JANE

Je suis allongée dans mon lit, à moitié endormie, lorsque je le sens. Timide et hésitant comme un petit coup frappé à la porte, à peine un tressaillement dans mon ventre. Je le reconnais, je m'en souviens, à l'époque d'Isabel. *L'animation du fœtus.* Un si joli terme biblique.

Je reste couchée là, pour savourer et attendre d'autres coups de pied. J'en sens quelques-uns, suivis d'une sorte de culbute. L'amour maternel et l'émerveillement me submergent, à tel point que je me mets à pleurer. Comment ai-je pu envisager d'avorter ? Rétrospectivement, cela me paraît presque inconcevable. Ce jeu de mots involontaire me fait sourire à travers mes larmes.

Parfaitement réveillée, maintenant, je balance mes pieds sur le plancher et contemple mon corps qui change. Je n'en suis pas encore au stade où des inconnus me font des remarques spontanées dans la rue – d'après un tableau que j'ai trouvé au travail, mon bébé a la taille d'un avocat, *grosso modo* –, mais quand je suis nue, impossible de ne pas voir que je suis enceinte. Mes seins lourds pendent et mon ventre affiche une rondeur confortable.

Je marche vers la salle de bains, amusée de constater que je me dandine légèrement, sans que cela soit nécessaire : la mémoire musculaire de la maternité enveloppe mon corps tel un manteau familier. Il y a un problème avec la douche, l'eau chaude devient glacée subitement, mais je trouve ça revigorant. Je me demande, vaguement, si la maison a du mal à me reconnaître maintenant qu'une autre personne vit en moi. Je ne pense pas que cette technologie fonctionne de cette façon, mais je n'y connais pas grand-chose.

Je suis en train de m'essuyer quand je sens monter une vague de nausée. Je m'assois sur le siège des toilettes et souffle longuement pour tenter de la repousser, mais elle revient, deux fois plus puissante. Je n'ai pas d'autre choix que de plonger vers l'avant, la tête à l'intérieur de la douche. Je fais couler l'eau pour ôter le vomi.

La paroi de la cabine est constellée d'éclaboussures maintenant, alors je m'agenouille pour l'astiquer, puis je m'attaque à la vasque. Accroupie pour nettoyer la rainure qui longe la base du mur, le visage presque au niveau du sol, je vois briller quelque chose dans la lumière. Mes doigts ne peuvent pas l'atteindre, alors j'utilise un Coton-Tige pour l'extraire délicatement.

Tout d'abord, je pense avoir trouvé un morceau de pierre ou une bille provenant d'un roulement. Puis je remarque le trou minuscule au milieu. C'est une perle, toute petite, d'une couleur crème inhabituelle. Elle a dû tomber de mon collier.

De retour dans la chambre, je sors le collier de son écrin. Cette perle ressemble aux autres, aucun doute. Mais mon collier est intact.

Je ne comprends pas comment cette perle s'est échappée si le collier n'est pas rompu. C'est impossible. Cette énigme défie la logique.

Il y a une bijouterie en face des locaux de Nouvel Espoir. Je décide de leur montrer la perle et le collier.

Avant : EMMA

J'envoie un e-mail à l'Association Monkford pour me plaindre des problèmes dans la maison. Aucune réponse. J'appelle Mark, l'agent immobilier, mais il m'informe que je dois m'adresser directement à l'Association Monkford pour toutes les questions techniques. Je finis par lui crier après au téléphone, ce qui, je suppose, n'arrange pas les choses. J'envoie même un SMS à Edward. Évidemment, il ne répond pas.

Par-dessus le marché, je suis convaincue que l'éclairage a été modifié. Quand nous avions emménagé, Mark nous avait expliqué que l'intensité de la lumière augmentait automatiquement pour lutter contre la dépression hivernale. Mais alors, peut-elle faire l'inverse ? Non seulement je dors mal, mais je me réveille avec les yeux secs et irrités, épuisée.

Simon m'appelle et réitère sa proposition de venir me tenir compagnie. Ce serait si facile de dire oui. Je lui réponds que je vais réfléchir. Je perçois l'euphorie dans sa voix, même s'il essaie de la cacher. L'adorable, le réconfortant et fidèle Simon. Mon havre dans la tempête.

Puis Edward Monkford répond à mon SMS.

Maintenant : JANE

« Exceptionnel, commente le bijoutier en faisant rouler la perle entre son pouce et son index, tandis qu'il l'examine à travers sa loupe. Si c'est bien ce que je pense, c'est une perle très rare. »

Je sors le collier de son écrin en forme de coquillage.

« Pourrait-elle provenir de ceci ? »

Il prend l'écrin que je lui tends et hoche la tête en découvrant les caractères japonais. « Kokichi Mikimoto. On n'en voit pas tous les jours. » Il sort le collier et le lève dans la lumière pour le comparer avec la perle. « Aucun doute, ça correspond. Comme je le pensais, ce sont des perles de Keshi.

— Des perles de Keshi ?

— Ce sont les perles les plus rares, particulièrement quand elles sont presque rondes comme celles-ci. Elles proviennent d'huîtres qui contenaient plus d'une perle, des jumelles autrement dit. N'ayant pas de nucléus, elles acquièrent cet éclat inhabituel. Et comme je vous le disais, elles sont extrêmement rares. Je suppose que le collier a dû se briser et que les perles se sont échappées. Le ou la propriétaire l'a fait refaire, en oubliant une perle.

— Je vois. » Du moins, je comprends ce que me dit cet homme. En revanche, pour digérer ce que cela implique – à savoir qu'Edward m'a offert un collier qu'il avait déjà offert à quelqu'un d'autre –, il va me falloir plus de temps.

En sortant de la bijouterie, je prends mon téléphone.

« Simon, dis-je dès qu'il répond. Savez-vous si Edward Monkford avait offert un collier à Emma ? Et si oui, ce collier s'est-il rompu ? »

Avant : EMMA

Il faut que je te voie. Edward.

Je réfléchis avant de répondre. *Es-tu toujours en colère après moi, papa ?*

La réponse ne tarde pas. *Autant que tu le mérites.*

Tant mieux. Ça veut dire que tu veux encore de moi ?

On verra après ce soir.

Dans ce cas, j'ai intérêt à avoir une conduite exemplaire.

J'ai déjà les genoux qui flageolent.

Dix-neuf heures. Tu porteras les perles. Et presque rien d'autre.

Évidemment.

Deux heures pour me préparer, pour attendre, pour endurer. Je me déshabille et me mets au travail.

Maintenant : JANE

« Vous ne comprenez donc pas ? me dit Simon d'un ton pressant. Ça prouve qu'Edward Monkford était là quand Emma est morte. »

Nous sommes assis dans cette même cafétéria, près de Nouvel Espoir, où Edward Monkford m'a fait des avances pour la première fois. *Deux personnes qui s'unissent sans autre considération que le moment présent.* Quel monstrueux mensonge ! Pourtant, il était sans doute sincère sur le moment : il espérait retrouver les éléments de sa relation avec Emma qu'il avait aimés, sans les mauvais côtés. Mais comme me l'avait expliqué Carol, vous ne pouviez pas raconter deux fois la même histoire et attendre une fin différente.

Simon continue à parler.

« Désolée. Que disiez-vous ?

— Je disais qu'Emma portait ce collier uniquement pour lui. Elle savait que je le détestais. On devait se voir ce jour-là. C'était quasiment décidé. Puis elle a annulé. En disant qu'elle ne se sentait pas bien. Déjà, sur le coup, je me suis demandé si elle ne fréquentait pas Monkford. »

Je fronce les sourcils. « Franchement, vous ne pouvez pas déduire tout ça à partir d'une simple perle. Elle ne prouve rien.

— Réfléchissez, insiste-t-il, patiemment. Comment Monkford a-t-il récupéré le collier pour vous l'offrir ? Il était forcément présent quand il s'est brisé. Mais il savait que s'il laissait des perles éparpillées sur le sol, ça ressemblerait à une bagarre, et non à un suicide ou à un accident. Alors, il les a ramassées avant de partir, toutes sauf une. Celle que vous avez retrouvée.

— Mais Emma n'est pas morte dans la salle de bains, fais-je remarquer. On l'a découverte au pied de l'escalier.

— Il n'y a que quelques pas entre la chambre et l'escalier. Il a très bien pu la traîner jusque-là et la pousser. »

Je ne crois pas un seul instant à cette version tarabiscotée, mais je dois admettre que la perle pourrait être considérée comme une preuve.

« Très bien, dis-je. Je vais contacter James Clarke. Je sais qu'il vient à Londres tous les mercredis. Joignez-vous à nous. Comme ça, vous pourrez l'entendre par vous-même rejeter vos théories.

— Jane… Voulez-vous que je vienne m'installer au One Folgate Street pendant quelques jours ? » Je dois paraître surprise, car il s'empresse d'ajouter : « Je l'avais proposé à Emma. Elle n'a pas voulu et je n'ai pas osé insister. Je le regretterai toute ma vie. Si j'avais été là… »

Il n'achève pas sa phrase.

« Merci, Simon. Mais rien ne prouve pour l'instant qu'Emma ait été assassinée.

— Tous les indices désignent Monkford, c'est une évidence. Vous refusez de l'admettre pour des raisons qui vous appartiennent. Et je pense que nous les connaissons tous les deux. »

Son regard se pose sur mon ventre rebondi. Je rougis.

« Et vous, je réplique, vous avez des raisons affectives de souhaiter qu'il soit coupable. Pour votre gouverne, Edward et moi avons eu une courte liaison, mais rien de plus. Nous ne sommes plus ensemble. »

Il sourit, d'un air triste.

« Évidemment, dit-il. Vous avez violé la règle numéro un. Souvenez-vous de ce qui est arrivé à ce chat. »

Avant : EMMA

J'ai coupé, taillé, égalisé et joué de la pince à épiler. Je mets le collier de perles. Il me serre le cou comme la main d'un amant. Mon cœur exulte. Des vagues d'impatience me submergent.

Une heure encore à attendre avant qu'il arrive. Je me sers un grand verre de vin et le bois presque d'un trait. Puis, le collier toujours autour du cou, je me dirige vers la douche.

J'entends un bruit en bas. Difficile de l'identifier, mais ça pourrait être le crissement d'une chaussure. Je me fige.

« Il y a quelqu'un ? »

Pas de réponse. J'attrape une serviette et m'approche du haut de l'escalier. « Edward ? »

Le silence se prolonge, lourd et éloquent, d'une certaine façon. Je sens les poils de ma nuque se hérisser.

« Il y a quelqu'un ? »

Je descends quelques marches sur la pointe des pieds. De là, je peux voir les quatre coins de la maison. Il n'y a personne.

À moins que l'intrus se trouve juste au-dessous de moi, caché par les marches de pierre. Je remonte à reculons, en regardant dans les interstices.

Personne.

C'est alors que j'entends un autre bruit, une sorte de reniflement. Il semble venir d'en haut, cette fois. Mais lorsque je me retourne, j'entends un sifflement aigu, une fréquence à la lisière de l'ouïe humaine. Il s'amplifie, semblable au bourdonnement d'un moustique. Je plaque mes mains sur mes oreilles, mais le son pénètre dans mon cerveau.

Une ampoule éclate au plafond, les morceaux de verre brisé s'éparpillent sur le sol dans un tintement. Le bruit s'arrête. Un dysfonctionnement des installations techniques de la maison, sans doute. Dans le salon, j'entends mon ordinateur portable redémarrer. Toutes les lumières faiblissent lentement, jusqu'à s'éteindre, puis se rallument. La page d'accueil de Housekeeper apparaît sur l'écran de mon ordinateur. Comme si la maison entière venait de se réinitialiser.

Quelle que soit l'origine de l'avarie, c'est terminé. Et il n'y a personne. Je remonte vers la douche.

Maintenant : JANE

« Fascinant, déclare James Clarke en regardant alternativement le collier et la perle. Fascinant.

— Nous ne savons pas quoi en penser », dis-je. Voyant le regard que me lance Simon, j'ajoute : « Ou plutôt, nous avons chacun notre idée. Pour Simon, ça pourrait être la preuve qu'Edward a tué Emma. Pour ma part, je ne vois pas ce que ça change.

— Je vais vous dire ce que ça change, répond l'inspecteur à la retraite. La piste Deon Nelson. S'il y avait eu un collier de perles quelque part, même brisé, il l'aurait pris. Auquel cas M. Monkford n'aurait pas pu le faire réparer pour vous l'offrir. Conclusion, je peux dire adieu à *ma* théorie préférée.

— La dernière fois que nous nous sommes vus, dit Simon, après l'enquête, vous m'avez confié que Monkford avait un alibi.

— Oui. En quelque sorte. En toute franchise, il était évident que vous n'étiez pas prêt à laisser tomber. Et après avoir enfin réussi à boucler une enquête de six mois, nous n'avions aucune envie qu'un ex-petit ami au cœur brisé tente de faire casser le verdict du coroner. Alors, peut-être que j'ai pu paraître plus convaincu que je l'étais réellement. M. Monkford affirmait être sur le chantier en Cornouailles au moment de la mort d'Emma. On l'avait vu à son hôtel le matin du drame, et en début de soirée. Rien n'indiquait qu'il soit retourné à Londres entre-temps, alors nous étions enclins à le croire. »

Simon regarde intensément l'ancien policier.

« Vous êtes en train de dire qu'il aurait pu la tuer.

— Un million de gens *auraient pu* la tuer, répond Clarke. Nous ne raisonnons pas de cette façon. Nous cherchons les indices qui désignent le vrai coupable.

— Monkford est fou ! s'emporte Simon. Regardez les maisons qu'il construit, nom de Dieu ! C'est un dingue, un perfectionniste dément, et quand quelque chose ne lui plaît pas, il ne le met pas de côté. Il le détruit et il recommence. Il l'a même dit à Emma, un jour, très clairement : “Cette relation durera aussi longtemps qu'elle sera absolument parfaite.” Ce ne sont pas des paroles de cinglé, ça ? »

Clarke explique patiemment à Simon que la psychologie d'amateur et le travail d'enquête sont deux choses très différentes. Mais je l'écoute d'une oreille distraite.

Edward m'a dit la même chose, je m'en rends compte. *Parmi les relations les plus parfaites que j'aie connues, certaines ont duré à peine une semaine… Tu apprécies davantage l'autre en sachant que ça ne durera pas toujours.*

Mon bébé me décoche un coup de pied juste au-dessus du nombril. Je frémis. Sommes-nous en danger ?

« *Jane ?* »

Les deux hommes me regardent d'un air interrogateur. Je comprends qu'on m'a posé une question.

« Pardon ? »

James Clarke brandit le collier.

« Pouvez-vous le mettre, s'il vous plaît ? »

Le petit fermoir est difficile à attacher derrière, à l'aveuglette. Simon se lève d'un bond pour m'aider. Je soulève mes cheveux pour lui faciliter la tâche. Ses doigts sont malhabiles au contact de ma peau et je perçois, à mon grand étonnement, qu'il est attiré par moi.

Une fois le collier attaché, Clarke l'examine d'un air songeur.

« Vous permettez ? » demande-t-il en se penchant vers moi.

J'acquiesce. Il essaie alors de glisser un doigt entre les rangées de perles et ma peau. Impossible.

« Hmmm, fait-il en se rasseyant. Je ne veux pas mettre de l'huile sur le feu, si je puis m'exprimer ainsi, mais il y a peut-être un détail intéressant.

— Quoi donc ? demande Simon aussitôt.

— Quand le corps d'Emma a été découvert, le premier policier arrivé sur place a cru déceler une légère marque autour du cou. Il l'a noté, mais le temps que le légiste arrive, elle avait disparu. Il ne restait que de très légères égratignures. » Il montre, sur mon cou, l'endroit où il a tenté de glisser un doigt sous le collier. « Ce n'était pas grand-chose, assurément…

pas de quoi provoquer la mort, bien évidemment. Et compte tenu de la gravité des autres blessures, nous avons conclu qu'elle avait dû se griffer dans sa chute.

— Alors qu'en réalité quelqu'un lui a arraché le collier, conclut Simon.

— C'est une supposition, répond Clarke.

— Il y en a une autre, m'entends-je dire.

— Ah oui ? fait Clarke.

— Edward… (Je me sens rougir.) J'ai des raisons de penser qu'Edward et Emma aimaient les rapports violents. »

Simon ouvre de grands yeux. Clarke hoche la tête.

« En effet, confirme-t-il.

— Donc, si Edward était bien avec Emma ce jour-là, ce dont je doute encore, soit dit en passant, le collier a pu se briser de manière accidentelle.

— Peut-être. Je suppose que nous ne le saurons jamais », dit l'ancien inspecteur.

C'est alors qu'une autre idée me vient à l'esprit.

« Lors de notre précédente discussion, vous avez dit qu'il n'y avait aucun moyen de savoir qui était entré dans la maison juste après la mort d'Emma.

— Exact. Eh bien ?

— Je trouve ça étrange, voilà tout. Cette maison est conçue pour enregistrer et conserver un tas de données… c'est même sa raison d'être.

— Vous pourriez faire une descente dans leurs bureaux, suggère Simon. Saisir leurs ordinateurs et voir ce qu'il y a dedans. »

Clarke l'arrête d'un geste.

« Attendez. *Moi*, je ne peux rien faire. Je suis à la retraite. Et l'opération que vous décrivez coûterait des dizaines de milliers de livres. Il est peu probable que vous puissiez obtenir un mandat après tout ce temps. Pas sans une preuve accablante. »

Simon tape du poing sur la table.

« C'est sans espoir !

— À votre place, j'essaierais d'oublier tout ça », dit Clarke d'un ton compatissant. Il se tourne vers moi. « Et vous, je vous conseille de trouver rapidement un autre logement. Avec des serrures solides et un bon système d'alarme. Au cas où. »

Avant : EMMA

J'entre dans la douche. D'abord, rien ne se passe. Puis l'eau dégringole de l'énorme pommeau, en cascade. Je renverse le visage, aux anges.

Tout va s'arranger.

Je me lave soigneusement pour lui, je savonne tous les recoins intimes de mon corps qu'il pourrait avoir envie d'explorer. Mais soudain, sans prévenir, le jet se met à crachoter et l'eau devient glaciale. Je recule en poussant un cri.

« Emma », dit une voix derrière moi.

Je me retourne brusquement. « Que fais-tu ici ? » je demande. J'attrape la serviette sur la barre et l'enroule autour de moi. « Et comment es-tu entré ? »

Maintenant : JANE

« Quel est votre budget ? » Camilla ne rit pas ouvertement, mais elle pense clairement que je me berce d'illusions. « Pendant que vous viviez au One Folgate Street, le marché de la location s'est emballé. Londres manque de logements. Sans parler de tous ces étrangers qui investissent dans l'immobilier afin de protéger leur argent. Pour un deux-pièces, maintenant, il faut débourser le double. » Elle montre la vitrine de l'agence. « Regardez. »

Dès mon retour au One Folgate Street, j'ai décidé de suivre le conseil de James Clarke et de me mettre en quête d'un appartement. Déjà, je le regrette. « Un grand studio me suffirait. Pour le moment, du moins.

— Vous n'avez pas les moyens de vous offrir un studio, Jane. Mais il reste la solution de la péniche.

— Je vais avoir un enfant. Bientôt, il se mettra à gambader. Je ne pense pas qu'une péniche soit une très bonne idée, si vous voyez ce que je veux dire. » J'hésite, puis je demande : « N'y a-t-il pas d'autres propriétaires qui font comme Edward ? Qui louent leur maison pour pas cher à des gens qui s'en occupent ? »

Camilla secoue la tête.

« L'arrangement conclu avec Monkford est unique en son genre.

— Il ne peut pas m'expulser tant que je paie le loyer. Et je ne partirai pas avant d'avoir trouvé un autre logement. » Quelque chose dans l'expression de Camilla m'arrête. « Qu'y a-t-il ?

— Le bail que vous avez signé contient plus de deux cents règles, me rappelle-t-elle. J'espère que vous n'en avez enfreint aucune. Sinon, vous serez responsable d'une rupture de contrat. »

Je suis envahie par une bouffée de colère.

« J'emmerde ces règles ! Et j'emmerde Edward Monkford ! »

Ma fureur est telle que je tape du pied. Les hormones de la tigresse.

Mais malgré ces paroles de défi, je sais que je n'affronterai pas Edward sur ce terrain. Depuis ma conversation avec Simon et James Clarke, le One Folgate Street m'inspire un sentiment que je n'ai jamais éprouvé auparavant entre ces murs. Je commence à avoir peur.

Avant : EMMA

« J'ai gardé la clé numérique », dit-il.

Il fait un pas vers moi. Il a les yeux rouges et le regard un peu fou. Il a pleuré.

« J'ai dit à Mark que je l'avais effacée quand j'ai déménagé. Mais je ne l'ai pas fait. Et je m'en suis servi pour pirater le système de la maison. Un jeu d'enfant.

— Oh », fais-je. Je ne sais pas quoi dire d'autre.

« J'étais en haut, avoue-t-il. Dans le grenier. Parfois, je viens pendant que tu dors. Et je couche là-haut. Comme ça, je suis près de toi. »

Il pointe le doigt sur ma gorge et je recule, effrayée.

« C'est le collier *qu'il* t'a offert, hein ? Edward.

— Oui. Il faut que tu t'en ailles, Simon. J'attends quelqu'un.

— Je sais. » Simon sort de sa poche un portable que je ne connais pas. « Edward Monkford. Eh bien, non. C'est *moi* qui t'ai envoyé ce message.

— Hein ? dis-je tout bas.

— Un soir de la semaine dernière, j'ai pris ton téléphone et j'ai enregistré ce numéro dans tes contacts, sous son nom, explique-t-il, avec une sorte de fierté. Pour que tu croies que les SMS viennent de lui. Je les ai effacés depuis, évidemment. Et c'est un téléphone prépayé. Impossible de retrouver sa trace.

— Mais… *pourquoi* ? je demande, abasourdie.

— Pourquoi ? répète-t-il. Pourquoi ? C'est la question que je n'arrête pas de me poser, Em. Pourquoi Monkford ? Pourquoi Saul ? Alors qu'aucun d'eux ne t'aimait autant que moi. Et toi aussi, tu m'aimais. Je le sais. On était heureux.

— Non. Non, Simon, dis-je du ton le plus ferme possible. Tu te trompes. On n'aurait pas pu être heureux tous les deux, pas sur le long terme. Je ne suis pas faite pour toi. Tu as besoin d'une personne gentille et attentionnée. Pas de quelqu'un comme moi

— Ne dis pas ça, Em. » Des larmes coulent sur ses joues maintenant. « Tu ne peux pas dire ça. Je ne te laisserai pas faire. »

Je tente de reprendre le contrôle de la situation. « Il faut que tu t'en ailles d'ici, Simon. Tout de suite. Sinon, j'appelle la police. »

Il secoue la tête. « Je ne peux pas, Em. Je ne peux pas.

— Quoi donc ?

— Je ne peux pas renoncer, murmure-t-il. Je ne peux pas accepter que tu désires tous ces hommes et pas moi. »

Il me regarde avec un air étrange, désespéré, et je comprends qu'il s'est préparé à commettre un geste effroyable. Soudain, je m'élance pour tenter de passer devant lui. Il me saisit par le poignet, mais sa main se referme autour du bracelet, qui glisse, et me voici libre. Mais il fait obstacle avec son corps et ses doigts cherchent mon cou, le collier. Je le sens qui cède, les perles rebondissent sur le sol comme de minuscules grêlons. Son bras enserre mon cou, par-derrière, et il me tire brutalement vers lui pour m'obliger à sortir de la salle de bains à reculons, à la manière d'un maître nageur sauvant quelqu'un de la noyade. La peur me pétrifie et je n'ai d'autre choix que de le laisser m'entraîner.

« Simon… » Je n'arrive pas à parler, son bras m'étrangle. Quand nous arrivons en haut de l'escalier, il pivote et je me retrouve face au vide.

« Je t'aime, Em, me souffle-t-il à l'oreille. Je t'aime. »

Mais il prononce ces mots avec une sorte de fureur, comme s'il n'était pas question d'amour, mais de haine, et tandis qu'il m'embrasse, tout en me poussant vers les marches, je sens toute sa détermination, il veut que je meure. Je dégringole, ma tête heurte les marches de pierre, l'une après l'autre, la douleur et la panique fracassent chaque partie de mon corps, qui prend de la vitesse. À mi-hauteur, je bascule dans le vide, sur le côté de l'escalier, et je connais un bref instant de répit, teinté de terreur, avant que le sol de pierre se précipite à ma rencontre et que ma tête explose.

Maintenant : JANE

J'appelle Simon.

« Je n'ai pas pour habitude d'inviter à dîner des hommes que je connais à peine, lui dis-je. Mais si votre proposition était sincère, je serais ravie de profiter de votre compagnie.

— Volontiers. Vous voulez que j'apporte quelque chose ?

— Eh bien, je n'ai pas de vin à la maison. Personnellement, je ne boirai pas, mais peut-être en voudrez-vous. J'ai des steaks. Pas de la viande de supermarché, ils viennent de cette boucherie très chic de High Street. Mais je vous préviens : je mangerai le vôtre, en plus du mien, si vous êtes en retard. J'ai un appétit féroce en ce moment.

— Tant mieux. » Cette remarque semble l'amuser. « Je serai là à 19 heures. Et cette fois, je vous promets de ne pas accuser Monkford d'avoir tué ma petite amie. OK ?

— Merci. » Je voulais justement lui suggérer de ne pas parler d'Emma ni d'Edward ce soir – je suis déjà suffisamment angoissée –, mais je ne voyais pas comment aborder la question avec tact. Je m'aperçois que Simon est un homme très attentionné. Je me souviens de ce qu'a dit Mia. *Si tu veux mon avis, tu serais mieux lotie avec un gars comme lui qu'avec ton architecte fou.*

Je chasse cette pensée de mon esprit. Même si je n'avais pas été énorme et enceinte d'un autre homme, c'était inconcevable.

Quand je lui ouvre la porte deux heures plus tard environ, je découvre qu'il a apporté des fleurs et une bouteille de vin. « C'est pour vous, dit-il en me tendant le bouquet. Je m'en veux encore d'avoir été si grossier lors de notre première rencontre. Vous ne pouviez pas savoir que ces fleurs ne vous étaient pas destinées. »

Il m'embrasse sur la joue, et son baiser dure juste un peu plus longtemps que nécessaire. Il est attiré par moi, j'en suis quasiment certaine maintenant. Mais je ne pense pas que cela pourrait être réciproque, quoi qu'en dise Mia.

« Elles sont superbes, dis-je en déposant les roses à côté de l'évier. Je vais les mettre dans l'eau.

— Et moi, je vais ouvrir la bouteille. C'est un pinot grigio, le vin préféré d'Emma. Vous êtes sûre que vous n'en voulez pas un peu ? Je me suis renseigné sur Internet. La plupart des spécialistes estiment qu'une femme enceinte peut boire une petite quantité d'alcool autour de la quinzième semaine.

— Plus tard, peut-être. Mais allez-y. »

Je mets les fleurs dans un vase et les pose sur la table.

« Où est le tire-bouchon, Em ? me lance-t-il.

— Dans le placard. Celui de droite. (Je marque un temps d'arrêt.) Vous m'avez appelée Em ?

— Ah bon ? (Il rit.) Désolé. Tout ça me paraît si familier. Être ici, avec vous, et ouvrir une bouteille de vin. Enfin, pas avec *vous*, bien sûr. Avec *elle*. Ça ne se reproduira pas, promis. Où sont les verres ? »

Avant : EMMA

Maintenant : JANE

C'est étrange de faire cuire des steaks pour un homme, quel qu'il soit, au One Folgate Street. Edward ne m'aurait jamais laissée cuisiner ; il aurait pris les choses en main. Après avoir enfilé un tablier, il aurait choisi la bonne huile, les bons ustensiles, tout en m'expliquant les différentes manières de cuire un steak, en Toscane ou à Tokyo. Simon, lui, est heureux de me voir aux fourneaux pendant que nous bavardons du marché de l'immobilier, des combines pour dénicher un logement pas trop cher et de l'appartement qu'il loue actuellement. « Ce qu'il y a de bien quand on quitte cette maison, c'est qu'on n'a plus besoin de s'embêter avec ces règles débiles », dit-il pendant que, par automatisme, je lave la poêle, l'essuie et la range avant de passer à table. « Au bout d'un moment, vous avez du mal à croire que vous avez vécu de cette façon.

— Hmmm », fais-je.

Je sais que, bientôt, je serai entourée par tout le bazar que requiert un bébé, et une partie de moi-même regrettera toujours la beauté austère, disciplinée, du One Folgate Street.

Je bois quelques gorgées de vin, mais je constate que j'en ai perdu le goût.

« Comment se passe votre grossesse ? » demande Simon, et je me surprends à lui parler de mon angoisse au sujet du syndrome de Down, ce qui m'amène à évoquer Isabel. Résultat, je me mets à pleurer et je suis incapable de finir mon steak.

« Je suis navré, dit-il. Vous avez dû en baver. »

Je hausse les épaules et sèche mes larmes. « Tout le monde a ses problèmes, non ? C'est les hormones, je pleure pour un oui ou pour un non.

— Je voulais fonder une famille avec Emma. » Ayant dit cela, Simon reste silencieux, avant de reprendre : « J'allais la demander en mariage. Je ne l'ai jamais dit à personne. Bizarrement, c'est le fait d'emménager ici qui m'a décidé : on était enfin installés. Je savais qu'Emma avait traversé une période difficile, mais je mettais ça sur le compte du cambriolage.

— Pourquoi vous ne l'avez pas fait ? Je veux dire : la demander en mariage.

— Oh… (Il hausse les épaules.) Je voulais que ce soit la demande la plus formidable de tous les temps. Comme ces vidéos qu'on voit sur Internet où le type organise un flash mob pour chanter la chanson préférée de la fille, ou bien fait surgir *Veux-tu m'épouser ?* dans le ciel en feu d'artifice. Je cherchais une idée, un truc qui l'épaterait. Et puis, sans prévenir, elle a rompu. »

Personnellement, j'ai toujours trouvé ces demandes en mariage extravagantes un peu bizarres, voire flippantes. Mais je me garde bien de le lui dire.

« Vous trouverez quelqu'un d'autre, Simon. J'en suis sûre.

— Vraiment ? » Il m'adresse un regard lourd de sens. « Il est rare que je rencontre quelqu'un avec qui je sens que j'ai établi un véritable lien. »

Je me dis qu'il est temps d'aborder la question. « Simon… J'espère que vous n'allez pas me trouver présomptueuse, mais puisque nous parlons franchement, je tiens à ce que les choses soient claires. Je vous aime bien, mais je ne cherche pas une nouvelle relation pour le moment. J'ai suffisamment à faire.

— Oui, bien sûr, répond-il aussitôt. Je n'ai jamais cru que… Mais on est bien ensemble, non ? En tant qu'amis ?

— Oui. » Je lui souris pour montrer que j'apprécie son tact.

« Et pourtant, ajoute-t-il, je parie que vous seriez toute prête à vous mettre en couple si Monkford claquait des doigts. »

Je fronce les sourcils. « Non, certainement pas.

— Je plaisantais. En fait, je fréquente une fille de temps en temps. Elle habite à Paris. J'envisage d'aller m'installer là-bas pour la voir plus souvent. »

La conversation dérive ensuite vers d'autres sujets, dans une ambiance détendue. Je m'aperçois que ça me manquait : cette gentillesse, cet échange civilisé, si différent de la présence dominatrice d'Edward.

Finalement, Simon demande : « Voulez-vous que je reste ici ce soir, Jane ? Sur le canapé, évidemment. Si cela vous rassure…

— C'est gentil. Mais on ne craint rien, elle et moi. » Je tapote mon ventre. « Moi et ma bosse.

— D'accord. Une autre fois, peut-être. »

13. *Il y a souvent une énorme différence entre les objectifs que je me fixe et les résultats.*

D'accord ❍ ❍ ❍ ❍ ❍ *Pas d'accord*

Maintenant : JANE

Je me réveille fatiguée, comateuse. Sans doute à cause de l'infime quantité d'alcool que j'ai bue la veille, me dis-je. Je ne suis plus habituée. Les nausées matinales me vrillent l'estomac et je dois me ruer vers les toilettes. Et puis, alors que je rêve d'une bonne douche, Housekeeper choisit cet instant pour tout couper dans la maison.

Jane, veuillez noter de 1 à 5 les affirmations suivantes, 1 correspondant à « Entièrement d'accord » et 5 à « Absolument pas d'accord ».

Certaines fonctions de la maison ont été déconnectées jusqu'à achèvement de l'évaluation.

« Fait chier », dis-je. Je n'ai pas la force de m'occuper de ça. Mais j'ai besoin de prendre cette douche. Je jette un coup d'œil à la première question de la liste.

Si mes enfants avaient de mauvais résultats à l'école, pourrais-je être qualifiée, à juste titre, de mauvaise mère ?

D'accord ❍ ❍ ❍ ❍ ❍ *Pas d'accord*

Je coche la case médiane. Soudain, je m'arrête. Je suis quasiment certaine qu'il n'y a jamais eu, jusqu'alors, de questions concernant les compétences parentales.

Ce questionnaire est-il aléatoire ? Ou bien s'agit-il d'autre chose : une sorte de critique codée de la part de Housekeeper ?

Tandis que je continue à passer en revue les questions, je fais une autre constatation. Je perçois les choses différemment. Le simple fait de répondre à ce questionnaire me rappelle que c'est un privilège de vivre ici, réservé à quelques élus, et que quitter cette maison sera un déchirement, presque aussi cruel que la perte d'Isabel…

Je me reprends, effarée. Comment ai-je pu penser une chose pareille, ne serait-ce qu'un instant ?

Je me souviens de ce qu'avait dit le guide au groupe d'étudiants venu visiter la maison. *Vous n'en avez sans doute pas conscience, mais vous êtes en train de nager dans un mélange complexe d'ondes ultrasoniques réconfortantes.*

Les questions de Housekeeper font-elles partie du fonctionnement du One Folgate Street ?

Je me connecte à Internet grâce au Wi-Fi du voisin et tape une des questions dans la barre de recherches de Google. Le résultat est instantané : un article scientifique publié dans un obscur magazine médical, le *Journal of Clinical Psychology.*

Les questions de l'Outil d'évaluation du perfectionnisme mesurent divers types de perfectionnisme pathologique, parmi lesquels le perfectionnisme personnel, le haut niveau d'exigence envers les autres, le besoin de reconnaissance, de tout prévoir (obsession de l'ordre et de l'organisation), la rumination (le besoin de suranalyser), le comportement compulsif et la rigidité morale...

Je parcours l'article en essayant d'en décoder le langage technique. Apparemment, ces questions ont été conçues au départ par des psychologues afin de diagnostiquer le perfectionnisme pathologique, pour le soigner. Je me demande d'abord si c'est le cas ici : la maison surveille-t-elle mon bien-être psychologique de la même manière qu'elle contrôle mes cycles de sommeil, mon poids, etc. ?

Puis je comprends qu'il existe une autre explication. Edward n'utilise pas ce questionnaire pour soigner le perfectionnisme de ses locataires, mais pour le renforcer, au contraire. Il essaie de contrôler non seulement notre environnement et la façon dont nous y vivons, mais aussi nos pensées et nos sentiments les plus intimes.

Cette relation durera aussi longtemps qu'elle sera absolument parfaite...

Je frissonne. Est-ce un mauvais résultat au test psychométrique qui a scellé le sort d'Emma ?

J'achève le questionnaire en cochant les réponses dont je pense qu'elles me rapporteront le meilleur score. Quand j'ai terminé, mon ordinateur redémarre. Les lumières reviennent.

Je me lève, soulagée de pouvoir enfin me diriger vers la douche. Mais pendant que je monte l'escalier, un problème survient. Les lumières clignotent. Mon ordinateur plante en plein redémarrage. Tout semble s'arrêter. Puis…

En regardant en bas, je vois quelque chose apparaître sur l'écran de mon ordinateur. Comme un film, sauf que ce n'est pas un film.

Intriguée, je redescends. C'est une image de moi, une image animée, ici même, dans cette pièce. Lorsque j'approche de l'écran, l'arrière-plan s'éloigne.

La caméra est derrière moi.

Je soulève mon ordinateur et le retourne. Maintenant, l'écran montre mon visage et non plus l'arrière de ma tête. Je balaie ainsi le mur devant moi, jusqu'à ce que l'écran m'indique que je fais face à la caméra.

Pourtant, il n'y a rien. Peut-être un trou de la taille d'une tête d'épingle dans la pierre pâle, pas plus.

Je pose l'ordinateur et ferme la fenêtre sur l'écran. Il y en a une autre derrière, avec une autre image. Puis une autre, et encore une autre. Toutes montrent différentes parties du One Folgate Street. Je les ferme une par une, en prenant soin, au préalable, de noter les emplacements des caméras. La première montre la grande table de pierre sous un angle différent. La deuxième est pointée sur la porte d'entrée. La troisième filme la salle de bains…

La salle de bains. Sans cloison. La douche totalement exposée. Si ce sont les capteurs de la maison, qui d'autre y a accès ?

Je clique de nouveau. La dernière caméra est installée juste au-dessus du lit.

J'ai envie de vomir. Toutes les fois où j'ai eu le sentiment d'être observée… c'était effectivement le cas.

Et pas seulement dans mon lit. Quand Edward m'a prise sur le comptoir de la cuisine, nous étions certainement en plein dans le champ des caméras.

Je frissonne de la tête aux pieds. Je suis révoltée. Soudain, sous l'effet d'un déferlement d'hormones, mon dégoût se transforme en fureur.

C'est Edward qui a fait ça. Il a installé ces caméras dans la structure même du One Folgate Street. Pourquoi ? Par voyeurisme ? Ou était-ce une autre façon de posséder chaque instant de ma vie ? Je suis certaine que c'est illégal… Quelqu'un n'a-t-il pas été envoyé en prison récemment pour avoir filmé une personne à son insu ?

Puis je me dis qu'Edward n'aurait jamais laissé ce genre de détail au hasard. Je fais défiler mes e-mails jusqu'à ce que je retrouve celui de Camilla, accompagné des termes et conditions du One Folgate Street. Je finis par découvrir dans le bail, en petits caractères, la clause que je cherche.

... y compris, mais pas uniquement, les images photographiques et animées…

Une autre pensée me traverse l'esprit. Edward a conçu cette maison, mais toute la technologie est l'œuvre de son associé, David Thiel. Et si j'ai beaucoup de mal à imaginer Edward en voyeur high-tech, je ne peux pas en dire autant de Thiel.

Sans laisser le temps à la colère de retomber, je vais chercher mon manteau.

Maintenant : JANE

Je ne prends pas la peine de demander un rendez-vous. J'attends simplement dans le hall de La Ruche que des employés de l'Association Monkford, tenant à la main des gobelets de café et des sandwichs, se rassemblent autour d'un des ascenseurs, et je leur emboîte le pas. Arrivée au quatorzième étage, je sors en même temps qu'eux.

« Edward n'est pas là, me dit la brune impeccable de la réception, une fois remise de sa surprise.

— C'est David Thiel que je viens voir. »

Elle paraît encore plus étonnée. « Je vais voir s'il est disponible. » Elle cherche le numéro de poste sur son iPad. J'ai l'impression que le technologue ne reçoit pas beaucoup de visites.

Ma diatribe contre David Thiel est longue, sonore et délibérément agrémentée d'injures. C'est tout juste si je reprends mon souffle, mais il attend calmement que j'aie terminé. Son attitude me rappelle celle d'Edward face à son client, la première fois que je suis venue ici : il demeurait indifférent à la colère de cet homme.

« C'est ridicule, répond-il quand je m'arrête enfin. Je pense que votre état vous fait réagir de manière excessive. »

Il aurait difficilement pu choisir mieux pour me faire exploser de nouveau. « Premièrement, je ne suis pas malade, abruti. Et deuxièmement, épargnez-moi votre condescendance. Je sais ce que j'ai vu. Vous m'espionnez, vous ne pouvez pas le nier. C'est même inscrit dans ce putain de contrat ! »

Il secoue la tête. « Nous vous avons demandé de signer une décharge, en effet. Mais c'est uniquement pour nous couvrir. Personne n'a accès aux images filmées par ces caméras, à l'exception du logiciel de reconnaissance faciale. Afin que la maison puisse suivre vos mouvements, rien de plus.

— Et la douche qui passe du chaud au froid pour essayer de me foutre la trouille ? Ne me dites pas que c'est une histoire de reconnaissance faciale. »

Il fronce les sourcils. « J'ignorais qu'il y avait un problème avec la douche.

— Mais ce n'est pas ça le plus important. Que faisaient donc ces caméras quand Emma a été tuée ? Elles ont dû enregistrer ce qui s'est passé. »

Il hésite avant de répondre. « Les liaisons étaient déconnectées ce jour-là. Un problème technique. Manque de chance.

— Vous n'espérez quand même pas… ? dis-je au moment où la porte s'ouvre, violemment poussée par Edward Monkford qui fait irruption dans le bureau.

— Que fais-tu ici ? » me lance-t-il.

Jamais je ne l'ai vu aussi en colère.

« Elle réclame les données du One Folgate Street concernant cette Matthews », explique Thiel.

La fureur empourpre le visage d'Edward.

« C'en est assez. Je veux que tu fiches le camp, tu entends ? » Sur le coup, je ne sais pas s'il parle de son bureau ou du One Folgate Street. Puis il ajoute : « Nous invoquons la clause de pénalité. Tu as cinq jours pour quitter la maison.

— Tu n'as pas le droit de faire ça.

— Tu as enfreint au moins une dizaine de clauses restrictives. Tu découvriras que nous en avons le droit.

— Edward… de quoi as-tu si peur ? Qu'essaies-tu de cacher ?

— Je n'ai pas *peur* de quoi que ce soit. En revanche, j'en ai *marre* que tu ignores mes désirs en permanence. Sincèrement, je trouve assez cocasse que tu m'accuses d'être obsédé par Emma Matthews alors qu'à l'évidence c'est toi qui fais une fixation sur elle. Pourquoi est-ce que tu n'oublies pas cette histoire ?

— Tu lui as offert mon collier, réponds-je avec la même colère. Si tu es aussi innocent que tu l'affirmes, pourquoi as-tu fait réparer son collier pour me l'offrir ? »

Il me regarde comme s'il avait une folle devant lui.

« Je vous ai offert deux colliers similaires parce qu'il se trouve que j'aime beaucoup la couleur de ces perles, voilà tout. »

Soudain, je m'entends demander : « Est-ce que tu l'as tuée, Edward ? Franchement, ça m'en a tout l'air.

— D'où tu sors ça ? répond-il, abasourdi. Qui t'a fourré dans le crâne cette idée démente ?

— J'exige une réponse. »

J'essaie de maîtriser le tremblement de ma voix.

« Eh bien, tu n'en auras pas. Maintenant, fous le camp. »

Thiel ne dit rien. Edward regarde mon ventre d'un air furieux lorsque je me lève pour partir.

Maintenant : JANE

Je n'ai pas d'autre choix que de retourner au One Folgate Street. Mais je franchis la porte avec une vive appréhension désormais, tel un boxeur amoché qui s'avance sur le ring pour un nouveau round.

L'impression d'être observée est permanente maintenant. Tout comme ce sentiment que l'on s'amuse avec moi. De petits dysfonctionnements se produisent ici et là dans la maison. Des prises électriques refusent de fonctionner. Les lumières augmentent, puis s'estompent. Lorsque je tape « studios à louer » dans le moteur de recherches de Housekeeper, il m'envoie sur des sites de femmes adultères. Quand je veux écouter de la musique, le système choisit la marche funèbre de Chopin. L'alarme anti-intrusion se déclenche inopinément, me faisant sursauter.

Je hurle en direction du plafond : « Arrête de faire le gamin, bordel ! »

Le silence des pièces vides est la seule réponse, moqueuse.

Je prends mon téléphone.

« Simon, dis-je. Si l'offre tient toujours, je veux bien que vous veniez passer la nuit ici, finalement.

— Que se passe-t-il, Jane ? demande-t-il aussitôt, inquiet. Vous semblez effrayée.

— Non, je ne suis pas effrayée, mens-je. Disons que cette maison me fait un peu flipper. Pas de quoi s'inquiéter, j'en suis sûre. Mais ce serait bien que vous soyez là. »

Maintenant : JANE

« Je suis venu dès que j'ai pu, dit Simon en déposant un sac de voyage à côté de la porte. C'est ça, l'avantage d'être free-lance. Je peux travailler ici comme au Starbucks. (Il me regarde et s'arrête.) Jane, vous êtes sûre que ça va ? Vous avez mauvaise mine.

— Simon… J'ai des excuses à vous faire. Depuis le début, vous affirmez qu'Edward a tué Emma et je refuse de vous écouter. Mais je commence à croire… (J'hésite, je rechigne à prononcer ces mots à voix haute.) Je commence à croire que vous avez peut-être raison.

— Inutile de vous excuser, Jane. Qu'est-ce qui vous a fait changer d'avis ? »

Je lui parle des caméras dissimulées dans les murs et de ma confrontation avec Thiel.

« J'ai fini par cracher le morceau, dis-je. J'ai accusé Edward de m'avoir offert le collier d'Emma. »

Simon me dévisage, crispé soudain. « Et comment a-t-il réagi ?

— Il a affirmé que c'étaient deux colliers différents.

— Il a pu le prouver ?

— Il n'a même pas essayé. Il m'a flanquée à la porte. (Je hausse les épaules d'un air résigné.) J'ai cinq jours pour trouver un autre logement.

— Vous pouvez vous installer chez moi, si vous voulez.

— Merci. Mais je me suis suffisamment imposée.

— On restera quand même amis, hein ? Ce n'est pas parce que vous partez d'ici que vous allez m'oublier, j'espère.

— Bien sûr que non, dis-je, un peu gênée par cette démonstration d'affection. Mais je suis confrontée à un dilemme moral, maintenant. » Je montre la table sur laquelle repose mon collier, roulé dans son écrin en forme de coquillage. « Cette histoire de collier m'a incitée à regarder combien il coûte. En fait, il vaut dans les trois mille livres. »

Simon hausse les sourcils.

« Une jolie caution pour un appartement, dit-il.

— Exactement. Mais je crois que je devrais le rendre à Edward.

— Pourquoi ? S'il a choisi de vous faire un cadeau somptueux, c'est son problème.

— Oui, mais… Je ne veux pas qu'il pense que je m'intéresse uniquement à son prix. Hélas, j'ai besoin de cet argent. » *Et je ne veux pas qu'il me méprise davantage*, me dis-je.

« Le fait que ça vous pose un dilemme en dit long sur vous, Jane. La plupart des gens n'hésiteraient pas une seule seconde. »

Simon me sourit. La tension qu'il affichait à l'instant, lorsque j'ai parlé d'Edward et des perles, a disparu. Pourquoi était-il si nerveux soudain ? Que redoutait-il ?

Une pensée me traverse l'esprit, un détail infime, mais d'une évidence éclatante.

Si Simon a raison et si mon collier est bien celui qu'Edward a offert jadis à Emma, une des rangées doit avoir moins de perles que les autres. Mais en l'examinant maintenant, il m'apparaît que les trois rangées sont exactement identiques.

Je fais glisser mon doigt sur la rangée du haut, en comptant rapidement. Vingt-quatre perles.

Vingt-quatre perles également pour la deuxième rangée.

Et pour la troisième.

Edward a donc dit vrai. Le collier qu'il m'a offert n'est pas celui dont il avait fait cadeau à Emma. Le scénario avancé par Simon, selon lequel Edward a tué Emma puis ramassé toutes les perles éparpillées sauf une, ne s'est jamais produit.

Ou peut-être avec Simon.

Cette pensée pénètre dans mon cerveau, pleinement formée. Et si tout s'était passé exactement comme l'a raconté Simon… mais que ç'ait été lui, et pas Edward ?

Tu n'as aucune preuve, me dis-je.

N'empêche, je me réjouis beaucoup moins à l'idée que cet homme passe la nuit ici.

D'autant que je fais une autre constatation : il n'y a aucune panne technique dans la maison quand Simon est là. Les robinets fonctionnent, la cuisinière aussi, et Housekeeper reste accessible. Pourquoi ?

Serait-il à l'origine de ces dysfonctionnements ?

Thiel avait paru embarrassé face à mes accusations. Mais perplexe, également. Et il avait évoqué un vague problème technique. Était-il gêné parce qu'il savait que quelqu'un d'autre avait accès aux systèmes du One Folgate Street ?

Me suis-je trompée sur toute la ligne ?

14. *J'essaie de ne pas montrer aux gens ce que je pense réellement.*

D'accord ❍ ❍ ❍ ❍ ❍ *Pas d'accord*

Maintenant : JANE

« Jane ? Ça ne va pas ? »

Simon m'observe attentivement.

« Si, si. (Je me ressaisis et lui adresse un petit sourire.) C'est vraiment gentil d'être venu. Mais ce n'était pas la peine d'apporter un sac. Mon amie Mia vient de m'envoyer un SMS. Elle va passer la nuit ici.

— Elle n'a pas des enfants ? Et un mari ? »

Son ton est plein de sollicitude.

« Si, mais…

— Alors ils ont besoin d'elle. Et maintenant que je suis là… Et puis, ce sera comme dans le temps.

— Dans le temps ? Comment ça ? je demande, dubitative.

— Oui, vous et moi. Ici, ensemble.

— Ce n'était pas “dans le temps”, Simon. »

Son sourire ne faiblit pas. « Ce n'est pas si lointain. Pour moi, en tout cas.

— Simon… (Je ne sais pas comment lui dire ça.) Je ne suis pas Emma. Je ne suis pas du tout comme elle.

— Non, bien sûr. Vous êtes une meilleure personne, pour commencer. »

Je prends mon téléphone sur la table.

« Que faites-vous, Jane ?

— Il faut que j'aille ranger le collier là-haut.

— Je m'en charge. (Il tend la main.) Vous êtes enceinte. Ménagez-vous.

— Je me sens parfaitement bien. »

Soudain, une autre pensée me vient. Simon a commencé à faire allusion à ma grossesse bien avant que quiconque la remarque. *La plupart des spécialistes estiment qu'une femme enceinte peut boire une petite quantité d'alcool autour de la quinzième semaine.* Comment sait-il de combien de semaines je suis enceinte ?

J'avance pour passer devant lui. Il garde la main tendue, mais je l'ignore.

« Attention dans l'escalier ! » lance-t-il en me suivant du regard.

Je m'oblige à ralentir, en répondant à cette mise en garde par un geste de la main.

Outre le vestibule, le seul endroit de la maison qui possède une porte est le placard de la femme de ménage. Je m'y faufile et coince la porte avec des balais.

J'essaie d'abord de joindre Mia. *Échec de l'appel.*

« Merde, dis-je à voix haute. Putain de merde. »

Edward Monkford. *Échec de l'appel.*

La police.

Échec de l'appel.

En regardant l'écran de mon portable, je constate qu'il n'y a pas de réseau. Non sans peine, je parviens à me hisser dans l'espace sous le toit et je lève le téléphone le plus haut possible. Aucun signal, là non plus.

« Jane ? » Simon m'appelle d'en bas. « Ça va, Jane ?

— Rentrez chez vous, Simon ! Je ne me sens pas bien.

— Oh, je suis désolé. Je vais appeler un médecin.

— Non, inutile. J'ai juste besoin de me reposer. »

J'entends sa voix qui se rapproche dans l'escalier.

« Jane ? Où êtes-vous ? Vous êtes dans la salle de bains ? »

Je ne réponds pas.

« Toc-toc… Non, vous n'êtes pas dans la salle de bains. Vous jouez à cache-cache ? »

La porte du placard grince lorsqu'il la pousse de l'extérieur.

« Je t'ai trouvée ! s'exclame-t-il gaiement. Allez, sors de là maintenant, ma chérie. »

Maintenant : JANE

« Je ne sortirai pas d'ici, dis-je à travers la porte.

— C'est idiot. On ne peut pas se parler comme ça.

— Je vous demande de vous en aller, Simon. Sinon, j'appelle la police.

— Impossible. J'ai installé un petit gadget qui bloque la réception du portable. Et du Wi-Fi. »

Je ne réponds pas. Je m'aperçois peu à peu que c'est encore pire que je le craignais. Il a tout planifié.

« Tout ce que je voulais c'était être avec toi, dit-il. Mais tu continues à préférer Monkford, hein ?

— Que vient faire Monkford dans tout ça ?

— Il ne te mérite pas. De même qu'il ne *la* méritait pas. Mais les types bien n'ont jamais les filles bien, hein ? Ils se les font piquer par des connards dans son genre.

— Simon, j'ai un signal sur mon portable. J'appelle la police… (Je prends un ton affolé.) Allô, la police ? Je vous en supplie… je suis au One Folgate Street à Hendon. Il y a un homme chez moi qui me menace.

— Ce n'est pas tout à fait exact, ma chérie. Je n'ai menacé personne.

— Cinq minutes ? D'accord, mais faites vite !

— Très convaincant. Tu sais bien mentir, Jane. Comme toutes les putains de femmes que j'ai rencontrées. »

Je sursaute lorsqu'il se met à bombarder la porte de coups de pied. Les balais plient, mais ne cèdent pas. Je suis ivre de terreur.

« Ça m'est égal, Jane, reprend-il, essoufflé. J'ai tout mon temps. »

Je l'entends qui redescend. De longues minutes s'écoulent. Je sens une odeur de bacon frit. Si absurde que cela puisse paraître, j'en ai l'eau à la bouche.

Je balaie du regard l'intérieur du placard pour voir si je ne pourrais pas utiliser un autre accessoire. Mes yeux se posent sur les câbles qui courent le long du mur : les veines et les artères du One Folgate Street. Je commence à tirer dessus, au hasard. J'ai dû provoquer une réaction quelconque, car soudain, j'entends Simon qui remonte.

« Très astucieux, Jane. Mais un peu agaçant aussi, il faut bien l'avouer. Allez, sors, maintenant. J'ai préparé à manger.

— Allez-vous-en, Simon. Vous ne comprenez donc pas ? Vous devez partir. Je suis sérieuse.

— On dirait Emma quand tu es en colère. » Je perçois un bruit de couteau qui racle une assiette et je l'imagine assis en tailleur, de l'autre côté de cette porte de placard, en train de manger ce qu'il a cuisiné. « J'aurais dû lui dire non plus souvent. J'aurais dû me montrer plus autoritaire. Ça a toujours été mon problème. Je suis trop raisonnable. Trop gentil. (Il débouche une bouteille.) Je pensais que, peut-être, tu étais gentille toi aussi, et que ce serait différent cette fois. Mais non.

— DAVID THIEL ! EDWARD ! À L'AIDE ! »

Je hurle à m'en briser la voix.

« Ils ne peuvent pas t'entendre, Jane.

— Si. Ils m'observent.

— C'est ce que tu as cru ? J'ai peur que tu te sois trompée. C'était moi. Tu lui ressembles tellement. Ça fait très longtemps que je suis amoureux de toi.

— Ce n'est pas de l'amour, dis-je, horrifiée. L'amour ne peut pas être totalement unilatéral.

— L'amour est toujours unilatéral, Jane », dit-il avec tristesse.

J'essaie de rester calme. « Si vous m'aimiez, vous voudriez que je sois heureuse. Pas enfermée ici, à trembler de peur.

— Je veux que tu sois heureuse, bien sûr. Avec moi. Mais si je ne peux pas t'avoir, je ne laisserai pas ce connard t'avoir à ma place.

— Je vous le répète : j'ai rompu avec lui.

— Oui, c'est ce *qu'elle* disait. (Il semble las.) Alors, je l'ai soumise à un test. Un simple test. Et elle a voulu le récupérer. *Lui.* Pas moi. Je ne voulais pas que ça se passe de cette façon, Jane. Je voulais que tu tombes amoureuse de moi. Mais, vu les circonstances, c'est la meilleure solution. »

J'entends un bruit de fermeture Éclair : il ouvre son sac. Puis un liquide dans un bidon. Une tache noire s'infiltre sous la porte du placard. Ça sent l'essence.

« Simon ! Arrêtez, bordel !

— Je ne peux pas, Em. (Sa voix est hachée, rauque, comme s'il allait se mettre à pleurer.) Je ne peux pas laisser faire ça.

— Par pitié, Simon. Pensez au bébé. Même si vous me haïssez, pensez au bébé.

— Oh, j'y pense ! Le petit bâtard du sale bâtard. Sa queue dans ta chatte. Son *enfant.* Jamais de la vie ! (Il secoue le bidon encore une fois.) Je vais foutre le feu à cette baraque. Ça ne lui plaira pas, hein ? Et je vais être obligé de te faire brûler avec, si tu ne sors pas de là. Ne m'oblige pas à faire ça, Jane. »

Tous ces produits d'entretien qui m'entourent sont hautement inflammables. L'un après l'autre, je les lance dans l'espace sous le toit, puis je m'y hisse à mon tour. Je regarde mon portable : toujours pas de signal.

« Jane ! Dernière chance… Sors de là et sois gentille avec moi. Fais semblant de m'aimer, rien qu'un peu. Fais semblant, c'est tout ce que je te demande. »

J'avance sous le toit en m'éclairant avec mon portable. Il y a des poutres en bois partout. Une fois que le feu aura atteint cet espace, plus rien ne pourra l'arrêter. Je crois me souvenir que dans les incendies de maison, c'est la fumée qui vous tue d'abord.

Je marche sur quelque chose de mou. Le vieux sac de couchage. Un déclic se produit dans mon esprit. Ce n'était pas Emma qui dormait ici. C'était Simon. Il avait gardé quelques-unes de ses affaires et la carte de sa psy. Peut-être envisageait-il de se faire aider. Si seulement il l'avait fait…

« Jane ? crie-t-il d'en bas. Jane ? »

C'est alors que j'aperçois ma valise, celle que j'avais cachée ici. Accroupie, je sors la boîte à souvenirs d'Isabel. Je caresse ces reliques d'une main tremblante : le lange dans lequel on l'avait enveloppée, les moulages en plâtre de ses mains et de ses pieds minuscules.

C'est tout ce qui reste d'elle.

Je vous ai laissés tomber. Tous les deux.

Je bascule à genoux, les mains plaquées sur mon ventre et je laisse couler les larmes.

15. *Votre fille est en train de se noyer en mer. Alors que vous vous précipitez pour la sauver, vous découvrez qu'une dizaine d'autres enfants courent le même danger, un peu plus loin. Vous pouvez sauver votre fille immédiatement ou voler au secours de tout le groupe, ce qui peut prendre un certain temps. Que choisissez-vous ?*

- ❍ *Vous sauvez votre enfant*
- ❍ *Vous sauvez les dix autres enfants*

Maintenant : JANE

Je ne saurais dire depuis combien de temps je suis enfermée là, à pleurer. Mais quand je m'arrête, je ne sens aucune odeur de brûlé. Uniquement la puanteur de l'essence.

Je pense à Simon, quelque part au-dessous de moi, en train de se lamenter lui aussi, en pleurnichant de manière pathétique sur son besoin d'affection.

Et je me dis : *Non.*

Je ne suis pas Emma Matthews, chaotique et vulnérable. Je suis une mère qui a enterré un enfant et qui en porte un autre en elle.

Ce serait si facile de demeurer dans ce grenier, de s'abandonner à la douce passivité du chagrin. S'allonger et attendre que la fumée passe à travers les solives pour m'envelopper et m'emporter.

J'en décide autrement.

Un instinct primitif me pousse à me relever d'un bond. Comme dans un état second, je redescends dans le placard en passant par la trappe. Sans bruit, j'ôte les balais qui bloquent la porte.

Le collier est toujours dans ma poche. Je le sors. Je romps les fils et fais glisser les perles dans ma paume.

Tout doucement, j'ouvre la porte.

Le One Folgate Street est méconnaissable. Les murs sont couverts de graffitis. Les oreillers et les coussins ont été éventrés. Des éclats de vaisselle brisée jonchent le sol. Des traînées rougeâtres ressemblant à du sang maculent les fenêtres. Derrière l'odeur puissante de l'essence, je sens celle du gaz.

« Simon ? » dis-je dans la maison silencieuse.

Il apparaît au pied de l'escalier, comme surgi de nulle part.

« Jane ! Comme je suis content.

— Je peux la remplacer. »

Ce n'était pas prévu, mais cela me semble évident, maintenant ; je sais ce que je dois dire, et les mots sortent naturellement de ma bouche, sans aucune hésitation, sans trembler.

« Emma, dis-je. La gentille Emma, celle que tu aimais. Je serai ton Emma, et ensuite, tu me laisseras partir. D'accord ? »

Il me regarde d'en bas, sans rien dire.

J'essaie d'imaginer la façon de parler d'Emma, ses intonations.

« Ouah, dis-je en regardant autour de moi. Tu as sacrément saccagé cette maison, hein, mon chéri ? Il faut vraiment que tu m'aimes pour faire ça, Simon. Je ne pensais pas que tu étais passionné à ce point. »

Dans son regard, la méfiance livre bataille contre un autre sentiment. Le bonheur ? L'amour ? Je pose une main sur mon ventre.

« Simon, il y a une chose que tu dois savoir. Je suis enceinte. Tu vas être papa. Est-ce que ça n'est pas formidable ? »

Il a un mouvement de recul et je frissonne ; je sens que j'ai poussé le bouchon un peu trop loin. *Le petit bâtard du sale bâtard.*

J'enchaîne aussitôt : « Allons nous allonger, Simon. Juste quelques minutes. Je te masserai le dos et tu pourras masser le mien. Ce serait agréable, hein ? Un bon petit câlin.

— Oui, très agréable, dit-il d'une voix étranglée par le désir, en montant l'escalier.

— Tu veux prendre une douche ? »

Il hoche la tête, puis quelque chose se durcit dans son regard. « Toi aussi.

— Je vais chercher un peignoir. »

Je me dirige vers la chambre en sentant ses yeux qui me suivent. J'ouvre la porte du placard et décroche un peignoir suspendu à un cintre.

J'entends l'eau couler. Il doit être sous la douche. Mais quand je me retourne, il est revenu au même endroit, et il continue à m'observer.

« Après toi », dit-il.

Je souris et me dirige vers la douche.

« Je ne peux pas, Em », dit-il soudain.

Je pense d'abord qu'il parle de cette mascarade.

« Quoi donc, mon chéri ?

— Je ne peux pas te perdre. Je ne peux pas te laisser être cette femme qui désire d'autres hommes mais pas moi. »

Il prononce ces mots sur le ton d'une étrange psalmodie, comme une chanson qui tourne en boucle dans son cerveau, depuis si longtemps que les paroles ont perdu toute signification.

« Mais c'est *toi* que je veux, mon chéri. Et personne d'autre. Viens, je vais te montrer. »

Soudain secoué de sanglots, il enfouit son visage dans ses mains. Je saisis ma chance. Je me faufile devant lui pour foncer vers l'escalier, cet escalier dangereux où Emma a trouvé la mort. Déséquilibrée par mon ventre lourd, je manque de trébucher sur la première marche, mais je prends appui contre le mur d'une main, et parviens à rétablir mon équilibre. Mes pieds nus se posent avec assurance sur les marches de pierre familières. Simon se lance à ma poursuite en poussant un rugissement de fureur. Il parvient, je ne sais pas comment, à agripper mes cheveux pour me tirer vers lui. Je lui lance alors la poignée de perles au visage. Il réagit à peine. Mais en descendant sur la marche suivante, il pose les pieds sur les perles, aussi mortelles que des billes, et ses jambes partent dans deux directions différentes. L'étonnement et la stupeur se peignent sur son visage, puis il bascule dans le vide. Son corps heurte le sol en premier, sa tête vient ensuite, dans un craquement qui me soulève le cœur. Les perles dévalent les marches telle une cascade et rebondissent autour de son corps en croix, tordu. Pendant un moment, je suis certaine qu'il est toujours vivant, car il me regarde fixement, l'air affolé, il me cherche, il refuse d'abandonner. Puis le sang se répand autour de sa tête et son regard s'éteint.

Maintenant : JANE

J'essaie une nouvelle fois de capter un signal, mais le brouilleur installé par Simon fonctionne toujours, je suppose. Je vais devoir aller chez les voisins pour appeler une ambulance. Mais rien ne presse. Ses yeux ouverts sont immobiles et sa tête entourée d'une auréole de sang rouge sombre.

Prudemment, je descends l'escalier et traverse le salon en évitant soigneusement les perles qui jonchent le sol, une main sur le ventre dans un geste protecteur. Mon chemin me conduit près des grandes fenêtres. Presque inconsciemment, je m'arrête et essuie avec la manche de mon peignoir les graffitis sanglants. Ils s'effacent facilement, faisant apparaître le reflet de mon visage dans l'obscurité qui s'étend de l'autre côté.

Tout cela va disparaître, me dis-je. Tout ce bazar, ce désordre superficiel. Le sang et le corps de Simon auront bientôt disparu, eux aussi. La maison retrouvera son aspect immaculé. Comme un organisme vivant qui expulse une écharde. Le One Folgate Street s'est guéri tout seul.

Je suis envahie par un sentiment de sérénité, de paix. Je contemple mon image dans la vitre sombre, je sens que la maison m'a acceptée ; nous voici l'une et l'autre, chacune à notre manière, riches de promesses.

16. *Un employé du chemin de fer, responsable d'un aiguillage, emmène son fils au travail, en violation du règlement. Il lui ordonne de ne pas s'approcher des voies. Un peu plus tard, il voit un train approcher, mais avant qu'il puisse actionner l'aiguillage, il découvre son fils en train de jouer sur la voie. L'enfant est trop loin, il ne l'entend pas. Si le cheminot n'actionne pas l'aiguillage, le train déraillera, provoquant de nombreuses victimes, mais s'il commande un changement de voie, le train va très certainement tuer son fils. Dans un cas comme dans l'autre, il n'a que quelques secondes pour courir alerter le conducteur du train ou son fils.*

- ❍ *J'actionne l'aiguillage*
- ❍ *Je n'actionne pas l'aiguillage*

Maintenant : JANE

Je n'accouche pas dans une petite piscine, avec des bougies Diptyque et Jack Johnson qui chante dans mon iPad. Au lieu de cela, j'ai droit à une césarienne après qu'on a découvert, lors d'un examen de routine, une légère obstruction dans l'estomac de mon bébé, un problème facile à résoudre grâce à une opération postnatale, Dieu merci, mais cela suffit à faire pencher la balance en faveur d'un accouchement médicalisé.

Le docteur Gifford prend bien soin de m'expliquer toutes les implications et je dois subir de nouveaux tests. Après l'accouchement, je tiens Toby contre moi pendant quelques minutes, merveilleuses et douces-amères, avant qu'on me le reprenne. Mais la sage-femme l'a posé sur mon sein et j'ai pu sentir ses gencives dures se refermer sur mon téton, et cette profonde sensation d'aspiration plongeant au fond de moi, jusque dans mon utérus sensible, suivie par les picotements exaltants au moment où le lait a jailli. Mon amour se déverse en lui, et ses yeux bleus se plissent, gigantesques et heureux. Quel bébé souriant. La sage-femme m'explique que ça ne peut pas être un véritable sourire, pas à ce stade, plutôt un gaz ou une crispation de la lèvre. Mais je sais qu'elle a tort.

Edward vient nous rendre visite le lendemain. Je l'ai vu à plusieurs reprises au cours du dernier trimestre de ma grossesse, en partie à cause de toutes les complications d'ordre judiciaire qui ont suivi la mort de Simon, mais aussi parce qu'il a eu la décence de reconnaître qu'il aurait dû prendre conscience du danger que représentait Simon. Nous sommes liés pour longtemps, désormais, par la parentalité, et si avec le temps nous pouvons devenir plus que ça… c'est une possibilité qu'Edward n'exclut plus totalement, me dis-je parfois.

Je sommeille encore quand il arrive, alors l'infirmière vient me demander s'il peut entrer. Bien entendu. Je veux qu'il voie notre fils.

« Le voici, dis-je, incapable de retenir un sourire. Je te présente Toby. » Mais j'éprouve une vive appréhension. L'habitude d'être jugée par Edward, de chercher son approbation, est encore trop récente pour avoir perdu de son intensité.

Il prend Toby dans ses bras et examine son visage rond et joyeux.

« Quand l'as-tu su ? demande-t-il.

— Qu'il était atteint de trisomie ? Quand ils ont décelé l'obstruction. Près d'un tiers des bébés souffrant d'atrésie du duodénum sont atteints du syndrome de Down. »

Le test ADN, fiable à plus de quatre-vingt-dix-neuf pour cent, n'était pas infaillible finalement. Mais une fois le choc et le chagrin passés, une partie de moi-même se réjouit presque que le test se soit trompé. Si j'avais su, j'aurais certainement avorté, et en regardant Toby maintenant, ses yeux en amande, le nez retroussé et l'adorable bouche aux lèvres ourlées presque semblable à la mienne, je ne vois pas comment j'aurais pu mettre fin à cette existence.

Évidemment, les motifs d'inquiétude ne manquent pas. Mais chaque enfant trisomique est différent, et il semblerait que nous ayons de la chance. Il a la même vigueur musculaire qu'un autre bébé. Sa coordination buccale, quand il prend mon téton dans sa bouche, est bonne. Il n'a pas de problème pour déglutir, pas de malformation au cœur ni aux reins. Son nez, bien que camus, est assurément celui d'Edward. Et ses yeux, malgré leur forme allongée, ne sont pas très différents des miens.

Il est beau.

« Jane, dit Edward, ce n'est peut-être pas le bon moment, ni le lieu idéal, pour parler de ça, mais il faut que tu l'abandonnes. Il y a des gens qui adoptent ce genre de bébés. Des gens qui choisissent cette vie. Des gens différents de toi.

— Je ne pourrais pas, Edward. Je ne pourrais pas. »

L'espace d'un instant, je vois, dans les profondeurs de ses yeux, un éclair de colère. Et autre chose, peut-être : une infime étincelle de peur.

« Nous pourrions essayer de nouveau, poursuit-il, comme s'il ne m'avait pas écoutée. Toi et moi… On fera table rase du passé. Et cette fois, ça pourrait marcher. Je le sais.

— Si tu avais été plus honnête avec moi au sujet d'Emma, nous aurions pu faire en sorte que ça marche. »

Il me regarde sévèrement. Je vois bien qu'il se demande si c'est l'effet de la maternité, si le fait d'être mère m'a déjà donné de l'assurance.

« Comment aurais-je pu t'en parler alors que moi-même je ne comprenais pas ? dit-il. Je suis une personne obsessionnelle. Et Emma adorait me provoquer. Quand elle réussissait à me faire perdre le contrôle de moi-même, ça l'excitait, et moi je me haïssais dans ces moments-là. J'ai fini par rompre avec elle, mais ç'a été dur, très dur. »

Après une hésitation, il ajoute :

« Un jour, elle m'a remis une lettre. Elle disait qu'elle voulait s'expliquer. Plus tard, elle m'a demandé de ne pas la lire. Mais je l'avais déjà lue.

— Tu l'as gardée ?

— Oui. Tu veux la voir ?

— Non. » Je regarde le visage endormi de Toby. « Nous devons nous concentrer sur l'avenir, désormais. »

Il saisit la balle au bond. « Tu vas y réfléchir, alors ? Tu es prête à renoncer à cet enfant ? Je pense que je pourrais redevenir père, Jane. Je me sens prêt. Mais choisissons l'enfant que nous voulons avoir. Un enfant qui a été planifié. »

C'est à ce moment-là que je dis enfin la vérité à Edward.

Avant : EMMA

Je le savais avant même de te rencontrer, quand l'agent immobilier a parlé des règles du bail. Certaines femmes, la plupart sans doute, veulent être adorées et respectées. Elles veulent un homme doux et attentionné, qui leur murmure des paroles de tendresse et d'amour. J'ai essayé d'être cette femme et d'aimer cet homme, mais j'en suis incapable.

Quand j'ai renversé le café sur tes plans, c'est devenu une certitude. Une chose s'était produite, sans que je puisse dire quoi exactement. Tu étais sévère et puissant, mais tu m'as pardonnée. Simon savait pardonner, lui aussi, mais c'était par faiblesse. Dès cet instant, je t'ai appartenu.

Je ne veux pas être adorée. Je veux être commandée. Je veux un homme monstrueux, un homme que les autres hommes haïssent et envient, et qui n'en a rien à foutre. Un homme de pierre.

Une ou deux fois, j'ai cru l'avoir trouvé. Dès lors, je ne pouvais plus m'en détacher. Quand ces hommes se sont servis de moi avant de me rejeter, je l'ai accepté comme la preuve qu'ils étaient réellement ce qu'ils affirmaient être.

L'un d'eux était Saul. Au début, je le trouvais répugnant. Un sale type arrogant et détestable. Comme il était marié à Amanda, je me disais qu'il se livrait à un flirt sans conséquence. Alors j'ai joué le jeu, et ç'a été mon erreur. Il m'a fait boire. Je savais où il voulait en venir, mais je pensais qu'à un certain stade, il s'arrêterait. Mais il ne s'est pas arrêté, et moi non plus, je suppose. C'était comme si tout cela arrivait à quelqu'un d'autre. Je sais que ça va paraître étrange, mais j'avais l'impression d'être Audrey Hepburn en train de danser avec Fred Astaire. Et non pas une attachée de presse ivre qui taillait une pipe à un cadre supérieur dans des conditions sordides pendant un stage d'entreprise. Et le temps que je comprenne que je n'aimais pas ce qu'il faisait, ni la manière dont il le faisait, c'était beaucoup trop tard. Plus j'essayais de l'arrêter, plus il devenait brutal.

Après cela, je me suis détestée. Je me croyais fautive parce que je l'avais laissé m'entraîner dans cette situation. Et je détestais Simon qui ne voulait voir que mes bons côtés, alors que je n'étais pas du tout la personne qu'il imaginait. C'était tellement plus facile de mentir à tout le monde que de dire la vérité.

Alors, vois-tu, je croyais avoir enfin trouvé en toi un être à la fois gentil et fort. Simon autant que Saul. Et quand j'ai découvert que tu avais des secrets, toi aussi, je m'en suis réjouie. J'ai pensé que nous pourrions être honnêtes l'un envers l'autre. Que nous pourrions enfin nous débarrasser de tout le fatras de notre passé.

Je ne parle pas des objets, mais de tous ces trucs qu'on trimballe dans nos têtes. Car c'est ça que j'ai compris en vivant au One Folgate Street. Tu peux bien créer l'environnement le plus raffiné et le plus épuré possible, ça ne sert à rien si c'est la pagaille dans ta tête. Et c'est ça que tout le monde cherche, non ? Quelqu'un qui s'occupe du fouillis qui règne dans notre esprit.

17. *Il est préférable de mentir et de rester maître de la situation que de dire la vérité sans pouvoir prédire les conséquences.*

D'accord ❍ ❍ ❍ ❍ ❍ *Pas d'accord*

Maintenant : JANE

« Il était planifié », dis-je.

Edward fronce les sourcils. « C'est une plaisanterie ?

— Disons qu'il y a dix pour cent de plaisanterie. »

Il commence à se détendre, mais j'ajoute :

« Je veux dire par là qu'il était planifié par *moi*. Mais pas par toi. (Je cale Toby au creux de mon bras.) Je l'ai su dès la première fois que je t'ai vu, pour te dire la vérité, dans ton bureau. J'ai su que tu pourrais être le père de mon enfant. Beau, intelligent, créatif, déterminé… Tu étais certainement ce que je pouvais trouver de mieux.

— Tu m'as menti ? demande-t-il, incrédule.

— Pas réellement. Disons que je ne t'ai pas tout expliqué. »

Surtout quand j'ai répondu à la première question du formulaire de candidature, celle qui me demandait de dresser la liste de tout ce qui me semblait indispensable dans ma vie. Quand vous avez perdu le centre de votre univers, une seule chose peut vous reconstituer.

Je n'aurais pas pu y parvenir ailleurs qu'au One Folgate Street. Les remords, les doutes, les scrupules… dans le monde ordinaire, j'aurais été paralysée par tout ça. Mais dans cet espace nu, intransigeant, ma résolution n'a fait que grandir. Cette maison était de connivence avec mes plans, et toutes mes décisions avaient la simplicité pure de la perte.

« Je savais qu'il se passait quelque chose. (Edward avait blêmi.) Housekeeper avait décelé des anomalies, des données absurdes. Je mettais cela sur le compte de ton obsession pour la mort d'Emma, cette quête ridicule que tu essayais de cacher…

— Je ne m'intéressais pas à Emma, pas personnellement. Mais il fallait que je sache si tu pouvais représenter un danger pour notre enfant. »

Paradoxalement, c'est la mort de Simon qui m'a permis de répondre à cette question. Dans son dossier sur Emma, j'ai trouvé le nom de John Watts, le contremaître du One Folgate Street. Il avait été mentionné par l'ancien associé d'Edward, Tom Ellis, lorsque Emma l'avait rencontré, mais, fidèle à son mode de pensée chaotique, elle n'avait pas donné suite. Le contremaître avait confirmé ce dont j'étais presque certaine, déjà : la mort de la femme et du fils d'Edward était due à un tragique accident, et rien d'autre.

« Je ne ressens aucune peine pour toi, Edward, dis-je. Tu as eu exactement ce que tu désirais : une liaison brève, intense et parfaite. Tout homme qui couche avec une femme selon ces termes devrait savoir qu'il peut y avoir des conséquences. »

De même, je n'éprouve aucun sentiment de culpabilité au sujet de Simon. En refermant la boîte à souvenirs d'Isabel, je savais déjà que je le tuerais si je le pouvais. Le temps que la police arrive, j'avais ramassé toutes les perles et plus rien ne suggérerait que j'avais joué un rôle dans cette triste mort.

Mon geste était-il acceptable ? Ou du moins compréhensible ?

Quelle femme dans ma situation peut affirmer qu'elle n'en aurait pas fait autant ?

« Oh, Jane. (Edward secoue la tête.) Jane. C'est… magnifique. Pendant tout ce temps où je croyais te contrôler, c'est *toi* qui me contrôlais. J'aurais dû me douter que tu avais une idée en tête.

— Pourras-tu me pardonner ?

— Qui, mieux que moi, sait ce que c'est que de perdre un enfant ? On est prêt à faire n'importe quoi, même si c'est destructeur, même si c'est mal, pour endormir la douleur. Nous sommes peut-être plus semblables que nous le pensions. »

Sur ce, il reste muet un long moment, perdu dans ses pensées.

« Après la mort de Max et Elizabeth, j'ai perdu la raison pendant quelque temps, reprend-il finalement. J'étais fou de culpabilité, de chagrin, je me haïssais. Je suis parti au Japon, pour essayer d'échapper à moi-même, mais ça n'a servi à rien. Et quand je suis revenu, j'ai découvert que Tom Ellis projetait d'achever le One Folgate Street et d'y apposer son nom. Je ne pouvais pas supporter que la maison qu'Elizabeth et moi avions conçue ensemble, notre maison de famille, voie le jour de cette façon. Alors, j'ai déchiré tous les plans et j'ai recommencé. En toute franchise, je me fichais de savoir quel genre de bâtiment j'allais construire à la place. Finalement, j'ai imaginé un lieu aussi vide et stérile qu'un mausolée, car ça correspondait à mon état d'esprit de l'époque. Et puis, je me suis aperçu que, dans ma folie, j'avais créé une chose extraordinaire. Une maison qui exigerait un sacrifice de la part de tous ceux qui y vivraient, mais qui les récompenserait au centuple. Certaines personnes, comme Emma, sont broyées par cette maison. Mais il y en a d'autres, comme toi, qu'elle rend plus fortes. »

Il me dévisage intensément. « Tu ne comprends donc pas, Jane ? Tu as montré que tu étais digne de cette maison. Que tu es suffisamment disciplinée et implacable pour être la maîtresse du One Folgate Street. Alors, je te fais une proposition. »

Son regard ne quitte pas le mien une seule seconde.

« Si tu fais adopter cet enfant… je te donne la maison. Ce sera *ta* maison, tu en feras ce que tu voudras. Mais plus tu attends, plus la décision sera dure à prendre. Que veux-tu réellement ? La chance de connaître la perfection ? Ou une vie entière passée à essayer de t'occuper de… de… » D'un geste, il montre Toby. « L'avenir auquel tu es destinée depuis toujours, Jane ? Ou bien ça ? »

18.

- ❍ *Vous renoncez au bébé*
- ❍ *Vous ne renoncez pas au bébé*

Maintenant : JANE

« Si je dis oui, on aura un autre enfant ?

— Je te donne ma parole. (Il perçoit mon hésitation.) Ce n'est pas seulement la meilleure solution pour nous, Jane. C'est dans l'intérêt de Toby également. Pour un enfant comme lui, mieux vaut être adopté maintenant que de grandir sans père.

— Il *a* un père.

— Tu m'as compris. Il a besoin de parents capables de l'accepter tel qu'il est. Et qui ne regrettent pas l'enfant qu'il aurait pu être chaque fois qu'ils le regardent.

— Tu as raison, dis-je. Il a besoin de ça. »

Je pense au One Folgate Street, à ce sentiment d'appartenance et à la sérénité que je ressens entre ces murs. Je regarde Toby, et je songe à la suite. Une mère célibataire, seule avec un enfant handicapé, obligée de se battre contre le système pour qu'il bénéficie des soins dont il a besoin. Une vie de tourmente, de chaos et de compromis.

Ou la possibilité d'essayer, encore une fois, de connaître quelque chose de meilleur et de plus beau.

Il y a un peu de lait régurgité sur l'épaule de Toby. Je l'essuie délicatement. Voilà. Il n'y a plus rien.

Je prends ma décision.

Je soutirerai tout ce que je peux à Edward. Ensuite, je les laisserai tous disparaître dans le passé, tous les personnages de ce drame. Emma Matthews et les hommes qui l'ont aimée, qui ont été obsédés par elle. Ils ne comptent plus pour nous désormais. Mais un jour, quand Toby sera assez grand, je prendrai une boîte à chaussures, sur l'étagère où elle est rangée, et je lui raconterai encore une fois l'histoire de sa sœur, Isabel Margaret Cavendish, la fille d'avant.

Maintenant : ASTRID

« C'est *extraordinaire*, dis-je en regardant d'un air hébété les murs de pierre claire, l'espace, la lumière. Je n'ai jamais vu une maison aussi incroyable. Pas même au Danemark.

— Oui, c'est un lieu exceptionnel, concède Camilla. En fait, l'architecte est assez célèbre. Vous vous souvenez de tout ce tapage l'année dernière, au sujet de cette éco-ville en Cornouailles ?

— Une histoire de résidents qui refusaient de se soumettre aux règles du bail, c'est ça ? Est-ce qu'ils n'ont pas tous été expulsés, finalement ?

— Ici aussi le bail est assez particulier, dit Camilla. Si vous êtes intéressée, il faudra que je vous en parle. »

Je promène mon regard sur les murs qui semblent s'envoler, l'escalier qui flotte dans le vide, et cette incroyable sérénité. Dans un tel décor, me dis-je, je pourrai me reconstruire, tirer un trait sur l'amertume et la rage du divorce. Et je m'entends répondre : « Oui, ça m'intéresse.

— Très bien. Oh, au fait… » Camilla scrute le vide sous le plafond, comme si elle voulait éviter de croiser mon regard. « Je suis sûre que vous allez taper cette adresse sur Google, de toute façon, alors inutile de vous le cacher. Cette maison a une histoire… un jeune couple qui vivait ici. La femme est tombée dans l'escalier et elle est morte, et lui s'est tué trois ans plus tard, exactement au même endroit. On pense qu'il s'est jeté dans le vide délibérément, pour la rejoindre.

— C'est tragique, assurément, dis-je. Mais comme souvent avec les tragédies, c'est romantique. Si vous voulez savoir si cela peut me dissuader… la réponse est non. Est-ce qu'il y a autre chose que je doive savoir ?

— Le propriétaire se comporte parfois en tyran. Je lui ai présenté des dizaines de locataires potentiels au cours des dernières semaines, et aucun n'a été accepté.

— Croyez-moi, je sais y faire avec les tyrans. J'en ai côtoyé un pendant six ans. »

Le soir même, je me retrouve donc en train de feuilleter les nombreuses pages du formulaire de candidature. Toutes ces règles à lire ! Toutes ces questions auxquelles il faut répondre ! Je suis tentée de me servir un verre pour m'aider à accomplir cette tâche, mais je n'ai pas bu depuis presque trois semaines, maintenant, et j'essaie de tenir.

Dressez la liste de tous les objets qui vous semblent indispensables.

J'inspire à fond et prends mon stylo.

REMERCIEMENTS

Beaucoup, beaucoup de personnes m'ont apporté leur aide au cours de la dizaine d'années qu'il m'a fallu pour trouver la meilleure façon de raconter cette histoire. J'aimerais remercier particulièrement la productrice Jill Green pour ses encouragements précoces, Laura Palmer pour ses réactions bien évidemment pertinentes face à un premier jet inachevé, Tina Sederholm pour son approche de poétesse et le docteur Emma Fergusson pour ses conseils dans le domaine médical, et bien au-delà.

Chez Penguin Random House, ma plus vive gratitude va à Kate Miciak, non seulement pour avoir acheté ce livre et expédié, presque du jour au lendemain, un extrait de cinquante pages à sa collègue Denise Cronin et à sa formidable équipe à la foire du livre de Francfort, mais aussi pour les mois de discussions stimulantes, de professionnalisme sans faille et de passion éditoriale qui ont suivi.

Toutefois, je suis redevable avant tout à Caradoc King et à son équipe chez United Agents : Mildred Yuan, Millie Hoskins, Yasmin McDonald et Amy Mitchell, qui ont lu les premières pages de ce livre quand il n'était encore qu'à l'état d'ébauche. Sans leur enthousiasme et leur foi en ce texte, je doute qu'il aurait pu dépasser ce stade.

Ce livre est dédié à mon fils Ollie, invincible et d'une gaieté inébranlable, une des rares personnes au monde à être nées avec le syndrome de Joubert Type B, et à la mémoire de son frère aîné, Nicholas, notre garçon d'avant.

PAPIER À BASE DE FIBRES CERTIFIÉES

Le Livre de Poche s'engage pour l'environnement en réduisant l'empreinte carbone de ses livres. Celle de cet exemplaire est de :
450 g éq. CO_2
Rendez-vous sur www.livredepoche-durable.fr

Composition réalisée par NORD COMPO

Achevé d'imprimer en juillet 2018, en France sur Presse Offset par
Maury Imprimeur – 45330 Malesherbes
N° d'imprimeur : 228516
Dépôt légal 1re publication : mars 2018
Édition 05 – juillet 2018
LIBRAIRIE GÉNÉRALE FRANÇAISE – 21, rue du Montparnasse – 75298 Paris Cedex 06